新田義貞物語

Nitta Yoshisada

永峯清成

彩流社

新田義貞物語／目次

決起の章

京都大番役……6

挙兵……38

鎌倉攻め……68

治乱の章

護良親王騒動のこと……98

都に鵼が……127

洛中合戦図……160

正成の企み……184

落日の章

白鹿元年……210

北国の日々……235
嗚呼燈明寺畷……256
あとがき……289

決起の章

京都大番役

臨済宗東福寺《とうふくじ》は、鴨川の東九条のあたり、月輪《つきのわ》の山裾にある。建長《けんちょう》七年（一二五五）に聖一国師を開山として建立され、禅院としての七堂伽藍のほかに五重塔や灌頂堂、それに阿弥陀堂や観音堂など、多くの堂塔をその周りに配した。法性寺大路を前に西に目をやれば、東寺《とうじ》の五重塔が黒々と望まれる。

朝の冷え込みもようやく緩み、陽の光が南北に走る都大路にくまなく照りそそぐ頃、新田小太郎義《にったこたろうよし》貞《さだ》は、供一人をつれて東福寺に向かった。供の者とは、船田入道義昌である。

二人はゆったりと馬をやった。義貞は鎧もつけず直垂《ひたたれ》姿。義昌は法衣の上に、袖のない胴丸をつけて。六波羅館《ろくはらやかた》に近い宿舎から鴨川沿いに、間もなく、泉涌寺《せんにゅうじ》や東福寺を包む深々とした森を二人は見る。

「お館、今日はお別れのご挨拶のつもりですか」

「うむ。それも禅師どのがおられればということだ」

たしかに彼は、今日のことを東福寺に報らせてはなかった。

「どちらでもよい」

言いわけじみた義貞の言葉を、義昌は受け流して聞いた。

（お館はいつもこうだ）

彼は義貞の気性を、そう心得た。

義貞が東福寺へ行くと言いだしたのは、今朝になってからである。その意味を知った義昌は、そう決めるまでの義貞の心のうちの逡巡をもまた察した。

二人が、新田一族の兵士十人ばかりを率いて、上野国《こうずけのくに》新田荘を発ったのは半年まえのこと。鎌倉幕府により、京都大番役を命じられたからである。京都大番役とは、幕府を支える諸国の御家人が、都において内裏や院御所を警護する役で、交替制になっていた。義貞らはこの時、他の氏族とともに上洛して、六波羅探題《たんだい》の監督のもとにその任についていた。

それもすでに半年がたち、大番役勤仕の期限が過ぎようとしていた。しかし、六波羅探題からは何の沙汰もない。その理由も、義貞には判っていた。後醍醐《ごだいご》天皇が、鎌倉幕府討伐を企て笠置山《かさぎやま》に立て籠もったのは、一年半まえの元弘《げんこう》元年（一三三一）八月のこと。いま天皇は隠岐《おき》に流され、その企ては挫折したかにみえた。

ところが昨年の暮れ近く、後醍醐天皇の子護良親王《もりよししんのう》が吉野に、楠木正成《くすのきまさしげ》が河内《かわち》に兵を挙げてからは、世はふたたび乱世の兆しとなった。吉野にしろ河内にしろ、都からは畿内《きない》と呼べる地。京都大番衆が、そのまま都に留まっておれるとは限らない。すでに大番役勤仕の期限が切れようとしているとはいえ、今となって新田一族が本国《くに》へ帰ることとの見込みこそ少なくなっていた。

しかし義昌には、まだ諦めきれぬものがある。彼は義貞の執事である。京都大番役にかかる費用、ましてやいくさになった場合の本国《くに》の荘にかかる負担は、たちまち農民たちの生活を圧迫することになる。彼は主人の義貞が考える以上にそのことを考え、そして心を痛めた。できることなら、探題に対して強引に帰国を申し出たいところだが、それは無謀なことだった。護良親王と楠木正成討伐のための軍勢が、続々と鎌倉を発って西上していることも彼は知っていた。

（結局は諦めるよりほかない。しかしお館は、わしより先に諦めきっておる。本国《くに》に帰ることができずにこのまま出兵の下知を待つことになるのだろうが、それにしてもお館の諦めようは早い。今日の東福寺行きも、そのための挨拶なのだろうが）

義昌にはそれが不満だった。

「いざ都を離れるということになると、お館にはさぞお名残惜しいことでしょう」

「うむ？」

気分を変えて、坊主頭に笑みを浮かべて義昌が言ったが、義貞は表情を動かさなかった。

「お館は都の方が好きなのでしょう。本国《くに》よりも」

義昌の問いは不躾でさえある。

「そんなことはない」

「いや、わたしにはそう思われます」

「何を言うか」

「わたしは、もう一日も早く本国《くに》に帰りたくなりました。早く帰って、あの広々とした野っ原に馬を走らせたいのです。ここでは街なかとはいえ、山々が屛風のように目のまえに迫ってくるようです」

「面白いことを言う」

義貞は思わず笑った。

「本当です。わたしはもう、躰じゅうがうずうずして、どうにもならんのです」

「無理もない。しかし都には都の好さがある」

そう言って都の好さを想う義貞は、あとは口を閉じた。

彼は本国《くに》を出る時、都を想いこがれて夢にまで見た。そこでは見るものすべてがきらびやかに映り、街並みは賑やかに、女人は美しく、寺々の伽藍は重々しくあたりを圧し、広い境内には終日読経の声が聞こえた。それは、若さの残る義貞の想いだった。

（ところが都に着いた時、そういう想いは決して裏切られるものではなかったが、それ以上にわしの心を捉えそして感動させたのは、いまこの義昌が言ったように、都の街並みを三方から屛風のように包む山々の木々の葉の青さだった。半年まえ、山の木々はようやく若葉の頃を過ぎ、艶やかに色をなしたその緑は、目も眩むばかりに光り輝いてわしを感動させたものだ。それは思いがけないことだった）

いま、都は冬のさ中にある。わずかに冬枯れている東山の山々を、義貞は懐かしげに見上げた。

（秋には嵐山へ行った。その紅葉の見事さには、思わず息を呑んだ。本国《くに》では見ることのできない、まるで山全体が造られたもののように赤く錦色に染まっていた。とてもこの世のものとは思えなかった。そうだ。それは極楽浄土に似たもののように、決して驕ったものではない美しさだったのだ。

それにひきかえ、わしは六波羅館の周りにたむろする坂東からの侍たちが嫌いだった。彼奴《あやつ》らはいたずらに大声をあげ、街なかに出ては無体にも人びとを追いまわしたりした。そのくせ館の中に出入りする時には、あたりに気を配り、そそくさとして声をひそめておる）

義貞は、自分が鎌倉幕府の御家人であり坂東武者でありながら、六波羅館の周りや都大路を徘徊する坂東の侍たちの野卑な振舞いを腹立たしく思った。それは彼が憧れ描いた都には、あってはならぬものだったのだ。

新田一族の中で、義貞の四、五代まえに政義という人物がある。寛元《かんげん》二年（一二四四）の頃、彼もまた京都大番役として都にあった。いつの日か、その勤めも終えたのだろう。しかし彼は、すぐには本国《くに》に帰らず、そのまま都に居ついてしまった。多分、幕府なり六波羅はそのことを咎めただろう。そのためか、政義は頭を剃って出家した。幕府は怒って、上野国にある政義の所領を没収してしまった。彼はのちに赦されたが、幕府にとっては不埒な人物だったのだ。

義貞はその話を聞いて思わず笑った。しかしそのあと、鎌倉幕府の新田一族に向けられた執拗な目を感じて、顔を曇らせた。一族に対する幕府の処遇は、常に低いところに抑えられていたからである。にもかかわらず義貞は、政義に対してそれ以来格別の想いを持つようになった。彼の都への憧れは、そんなところにもあったのかも知れない。

半年まえに上洛したその翌日、義貞は早々と東福寺に参詣した。新田一族の本国、上野国世良田《せらだ》荘に長楽寺《ちょうらくじ》という寺がある。そこは義貞の祖、新田義重の次男世良田義季が開基して、初代の住職には栄朝《えいちょう》がなった。新田一族にとっては心の拠り所であり、彼らは多くのものをこの寺に寄進した。

東福寺開山の聖一国師は、その栄朝の数多い弟子の一人である。東福寺と長楽寺の繋がりがそこにあった。義貞が京へ来て、初めて訪れたのが東福寺であり、以後彼は何回となくそこに参詣している。土地不案内な都において、彼の心の支えもそこにあるかのように。

二人はいつものように北門から入って行った。境内は南北に長く、堂塔も南から北へと並んだ。境内の北寄りには、一本の深い谷川が、東山の麓から出て西に向かって流れている。義貞は、そのあたりの起伏に富んだ景色をことに好んだ。それは本国《くに》の新田荘にはないものだった。

その谷川を渡って急な坂を登りかけた時、義貞はふと、数日後に自分の身の上に起こるであろうある出来ごとを想い描いていた。

（千早城《ちはやじょう》とやらに立て籠もった楠木正成の軍勢を、わしはこのように見上げながら攻めているのだろうか）

義貞はすでに、内心ではそう決心していたのだ。上野国へ帰るのではなく、幕府の命令によって、そこへ否応なく引き出されて行く自分を。それは抗することの出来ない、いや抗するには余りにも小さい自分の姿だった。

十数人ばかりの新田一族は、鎌倉から到着した大将にか、あるいは六波羅の北条《ほうじょう》氏の一族の者によってか、他の氏族とともに率いられていた。合戦の場ではたえず前陣に立たされた。険しい坂を前にして、そこを馬で駈け上がることも出来ず、彼は太刀を抜き徒歩《かち》で喘ぎながら登った。城兵はそれを見て、容赦なく矢を射かける。義貞はそれを懸命に防ぎながら、進むことも退くことも出来なかった。いったいどうすればよいのか。義貞は妄想のようにそんなことを考えていた。

「ああ、禅師どのがお出かけのようです」

坂を上がりきった時、義昌が叫んだ。見ると輿を真ん中にして、七、八人の僧侶の一行が山門を出て、南西の隅にある六波羅門の方に向かっていた。義貞は馬を下り、黙礼してその後ろ姿を見送った。

「ご挨拶は？」

「もう、よい」

義貞は小さく頷いたが、内心では自分の手抜かりを恥じた。禅師に挨拶に来たのでなければ、何のためにここへ来たのだろう。その曖昧な心を、とうに義昌に見透かされていると思うと腹立たしくもあった。

それでも禅師の一行を見送ったあとは、いくつかの堂塔の中に入りねんごろに参詣をして、布施もした。また方丈では、顔見知りの供奉僧にも会った。

「新田どのもどうやら、本国《くに》へは帰りそびれたようですね」

「そのようです」

「鎌倉からの大軍が、すでに近江《おうみ》にまで到着しているとか」

「ご存じですか」

上役の僧の留守に気が晴れてか、その供奉僧は快活に、そして心得顔で話した。義貞はその饒舌さに口数を少なくした。供奉僧にはそれを察する小才さえあって、話を別のところにそらした。

「ところで――」

供奉僧が、顔を覗き込むようにして義貞に訊ねた。

「新田どのは、御室《おむろ》の尼《にい》どのにお逢いになったことがおありでしたかな」

「御室の？」

「いやあ、まだお逢いになっておられないのですね。それは拙僧が迂闊でした」

供奉僧は膝を乗り出した。

御室の尼どのとは、供奉僧もその本当の名を知らず、仁和寺《にんなじ》で得度した四十ばかりの尼僧のことを言う。新田一族の縁者らしく、義貞が上洛してからというもの、今まで以上にこの東福寺に参詣に来るというのだ。上野国へは行ったこともなく、都で生まれて都で育った女である。供奉僧にはそこまでしか判らない。

「お逢いになりますか」

「というと、今もこのあたりに？」

「はい。今朝方もお参りになりました。今ごろはいつもの庵《いおり》で、さるお方とお話しになっておられることでしょう」

義貞は心の内の昂ぶりを抑えかねた。そして、降って湧いたような二人の話を、先刻より無遠慮に好奇な目で見つめていた義昌に促されるようにして、彼は腰を上げた。

供奉僧が言った、さるお方が庵主となっている庵は、その広い東福寺の境内の一隅にあった。その門の前を、義貞はいつか通ったことがあるのを想い出した。門の内の庭は狭く、二人は外に馬を繋いだ。

義貞らが中に入ると、すぐに一人の尼僧が出て来た。その落ちついた振舞いには、二人を待っていたかのような感じさえあった。五十を過ぎているであろうその尼僧は、嗄《しゃが》れ声で二人を招じ入れた。

薄暗く、狭い庵の中で四人は改めて挨拶を交わした。

「小太郎どのでございますね」

義貞より、十も年上の御室の尼どのは、声にも眼差しにも優しさを込めて言った。義貞はまるで家来のように畏まっていた。そして、黒い衣に白い被りものをした、面長で黒い瞳の美しいこの女人の過去に、どんな不幸があったのかと想いをはせた。

「われら一族とゆかりのお方と聞きましたが」

義貞が言うと、彼女は言葉につまった。困惑ではなく、何かを手繰り出そうとする面持ちで目を落とした。

「母からはそう聞いておりました。多分何十年も昔の、先の人たちの頃の話だと思います。小太郎どのやわたくしが生まれるまえの、お祖父さまや、そのお方よりももっとまえの頃の話だと思います」

「それは、この都でということですか」

「多分そうなのでしょう。母からはご一族の上野国のことなど一度も聞いておりませんから」

庵主が立ち上がって、墓に詣ると言って外に出た。そのあと、義貞は思わずにじり寄った。

「わたしが都に来ていたことをご存じでしたか」

「はい。六波羅の館あたりへ参っては、何回もお姿を拝見しました」

「そうでしたか」

「ご縁者ということで、ただ嬉しくて思わず涙を押さえたものです」

義貞は御室の尼どのの顔に、父と母の面影を探った。

（誰だろう。わしはこの女人《ひと》と、どこで血を分けたのだろう）

しかし余りにも漠として、手掛かりもない。

「こうしてお逢い出来たことを、とても嬉しく思っております。それもひとえに、み仏のお導きだと思っております」

と言うと、尼どのは、衣の袖から白い小さな両手を出して合掌した。

（あの政義からの分かれかも知れない）

義貞はそう思ったが、それ以上の詮索がなんとももどかしかった。それよりも彼は、今この場にいる尼どのの美しさと優しさに、われを忘れる心地だった。

「わたしもあなたに逢えて嬉しい」

「聞けば、大番役のお勤めも間もなく終えようとされているとかで、本国《くに》にお帰りになるのか、あるいは合戦の場にお出になるのか、とにかく小太郎どのを始め皆さまのご武運をお祈りいたします」

「そんなこともご存じでしたか」

「小太郎どのが本国《くに》にお帰りになれば、もうお逢いすることはないかも知れません。わたくしは京にいて、ご一族のことを想うばかりです。もともと新田氏は源氏の中でも名のあるご家門。頼朝公の血筋が絶えた今、むしろ源氏の棟梁とも言うべきかも知れません。小太郎どのはまだお若い。しかしいつの日か、源氏の棟梁になられることをわたしくしは祈っております」

義貞は一瞬、はっとして尼どのの顔を見つめた。彼女は、心なしか思いつめたような表情を少しも動かさなかった。

(このお方は本当に誰なのだろう。まさかわしの姉ということではあるまい)

彼は半ば呆然として、しばらくは言葉も出なかった。

やがて義貞主従は庵をあとにした。御室の尼どのは、外まで送ってくると鄭重に頭を下げた。その容姿と振舞いに、義貞は改めて温みのある気品を感じた。それは自分に対する温みであると思い、立ち去りがたい気持ちで後ろを振り返った。

東福寺をあとに馬をやりながら、彼はほとんど口をきかなかった。そして深い感動に包まれながらも、御室の尼どののことを想い返していた。

(あのお方は、わしと血を分けたのは昔のことと言った。しかしわしには、もっと身近に感じられる。身分も名も明かそうとされないのはなぜだろう。父も祖父も、京都大番役としてこの都にいたことがあるのだろう。その時何があったのか)

彼は父や祖父の都での行状を想った。しかし手掛かりになるものは、何一つ想い浮かばなかった。

義貞は二人を、自分よりも粗野な男だと思っていた。

（とすれば、政義しかないではないか。あの女人《ひと》の言葉のはしばしには、何かそんなものが感じられる）

彼は新田一族を結合させている人間たちの、血の濁りのようなものを感じた。

（血は必ずしも赤くはない。どす黒いのもあれば、もっと赤いのもある。それらは一族の者たちの血が混じり合って、重くしたたるような血だ。しかしあの女人《ひと》の血は、赤というには薄赤く透き通っている、清らかに美しい血なのだ）

彼は自分と血を分けた人間が、この都に生きていたことに、人間の絆の不思議さを感じた。それは知らない世界への、言いようのない懐かしさでもあった。


その翌日、数百人の軍勢が粟田口から入って来た。しかし東国からの軍勢の大方は、瀬田の唐橋あたりから直接大和《やまと》や河内へ向かって行った。京都大番衆に対して出兵の下知があったのはその頃である。

元弘三年（一三三三）一月二十九日、義貞と新田一族は、鎌倉から来た大仏《だいぶつ》高直が率いる軍勢の中に組み込まれての出陣となった。その前日は慌ただしかった。船田義昌は糧食の確保に奔走した。本国への使いは結局出さなかった。それは大番衆として上洛したどの氏族でも同じだった。数人から十数人の人数では、一人も割ける状態ではなかった。

吉野の護良親王と、河内の楠木正成を攻めようとする幕府方の陣立ては、総勢十万余という大軍となった。その軍勢を大きく三つに分けた。正成の立て籠もった千早城は河内国の東南、金剛山《こんごうさん》の中腹にある。吉野山はその金剛山の南裏側、吉野川の向こう側に聳え立っている。砦はともに峻険な山岳地帯にある。正成らは、守るに易く、攻めるに難い地を選んだ。

千早城を正面から攻めようとする河内道の大将は、阿曽弾正少弼時治《あそのだんじょうしょうひつときはる》。それに従う軍勢は、河内、和泉《いずみ》、摂津《せっつ》、美濃《みの》、加賀《かが》、丹波《たんば》、淡路《あわじ》の国々から集められたもの。地理に明るい畿内の諸族を中心として、しかも六波羅探題の息のかかった軍勢。

大和道の大将には大仏陸奥右馬助高直。千早城を背後と側面より攻める態勢で、山城《やましろ》、大和、伊賀《いが》、丹後《たんご》、但馬《たじま》、伯耆《ほうき》、播磨《はりま》と近江の国々の軍勢を従えた。この中には二階堂道蘊《どううん》が率いる別の軍勢も含まれており、彼らは大和道をさらに下って吉野攻めの道を行くことになる。

次に、南河内から紀見峠を越えて紀伊道へ向かう大将には、名越《なごし》遠江入道宗教。それに従うのは、尾張《おわり》、美作《みまさか》、越前《えちぜん》、因幡《いなば》、備前《びぜん》、備中《びっちゅう》、備後《びんご》、紀伊《きい》、安芸《あき》、阿波《あわ》、伊予《いよ》の国々からの軍勢。

この時、討伐軍を指揮する大将やそれを補佐する軍《いくさ》奉行には、鎌倉幕府を支える北条氏の一族や有力武将たちがなった。しかしそこに召集された軍勢は、九州の諸族と尾張や越前から東国の諸族は除かれていた。幕府はまだ余力を感じていたのか、それともこの時すでに、もっと別の得体の知れない不安を感じていたのか。

京都大番衆は、大和道と紀伊道の二つの軍勢の中に組み込まれた。紀伊道の中には佐貫一族、江戸一族ら。そして大和道の中には、新田一族、里見一族、豊嶋一族らの名がある。いずれも東国武士たちである。軍勢は動き出し、承久《じょうきゅう》の乱（一二二一）に次ぐ鎌倉幕府存亡の戦いがここに始まろうとしていた。

後醍醐天皇による幕府討伐の企てのいきさつには、朝廷と幕府という関係に加えて、天皇個人の性格からくるものが色濃く働いていた。開府以来百四十年、蒙古軍の来襲による文永《ぶんえい》の役《えき》や弘安《こうあん》の役以降、次第に衰退に向かっていた鎌倉幕府の前に、後醍醐天皇の登場はいかにも緊張を孕んだものとなった。

この頃天皇家は、大覚寺統《だいかくじとう》と持明院統《じみょういんとう》の二流に分かれていた。第八十八代後嵯峨《ごさが》天皇の子第八十九代後深草《ごふかくさ》天皇が持明院統の祖に、その弟第九十代亀山《かめやま》天皇が大覚寺統の祖となって今に至っている。天皇家の皇位継承の抗争がここにあった。そしてさらに、幕府の対応がそこへ絡んできた。

文保《ぶんぽ》元年（一三一七）、幕府の執権北条高時は一つの案を提示した。皇位については、今後両統が十年ごとの交代でつくというものである。これが両統迭立《てつりつ》の約束である。そして翌年、大覚寺統の後宇《ごう》多《だ》院の子尊治《たかはる》親王が践祚して後醍醐天皇となったのである。

その七年後、正中の変が勃発した。後醍醐天皇が幕府討伐を企て、兵を挙げようとしたが六波羅探題に未然に察知されて、計画は未遂に終わったというもの。幕府は天皇がその張本人であることを十分承知していたが、ことを荒立てるのを避けた。そして天皇を不問として、その側近の日野資朝《ひのすけとも》と日野俊基《としもと》の二人を捕らえて鎌倉に送った。のちに資朝は佐渡に流されたが、俊基は赦されて都に帰ることができた。

天皇の気性の激しさが正中の変の因の一つとなったが、幕府討伐の意志というのは、必ずしも大覚寺統の後醍醐天皇だけが抱いたものではない。かつては持明院統の花園《はなぞの》天皇と伏見《ふしみ》法皇の時、やはり院側の画策があり、それが露見しかかって慌てて鎌倉に使者を送って弁疏したという事実がある。朝廷が、頼朝によって武家側に渡った政《まつりごと》の実権を取り戻したいというのは、幕府開府以来の悲願であった。承久の乱も正中の変も、その意志の上にあったのだ。

嘉暦《かりゃく》元年（一三二六）三月に、皇太子の邦良《くによし》親王が若くして世を去った。この時後醍醐天皇は、次の皇太子にわが子護良親王を立てようとした。しかし皇位継承に絡む立太子については、幕府の同意を得なければならない。幕府、というよりも北条高時は、天皇のこの申し出を憤然として退けた。彼は、正中の変のいきさつを決して忘れてはいなかった。

高時は次の皇太子に、持明院統の後伏見《ごふしみ》天皇の子の量仁《かずひと》親王とすることを決めた。高時に対する持明院統派の働きかけがあったうえでのことであるが、両統迭立の約束からすれば、高時のとった措置はむしろ理にかなったものである。後醍醐天皇の落胆振りは大きかった。そして鎌倉幕府と北条高時に対する敵意を、さらに激しいものにしたのである。

元弘元年八月二十四日の夜、六波羅は後醍醐天皇の鎌倉への謀叛をふたたび察知した。そして御所に兵士を差し向けたが、その直前天皇は、護良親王からの報らせにより危うく虎口を脱して外に出た。天皇は大和に走り、そのあと笠置山に立て籠もり、護良親王は延暦寺の僧兵を頼りとして比叡山に拠った。

楠木正成が河内の赤坂城に兵を挙げたのは九月になってからである。しかし天皇側の抵抗もそこまでで、護良親王は間もなく比叡山から逃れ、九月には笠置山も落ち、十月には孤立無援となった赤坂城の正成も、自ら城を焼いて行方をくらましてしまった。翌元弘二年三月、幕府は後醍醐天皇を承久の乱の前例に倣って遠く隠岐に流して、乱は一応の終息を見た。

今また、護良親王と楠木正成はふたたび兵を挙げた。後醍醐天皇とこの二人の意志と執念を、何に譬えればよいのか。常人ではない。天皇には鎌倉幕府討伐という、歴代の天皇や院が持ち続けていた意志の成就という大義名分がある。護良親王には、皇太子への道を閉ざされた北条高時への怨念がある。では楠木正成には何があったのか。

義貞と船田入道義昌は馬を並べ、その二人に新田一族の十人ばかりが従った。京都大番衆の隊列は、どこもその程度だった。彼らは大軍の中に一つずつの隊列を組み、その中に呑み込まれたまま、前後への動きもとれずに行進した。

宇治川を渡った所で、河内道を行く軍勢が西に向かった。北河内へ出て、そこからは真っすぐ南へ下るのだろう。砂煙を上げ、何百本という夥しい流旗《ながればた》を押し立てて行く軍勢を、義貞は呆然として見送った。

(みごとだ、じつにみごとだ)

風にはためく流旗の下には、何万、いや十万にもおよぶ軍勢が、色とりどりの鎧兜に身を固め、主だった侍たちがたけだけしい馬に跨がって地響きをたてて進んで行く。義貞にはそれが、山が動いているようにさえ見えた。

彼は昂ぶっていた。いまこの目で見送っている河内道へ進む大軍と同じように、自分もまた大和道へ進む大軍の中に身を投じているということは、彼らの姿への感嘆と同時に、自分がいまここに在るということへの、十分に満足した昂ぶりでもあったのだ。

(こんなに昂奮したことは、初めてだ)

京都大番衆として都にあった時、そこの風物から受ける心の安らぎを得ることはできた。しかし武士としての彼の行動は、じつに退屈なものだった。それは義昌の口を借りるまでもないものであった。

しかし今、自分自身はわずかな雑兵をつれただけではあったが、彼は鎌倉幕府がもよおす大軍の中に、まぎれもなく身を置くことができた。義貞は用心するようにして義昌を見やった。

「お館、何か？」

義昌は目ざとく近寄って来た。義貞は頰のあたりに笑みを浮かべ、囁くように言った。

「これが、われらが軍勢であれば」

義昌はその言葉が聞きとれず、耳を寄せながら義貞の顔を見上げた。

「お館、何と？」

義貞は口ごもったが、もう一度ゆっくりと言った。

「そちに、これ程の軍勢の軍奉行が任せられるかと聞いておるのだ」

義昌は目をぎょろつかせ、義貞の顔をまじまじと見た。しかしややあって、彼もその意味を悟った。

義昌は正面を見すえ肩を聳やかして、誰にも聞きとれるはっきりとした声で言った。

「もちろんです。ただお館に、その気持ちがあればということです」

そのあと義昌は、突然大声をあげて笑った。それがしばらくは、止まることのない哄笑となった。意味あり気で、誰はばかることのない笑いに、義貞も思わず顔を紅潮させた。

その翌日、一行は右手に生駒《いこま》の山並みを見ながら、さらに南に下った。義貞は生まれて初めて大和国に足を踏み入れた。これから向かう金剛山や千早城の場所や地形も、彼には判らなかった。南に続く生駒の山並みが急に地面に落ちかかるのを見た時、隣の隊の馬に乗った侍が突然叫んだのを義貞は聞いた。

「あの山の左端《はし》が信貴山《しぎさん》で、その麓に見えているのが法隆寺だ」

義貞は首を伸ばして、言われる方を眺めた。彼は法隆寺がこんな所にあるのを知らなかった。都から奈良まで、途中にはいくつもの寺院の堂塔を見ることができたが、法隆寺の建物は、遠目にしろそれ程大きくはなかった。ただ、五重塔らしい塔の相輪《そうりん》が際立って天に伸びていることに、彼は少なからず感じるものがあった。

（あれが法隆寺か）

義貞は、聖徳太子のことぐらいは想い起こしていた。そしてこの古い歴史を持った大和や河内の地で、これから繰り拡げられるであろう合戦を、いかにも場違いなもののように思った。彼にとって坂東武士による合戦は、あの広々とした関東平野でこそ似つかわしいものだったのだ。

それよりも彼は、生駒の山並みとその南に連なる金剛の山並みの間に、突然ぽっかりと口を開けた、その空間の向こう側にあるであろう河内平野に想いをはせた。いまそこには、淀川を渡ってからは南へ下っている、あの阿曽弾正少弼時治に率いられている軍勢の姿があるはずだった。前面と背後から、それを迎え討つ金剛山の千早城とは、それ程に堅固で強大な砦なのだろうか。義貞は次第に、想像もつかない驚きを覚えるようになっていた。

（楠木正成とは、いったいどんな男だろう）

もちろん、御家人でないことだけは判っている。河内と言えば畿内である。しかし公家でもないし、その流れを汲む者でもない。といって名のある武士でもない。義貞は都へ初めて来た時でも、正成の名は知らなかった。元弘元年に後醍醐天皇が笠置山に立て籠もった時、彼は上野国にあったが、楠木という名はそこまで伝わっては来なかった。

（不思議な男だ。いや、思いがけない余程の力を持った男かも知れない。でなければ、一度ならず二

度までも、幕府の大軍を敵にまわしていくさをするような、そんなばかな真似をするわけがない）

義貞は次第に、楠木正成という男に対して好奇な、しかも決して憎悪でない気持ちをもつようになった。

次の日、一行の進む道の両側に、山並みが徐々に迫って来た。右側の山の連なりの向こう側に、図体の大きな、その山の頂上らしいものが見えてきた。それが金剛山だった。

北風が吹いて寒さが身にしみた。軍勢の先頭が急に道を右にとり、山間《やまあい》の中に入って行った。金剛山の頂上はすぐに見えなくなった。木立に陽の光は通らず、いっそうの寒さが兵士たちの身を包んだ。流旗はだらりと垂れて、無用の長物となって梢を打った。そして馬は、余りの景色の変りように悲鳴に似て嘶いた。兵士たちは喘ぎながら山を登り、そしてその背を越した。

義昌が怒鳴った。

「こんなところでいくさが出来るのか。楠木とやらという悪党は、こんな山の中に砦を築いておるというのかっ」

それは義貞にとっても意外な様相だった。深くて細い山の中の道を、軍勢は一列か、せいぜい二列の長蛇となって進んでいる。この先に楠木の砦があったとしても、どんないくさになるのだろうと、彼は今では呆れ顔になっていた。

（正成という男、思ったより知謀に富んだ男かも知れぬ）

義貞はやっと、武将として油断のならない正成を識《し》りはじめていた。

幕府の大軍が河内道と大和道からと、金剛山の中腹、千早城の麓を固めるいくつかの砦の周りに辿り着いたのは、二月二日頃である。この日から、河内道での合戦が始まった。千早城がもともと河内平野からの敵に向かって築かれていたため、それを支える十に余る砦のほとんどが、北西に流れる千早川沿いに築かれていた。両軍の矢合せもそこからだった。それは、大和道を進んだ義貞らの軍勢からは、遙かに遠い所での矢合せだった。

山の中の寒気は耐えがたい程だった。そこに辿り着いたといっても、軍勢は千早城のかなり北方に陣をしいた。附近の、見上げるような山の斜面に砦があって、それが楠木のものだと誰かが言った。たしかに二本の流旗が、逆茂木らしいものの向こう側に立っているが、人影は一つとして見えない。

大軍を率いてそこに到着した討伐軍の大将たちは、拍子抜けに怪訝な顔をしながらも、ともかくも全軍を山中に配置した。近くに水分川《みくまり》があったので、その周りの少しの平坦地や山間《やまあい》の斜面の緩やかな場所にと、兵士たちは思い思いの場所に散らばった。

数日後、見張や伝令が伝えるところによると、正成が築いた千早城は思いのほか要害の地にあり、そこには千人もの兵が立て籠もっているという。しかもそれを支える砦は二十にも及び、山中のここかしこと、およそ寄せ手が通るであろう道の、いたる所に陣を構えているという。たとえ何十万の軍勢であろうと、寄せ手がただちに千早城を攻め落とすことは、不可能なことのようだった。

目の前にある楠木方の小さな砦は、たしかに、千早城へ向かう道がひときわ縊れた場所の上にあった。寄せ手は手を拱いているわけにはいかない。苛立った一人の大将の一隊が、突如としてそこに襲いかかった。初めは矢を射かけたが、それが頭の上にいる城兵に届くわけがない。それどころか、反対に城内から射かけられた矢により、あっという間に十数人が射殺された。益のない損失だった。

次には百人ばかりの兵士が砦の麓に走り寄った。彼らは弓矢を捨て、諸手と喚声をあげてそこに攀じ登った。その様を、四、五人の城兵が上から顔を出して覗き込んだ。寄せ手から矢を射かける者があったが、彼らはすぐに首を引っ込めた。攀じ登った者のうち、五、六十人の兵士が切り株などに摑まりながら、かなりの高さにまで這い上がった。

そのとき突然逆茂木の間から、大きな岩石が四つ五つと転がり落ちてきた。続けてさらに二、三個と。これで半分以上の寄せ手が岩石もろともに落下した。そして辛うじてそこここにしがみついていた者たちは、城兵による狙いすました石の投擲により顔を打たれ、悲鳴をあげて落ちていった。合戦というには、ひどく華々しさを欠いた両軍の手合わせだった。

これは正成が、一昨年の九月に赤坂城に立て籠もった時と同じ戦法だった。砦の塀を二重にして、それとは知らずに外の塀に熊手を懸けて登りかけた寄せ手の兵士を塀もろとも堀の中に叩き落としたり、杓で熱湯を浴びせかけるなどと、およそ坂東武士の知らない合戦の方法だった。しかし考えてみれば、こんな砦の一つや二つ、捨てておけばよかったのだ。手出しをすればそれだけ痛い目に遭う。

大和道の大将大仏高道の軍奉行の工藤高景は、そこで軍勢を全体に西に移動させた。千早城から下赤坂城までに延びた楠木方の陣形の、中央部を突く態勢をとったのである。河内道を進んだ阿曽時治の率いる軍勢が、その前方にある下赤坂城を攻めたてていたので、両軍は合体して千早城の正面から正成らを攻めることになる。結局はこうなった。

義貞らの新田勢も、山の中を西に移動した。山の中とはいえ開けた場所もあり、そこからは遠くなだらかな坂の下に農民の家も見えた。彼らはやっと、夜など躰を伸ばして横になることができた。一両日中には、上赤坂城攻めの陣立が組まれようとしているが、新田一族には軍奉行の方からは何の連絡もない。

その夜、義昌が本陣から戻って来た。義貞の前にどっかりと腰を下ろすと、篝火に余計に顔を赤くして怒鳴った。

「お館っ、ただ今帰って来ました。しかしばかばかしくて、お館に何と申し上げてよいのか」

「どうしたというのだ」

「どうしたもこうしたもありません。阿曽どのの軍奉行に呼ばれて行ったら、明日はいよいよ城攻めだと言うんです」

「そうか、明日は城攻めか」

「ところが、その城攻めに加わるのは自分たちばかりで、われらのような小勢の者は、差し当り止めおかれるということなのです。おまけに、功を争い抜けがけなどを行なった者は厳重に処罰されるという触れまで出して――」

「そんなことだったのか」

「ばかばかしい、われらは何のためにここまで来たのです。大番役の勤めはもうとっくに終わっている。それなのにここへ来たということは、合戦の場でせめてもの手柄をたてるためにです」

「まあ、そんなに大きな声を出すな。そう決まったのなら仕方がない。われらは軍勢といってもこれだけのもの。楠木の石飛礫《いしつぶて》に当たって死んだら、それこそ犬死というものだ」

「お館はそんなお考えですか。悔しくはないのですかっ、軍奉行や彼奴らの仕打ちが。彼奴らは楠木が小勢なのを見くびり、自分たちで十分そこを攻め落とせると思い、手柄を一人占めにしようとしているのです」

「そうでもあるまい。それほど簡単に上赤坂城や、ましてや千早城が落とせるだろうか。わしにはそうは思えん」

「お館らしくもない」

義昌は溜め息まじりに義貞の顔を見た。

「千早城を攻め落とすのは容易ではない」

義貞は呟くともなく言った。それは自分自身に言い聞かせているようだった。

上赤坂城は、千早城と下赤坂城のちょうど中間にあった。千早城以外ではいちばん規模も大きく、別名を楠木本城とも言われるように、地理的にはむしろ、一連の楠木砦の中心的な位置を占めていた。城兵約三百、正成の重臣平野将監《しょうげん》がそこを守っていた。そこは正成にとっても、もっとも重要な意味をもつ砦だった。

城攻めは二月二十日頃から始まった。千早城の前衛地である、下赤坂城や竜泉寺城を攻め落として来た河内道の阿曽時治の軍勢が、その勢いで寄せ手の主力になった。

その時、義貞と新田勢は山の反対側にいた。いくら上赤坂城の構えが堅固だといっても、守兵はたかだか三百である。十何万もの軍勢がそこへ殺到するわけにもいかない。それにこの頃では、あたりには野伏《のぶせり》どもが出没して、夜などそこかしこに忍んできては脱いである鎧を掠め取ったり、それに刃向かう者を殺傷したりしているという。敵は楠木勢だけではない。

十日ぐらいたってか、山の向こう側の戦況に異変が感じられた。雄叫びをあげて攻め合っているだけではない。その異様さが山のこちら側にも伝わってきた。義昌が幔幕を出ると駈け出して行った。義貞もそのあとを追った。小高い丘に上ってみると、深くて水の流れがそこからは見えない千早川が、下の方に横たわっていた。

「お館っ、あれを見られよ」

義貞は、義昌が指差した千早川の左手を見た。澄んだ冬空の下に森とも丘ともつかぬ一帯があり、その上を一筋二筋と赤いものが飛んでいた。

「火矢だ」

義貞が叫んだ。

砦に向かって、火矢はすでに先刻より射込まれている気配で、少し離れた木々の間にちらちらと燃えているものがあった。鬨の声も物音も聞こえなかったが、義貞はその場の騒然さを聞くことができた。

（火攻めか）

その呟きも終わらぬうちに、火矢は、同じ方角から十本二十本と飛んで木々の中に消えていった。

「干乾《ひぼし》攻めかと思ったら、火攻めか」

義昌は感にたえぬような面持ちで腕を組んだ。

義貞にも感じるものがあった。干乾攻めにしろ火攻めにしろ、城兵の過酷さは想うに余りあるものがある。そして彼にとって、それは明日の自分たちの姿を想う心の疼きでもあった。新田一族がこの先どんな目に遭うか。この時彼は、それを確かめる何ものもなかった。

突然火の手が上がった。木々の間に見えていた櫓の一つが燃え上がった。火矢が一段と激しく射込まれると、たちまち二つ目の櫓に火がついた。その明かりが、黒煙とともに空に舞い上がった。やがて櫓は焼け落ちた。あとには黒煙のなごりが山間《やまあい》を出て、遠い空に棚引いていった。いくさは終わったようだ。

「砦は落ちたのだろうか」

「判らぬ」

義昌の言葉を、義貞はむしろ打ち消した。そして心のうちでは、なぜか楠木勢がなおも持ちこたえてくれることを願っていた。

(殺すにしのびない)

火攻めという方法は、彼にとってはなぜか過酷に映るものがあった。その日、砦はまだ落ちなかった。

翌日の昼すぎ、千早川の川沿いを黒く長いものが動いていた。二百何十人かの楠木勢だった。

楠木本城ともいうべき上赤坂城が落ちたのだ。川沿いを川下に向かっているのは城兵だった。彼らは鎧や胴丸を脱がされ、後ろ手に縛られ、二列に繋がれて歩いていた。そのどの顔もが打ち拉がれて、まるで地獄の獄卒に引き回されて歩いているようだった。

砦は平野将監を守将としてよく持ちこたえた。寄せ手に対しては、砦の内にあって守りを固くするだけでなく、時として討って出ては多くの兵を殺傷した。寄せ手が火矢を放ったのは間もなくのことである。城兵はこれに対して、水弾《みずはじき》を使って消し止めた。また城内には糧食も多く蓄えられ、飢えの怖れもなく籠城にも十分に耐えられるはずだった。しかし、裏山から地中に樋を伏せて水を引いてあるのを、寄せ手に発見されてしまった。水を断たれるのは、命を断たれたも同じだった。溜め桶の水が底をつくと、城兵は半ば狂気となった。そこへまた火矢が放たれた。

平野将監は、城兵の命を乞うて降伏を申し出た。寄せ手の大将阿曽時治は、恩情をもってそれを受け入れると言った。将監はその言葉を信じて、城門を開いて城兵とともに外に出た。その途端、寄せ手の兵がいっせいに彼らを捕縛した。時治は将監を欺いたのだ。

引かれていく捕虜の列に向かって、四方から寄せ手の兵士らが殺到した。彼らは幔幕を蹴り、その列に走り寄った。罵声を浴びせる者もあったが、多くはその姿を目のあたりに見て思わず息を呑んだ。捕虜の顔にはすでに死の影が漂っていた。それを見た者の心の奥底には、明日の自分たちの姿が映っていたのかも知れない。そうでなくても二百何十人かの死者の行列は、彼らには異様で凄まじいものに見えたことは確かだ。捕虜は京の都まで引かれていくという。

義貞はその光景を、遠くから眺めた。黒い列が長々と続いていく異様さに、思わず胸を打たれた。

（いくさというものは恐ろしく、そして惨めなものだ）

義貞は心のうちに絶句した。多くを想って、そのあとは言葉にならなかった。

上赤坂城の落城により、戦域はいちだんと狭まった。寄せ手は千早城を目差してさらに山の中に入り込む態勢となった。そのことは逆に、多くの軍勢を野に残すことになった。彼らはようやくいくさに飽きてきた。

夜、義昌が足音を忍ばせて帰って来た。狭い幔幕の中に、義貞のほかに家来は一人だけ。あとは外で寒さをしのいで横たわっている。篝火は赤々と燃えていた。

「ただならぬことを聞いてきました」

義昌は声を潜めて言った。

「播磨国で赤松　某《なにがし》という者が、前《さき》の帝《みかど》にお味方して兵を挙げたそうです」

「播磨の赤松が？」

「ご存じでしたか」

「知らぬ」

義貞は咄嗟に、播磨と京の都との距離を測った。

(近いとは言えないが、遠くはない)

彼は黙ったまま、義昌の方に顔を向け次の言葉を促した。

「しかも六波羅はそこへ軍勢を送り込み、いくさになったということです」

「誰が言った、そんなことを」

「それが判らぬのです」

「判らぬ?」

「はい。おかしな男に摑まったのです」

「どういうことだ。はっきり言ってみろ」

義貞はせいた。義昌は顔をかしげると、むしろゆっくりと話し始めた。

「じつは、里見どののところへ行って来たのです」

義貞はむっとした。義昌の息が酒臭いのに初めて気がついた。

「その帰り道、どなたかは判らないがあるお方の幕の外の暗がりで、妙な男に呼びとめられたのです。そしてわたしを裏の方につれて行って、新田どののご家来だろうというのです。わたしは驚いて、声も出さずにそうだと言いました」

「声も出さずに、そうだと言ったのか」

「はい」

義貞は、義昌が自分に黙って里見の陣中へ行ったのが面白くなく、腹立たしかった。新田氏と同族とはいえ、里見義胤《よしたね》にはとかく思うところがあった。

「それでどうした」

「それで、あとはさきほどの話です」

「本当にそれだけか」

「それだけです。ただ男は、あの附近のお方の家来ではなく、どこからかわたしをつけていたような気がするのです。そして、そのあとはどこへ行ったのか判らなくなってしまったのです」

「本当だな」

「本当です」

義昌の話はそれだけだった。義貞はにわかに苛立った。

(何者だろう。なぜ義昌にだけそれを言ったのだろう。その男はほかの者に対しても、密かに言い触らしているのではないだろうか。それはどういう意味なのか)

義貞はその意味を悟ることができなかった。

新田一族に対して、その翌日も出陣の命令はなかった。両軍の合戦は、山の奥の方で行なわれている。

義貞は義昌に留守を任せ、家来一人をつれて外へ出た。いたるところに張りめぐらされている幔幕の、内といわず外といわずに兵士たちが満ち満ちていた。その誰もが、退屈さをまぎらわしている。酒を飲んで賽子《さいころ》をふっているならまだしも、どこからか華やいだ女をつれてきて侍らしている者もいる。

(これがいくさか)

彼は顔をしかめた。

（彼奴らは、赤松が兵を挙げたのを知っているのだろうか。それとも義昌にそのことを教えたという男は、やはりわれら一族にだけそう言ったのだろうか。そんなはずはないと思う）

白昼、義貞はその手掛りを得られないまま帰って来た。しかし播磨で赤松一族が兵を挙げたという事実と、この陣中で、密かにその事を内通してくる何者かがあるということに、彼は徒らにここに居ることのもどかしさを感じ始めていた。

三月になると、千早城を囲む幕府勢の陣中に、各地での出来事がはばかることなく伝えられた。護良親王が立て籠もった吉野城が落ちたのは、一か月前の閏二月一日のことだった。そして播磨で、赤松則村が後醍醐天皇に味方して兵を挙げたことが、続いて、その後醍醐天皇が流されていた隠岐を脱出して出雲《いずも》に辿り着き、伯耆の名和《なわ》長高を頼って兵を挙げたということが伝えられると、どこの陣中にも名状しがたい嘆声が洩れた。そして彼らは、沈黙のうちにも互いに相手の顔を見やった。

その時鎌倉から使者が来て、阿曽時治や大仏高直に対して、千早城を一刻も早く攻め落とすことを命じる北条高時の言葉を伝えた。昼間から酒を飲み、賽子をふっている状況ではなくなってきた。寄せ手は相変わらず、正成の巧妙な奇襲に遭って苦戦している。頭上から岩石や大木を落とされたり、藁人形に騙されて徒らに死傷者を増やしているだけだった。

そこで考えついたのが、長大な梯子を造りそれを谷に渡しかけて、いきなり城中に軍勢をなだれ込ませようとするものである。そのために、砦近くでは木々が倒され、斧を打ち鋸を引く音が山中に谺しているという。

義貞たちが居るところまで、その音は聞こえてこなかった。しかし彼の耳には、もっと別の音が聞こえていた。遠いところで何かが崩れ落ちるような、耳を覆いたくなるような、それは大きく恐ろしい物音だった。彼はそれを黙って聞いていることができずに、苛立ちを顔に表わした。

露営していた軍勢が、全体に千早城寄りに移動した日の夜、義昌がまた忍んで幕の中に帰って来た。胡坐をかくと、義貞に鼻先を突きつけるようにして、声を落として言った。

「あの晩の侍に、また会いました」

義貞は目を見開き、事のいっそうの重大さを悟った。

「あのお方は、護良親王のご家来です」

「まさか」

「本当です。このような陣中なら、敵であろうが味方であろうが、誰でも入り込めます。わたしはそう見ました。あるいは公家くずれかもしれませんが、宮のご家来であることはたしかです」

「それで？」

「われらに、本国に帰って兵を挙げよとのことです」

義貞は思わず身震いした。それを義昌が見てとった。

「わたしも驚きました。しかし宮は、吉野の砦を落とされてからは、ご家来衆をこのあたり一帯に放っておられるのです。そしてすでに隠岐をお出になった前の帝とも連絡をとり、諸国に令旨《りょうじ》を発しておられるとのことです」

「播磨の方は、その後どんな具合だ」

「六波羅勢が討伐に向かったそうですが、討ち負けて都に逃げ帰ったという話も」

「そこまで行っていたのか」

「お館、世はもはや北条氏のものではありません。本国《くに》に帰りましょう」

「どのように」

「われらはすでに、京都大番役の勤仕を終えたのです。軍奉行に対する口実はいくらもあります」

「なるほど。それでこのことは、ほかの一族にも伝えられているのか」

「多分、里見どのにも」

「うむ、それは平氏に対するわれら源氏をという意味か」

「それもあります。しかし今や、そんな小さなことではないと思います」

「たしかにそうだ」

「明日、また連絡をとることになっております。宮からの令旨か、できれば帝からの綸旨《りんし》を戴いて――」

「うん、是非それは必要だ」

「では」

義昌はまた出て行った。義貞はわずかに汗をかいていた。

思いがけないことになった。義貞は少なからず狼狽した。楠木正成が立て籠もった千早城という小さな砦に、幕府の大軍が、泥沼に足をとられたようにそこに引きつけられている間に、地方ではようやく鎌倉幕府に対する謀叛の兆しが露わになっていたのだ。

大軍を率いる鎌倉からの大将たちは、それを知りながら耳を塞いでいるのだろうか。それとも、その勢いをまだ見くびっているのだろうか。あるいは、鎌倉幕府がそういう不逞の輩によって滅ぼされることなど、考えられないと思っているのだろうか。

（どちらでもよい。だがわしは、今こそ決心しなければならぬ）

怖れと同時に、彼は快い感動に昂ぶっていた。

二日後の夜、義貞の陣中に初めてその侍が姿を現わした。義昌が言ったように、公家が鎧を着たような痩せて小柄な、それでいて顔だちの整って気品のある侍だった。名はゆえあって名のらないと言って、許しを乞うた。

「船田どのには、詳しく申しあげてあります。すべてお聞きおよびのことと思います」

「承知いたしております」

義貞は慇懃に答えた。それは志を同じくする者が、絆を確かめ合う言葉だった。

「これが宮からの令旨です」

「令旨？」

「そうです。この場では帝からの綸旨は無理なこと。ですからこの令旨を帝の綸旨と思っていただきたいのです。宮には、いままでも帝の代りとして数々の令旨をお出しになっておられます。令旨でも綸旨でも、帝のお志であることには間違いありません」

侍はきっぱりと言った。義貞はその令旨をおしいただくと、素早く懐ふかくに収めた。あとは目と目で挨拶を交すと、侍は幕の外に出て行った。

翌日の昼どき、千早城を望むこともできない寄せ手の陣営は、冬の陽のぬくもりの中にあった。義昌は軍奉行の工藤高景のところに向かった。義貞は胸の動悸を抑えながら待った。やがて義昌が、平然とした顔つきで戻ってきたときには、さすがに彼もほっとして胸をなでおろす思いだった。

「首尾は上々」

義昌はにこりともせずに、そのいきさつを話した。

「われら新田一族は、京都大番役の役目も終わりこうして千早城攻めに加えられたものの、手柄をたてる場もなく無為に過ごしております。近ごろ賊徒が地方に起こりつつあるとき、むしろ鎌倉の地を守るためにも、われら一族をいったん本国に帰らせていただきたいがと、わたしはこう言ってやりました」

「うむ、それで何と言われた、工藤どのは」

「よかろう、そちの言うことはもっともだ。この砦も間もなく落ちるだろう。さすればわれらも鎌倉へ帰るということになるが、新田どのには一足先に帰って、万が一の時には鎌倉を守られよ、とのことでございました」

「そんなことを言われたのか。気づかれはしなかっただろうな」

「はい、その気配は微塵も」

「よし、ご苦労だった」

義貞は好都合に過ぎるとさえ思った。

「それで出立は？」

「なるべくゆっくりと。朝も遅く、できるだけ人目につくようにするのがよいのではないかと」

「うん、それがよい。心ならずも陣を離れるという態にだな」

「そのとおりです」

翌日、十数人の新田勢が、千早城攻めの囲みをあとに峠を越えて大和に向かった。彼らは太刀を抜くこともなく、弓に矢をつがえることもなく、もちろん何の功をたてることもなくそこを去って行ったのである。

義貞は、あの東福寺の谷川を渡ったあとの、目の前に立ちはだかった坂を想い出していた。あそこでは、千早城の麓に立って先陣を言いつけられるのを覚悟していた。十人ばかりの新田勢は、またたく間に射殺《いころ》される運命にあったのだ。自らは太刀を抜いたまま、一歩も前に進むことができなかった。彼は不思議な想いにかられていた。一族のうち、だれ一人傷つくことも討ち死にすることもなかったのはもちろんのこと、いま自らの懐に、北条氏討伐の令旨をいただいていることを、誰が初めに想像しただろう。

思えば、北条氏討伐という企みは、恐ろしく大それたことだった。都で大番衆で居たときにも、また千早城攻めのために大和路を進んでいたときにも、義貞にはとても思いつかないことだった。とにかく事態が一変したのだ。義貞はようやく決心した。同時に自分の運命を想った。そして逸る心を抑えながらも、新田一族の陣頭に立って、関東平野を疾駆する自らの姿を夢見た。

(われもまた、鎌倉を討つ！)

挙兵

上野国新田荘は、利根川の北、渡良瀬川の南にある。

義貞と船田義昌の主従は、遠く千早城攻めの陣中から帰ってくると、翌日にはすぐに領内を見回った。疲れをとる暇もなかった。馬を走らせ館に戻った義貞は、さすがに息が上がっていた。足を投げ出し躰を崩して座ると、目も虚ろになっていた。顔は憮然としている。

(ここでは籠城するところもない)

彼は、正成が立て籠もった千早城のことを想っていた。

(わしは結局、その砦を見たこともなかった。しかし、あの幕府の十万に余る大軍を引き寄せてもいまだに落ちないというのは、どうしたことか。とても考えられないことだ。たしかにあの砦は、山深い峻険な地にある。やはり、そのために寄せ手は攻めあぐんでいるのだろうか)

新田荘は、利根川の川原から北へ、なだらかな坂を上ったところに、いかにも平らに拡がっている。山らしいものといえば、東北の方角に新田山《にいた》があるだけだった。それも何ほどのこともない。

きょう義貞は、改めて領内を見回ってみた。外敵と戦った場合にどのように守るかと、動物のような感触で地形や距離を確かめた。だがそのあとには、大きな失望感だけが残った。

(籠城など、とても出来ることではない。わしは思い違いをしていたのか)

彼は北条氏討伐の名のもとに兵を挙げることが、考えていた以上に困難なものであることを、今さらのように思った。一度ひいた汗が冷汗になってふき出してきた。

「義昌、兵を挙げた時、そちだったらいちばん初めに何をする」

義昌は目をつむって、何事かを考えているようだった。

「――わたしだったら何もしません」

「何っ?」

義貞がきっとなって叫んだ。

「兵を挙げる前に、まだやることがあります」

「うむ？」

今度は怪訝《けげん》な目つきに変わった。

「お館は、まさかわれら一族だけで兵を挙げようなどとお考えになっておられるわけではないでしょうな」

「と言うと」

「楠木が、わずかの兵で千早城に立て籠もったのは、あの険しい地があってのこと。それでさえ、赤坂城を落とされてふたたび兵を挙げるまでには、かなりの用意周到さでもって行なったはずです。播磨の赤松とやらが兵を挙げたといっても、それは京よりも遙か西の地。鎌倉からはさらに遠く、あたりには御家人もいないところです」

「なるほど」

「いくら護良親王の令旨をいただいたとはいえ、このような場所でわれらだけが兵を挙げたところで、どれだけ支えることができるでしょう。ここは鎌倉に近い坂東の地です。千早城攻めに加わったのは、せいぜい尾張あたりまでの軍勢。信濃《しなの》、遠江《とおとうみ》からこちら側では、幕府方の軍勢はまだ誰も動いておりません」

義昌はいつの間にか雄弁になっていた。義貞は、これが千早城攻めの陣中で、他人《ひと》の幔幕に入り込んでは酒を食らっていた男かと思うといまいましかった。しかしその間にも、執事として自分の欠けているところを補っていてくれたのだと考えると、やはり頭の下がるものがあった。

（義昌の言うことは、いちいち尤もだ）

彼は次の言葉を待った。

「間もなく、里見どのがお帰りになるはずです。あのお方も、護良親王からの令旨をお受けになっておられるでしょう。北条氏、つまり平家一門のほかに、この坂東でも宮から令旨をいただいたお方が、その外にもまだ何人かはあると考えた方がよろしいのでは――」

「そうか、よく判った」

義貞は素直に頷くと、次第に姿勢を正した。

「とりあえずは、里見どののお帰りをお待ちになっては――」

義昌はそこで口を閉じた。しかし義貞は、彼がそれから先のことまでをすでに考えていることを察した。だがそれを聞き出すことは出来ない。それから先は、義貞自身が考えることだった。

この頃、千早城はまだ落ちなかった。義貞らがそこに居た時、長大な梯子が造られつつあった。それが出来上がったとき、幕府勢は、谷を跨いで砦の塀にその梯子を渡しかけた。と同時に、兵士たちがどっと城内になだれ込もうとした。楠木勢は、そこへ火のついた松明を投げつけ、油を入れた水弾を放射した。梯子は一瞬のうちに燃えあがり、悲鳴をあげた兵士とともに、轟音を残して谷底へ落ちて行った。寄せ手はどうしても千早城を落とすことが出来なかった。

一方隠岐を脱出した後醍醐天皇は、地元の豪族名和長高に擁されて船上山に立て籠もり、ここで諸国に向けて北条高時討伐の綸旨を発した。ふたたび幕府討伐を叫んで立ち上がったのである。これが閏二月二十九日のこと。幕府によって隠岐に流されてから、一年足らずだった。長高はのちに長年と名を改める。

また、さきに播磨に兵を挙げた赤松則村は次第に勢いを得て、都から出撃した六波羅勢をじりじりと追いつめ、三月の上旬から中旬にかけては摂津をへて、都に突入するまでに迫っていた。六波羅勢はすでに防戦一方となった。

三月十三日に、九州で菊池《きくち》武時が挙兵して博多の鎮西《ちんぜい》探題北条英時を攻めたが、小勢の菊池勢は、頼みとしていた大友貞宗と少弐《しように》貞経の裏切りにより敗れ、武時は討ち死にした。しかしこの地でも、後醍醐天皇の綸旨により兵を挙げる者があったのだ。続いて四国でも中国でもと。もともと関東に比べて幕府の勢力が弱いこの地方では、このあと幕府勢は、鎮西探題や長門《ながと》探題を拠点として応戦することになる。

三月二十七日になって、鎌倉は朝から騒然としていた。楠木の千早城攻めもはかばかしくなく、後醍醐天皇が隠岐を脱して、これに応じて西国の武士たちがつぎつぎと兵を挙げたとなると、幕府にとってこれ以上の危機はなかった。北条高時は、二人の有力武将に大軍でもって西上することを命じた。二人の武将とは名越高家と足利高氏《あしかがたかうじ》。ともに自分の名の一字を与えた、その意味でも幕府にとっては有力な武将の起用だった。軍勢は半日をかけて鎌倉を発って行った。

これらの報らせが、すべて義貞の許に届いたわけではない。しかし断片的で、しかも日時の遅れたものではあっても、彼はそこに鎌倉幕府が崩れ落ちていく過程を知ることが出来た。遠くから、その音が聞こえるようだった。

(それなのに、義胤はまだ来ない)

彼は苛立っていた。義昌が言うように、里見一族も護良親王の令旨を奉じて、千早城攻めの陣から帰っているはずだった。榛名山の南麓にある里見は、新田荘から西にそれほどの遠さではない。

（利根川の南を行ったにしろ、一言ぐらい挨拶があってもよいではないか）

義貞は勝手なことを考えていた。義胤の方にも、それなりの都合があるのだろうという思いやりは少しもない。事態が日ごとに切迫していると感じられたからである。

「お館、わたしが行ってきます。出来ればここへお連れします」

「義胤をか」

「はい」

義昌の目論見もはずれた。彼は、里見義胤が義貞と同じように河内から帰って来たとき、すぐにも新田館を訪ねると思っていた。義昌にもたかをくっていた面があった。しかしこの頃になって考えてみると、最近、館の周りをうかがっている黒い影があるのを彼は感づいていた。それもいつも夕刻頃に。

（黒沼の奴が、どうも動いておる）

黒沼彦四郎という、新田荘の西隣に住む北条氏の侍の手の者だった。

「今から行ってきます」

「今から？」

義貞の返事も待たずに、義昌は立ち上がった。彼は一人で館を出て行った。

（どうも、面白くない）

義貞は不満顔で庭を見つめていた。里見一族を始めとして、新田氏の流れを汲む者が、自分を軽く見ているという妄想に彼はかられていた。それは少なからず事実でもあったが。

新田氏は、源義家の孫義重を祖とする。そして義重の弟義康は、足利氏の祖となる。義重、義康兄弟の父義国は、下野《しもつけ》国から上洛して朝廷に仕え、式部太夫を最後に官を終えた。やがて本国に帰り足利荘に住みつくと、そこを足場にして勢力の拡張を図った。このあたりはもともと、源氏姓でない藤原足利氏が勢力を張っていたところである。義国はいくたの確執と争いののちにそこを制した。彼が没したのは久寿《きゅうじゅ》二年（一一五五）であるから、保元《ほうげん》、平治《へいじ》の乱の前夜ということになる。

父の死後長男の義重は、渡良瀬川を渡って上野国新田荘を開発した。領地の拡張と開発は、地方武士の執念であり、情熱でもあった。彼は弟の義康を足利に残し、自分は新田荘に移り住んで新田氏を称した。新田氏と足利氏はこうして血を分けた。

頼朝が、平家討伐を叫んで兵を挙げたのが治承《じしょう》四年（一一八〇）のこと。この時頼朝からは、義重の許にも挙兵を促す使者が届いた。しかし彼はこれに応えなかった。義重にも、源氏の一族として期するところがあったのだろうが、結局はそのことが後日頼朝の不興をかうことになった。

義重には七人ばかりの男子があり、長男の義範が山名氏を、次男の義俊が里見氏を、四男の義季が徳川氏を起こしてその祖となり、三男の義兼が新田氏を継いだ。建久《けんきゅう》三年（一一九二）に頼朝が幕府を開いた時、義兼や義範兄弟は、義兼とは同名の、従兄弟の足利義兼らとともに鎌倉で頼朝の身辺近くに仕えている。しかしこの頃でも、新田氏よりも里見氏の方が重く用いられている場合がある。

義兼の孫の政義は、京都大番役で都にあった時、任期が終わっても本国にも帰らず、ついには出家をしてしまった人物である。幕府が、彼と新田一族をよく思うはずがない。このように新田氏は、源氏の血を引く有力な氏族であるにもかかわらず、頼朝以来、それが北条氏の世になっても、鎌倉幕府からはとかく冷たい目で見られていたと言える。

　一方足利氏は、義兼が初めから幕府の中枢と関係をもつようになる。彼は北条時政の娘を娶って、同じく政子と結婚した頼朝とは義兄弟の間柄となり、そして頼朝の家人となって直接の主従関係を結んだのである。

　義兼にも何人かの男子があり、そのうちの三男義氏が足利本家を継いだ。義氏もまた父と同じように、北条泰時の娘を娶ったのである。こうして足利氏は、北条氏とはより密接な関係をもつようになった。北条氏だけではなく、このあとも有力武将である上杉氏とも姻を結んで、幕府の中での地位と勢力を年ごとに大きくしていった。すべての面で、新田氏とは格段の差があった。

　新田氏にしろ足利氏にしろ、時代とともに多くの支族が生まれていく。足利氏から分かれたものに、細川、仁木、畠山、桃井、吉良《きら》、今川、斯波《しば》、渋川、石塔《いしどう》、一色《いっしき》氏などの一族がある。新田氏にも、山名、里見、徳川、大館《おおだち》、堀口氏などがあるが、その大きさにはおのずから差がある。また細川、畠山、今川氏などが、よく足利本家を支えたのに対して、山名、里見氏などは、むしろ同格の態度で新田氏に対するようになった。

　今、足利氏は高氏が、新田氏は義貞が当主になっている。高氏が幕府の有力武将として大軍を率いて西上の途についたのに対して、義貞はわずか十人ばかりの兵士を引きつれて、千早城攻めの陣中から、むしろ逃れるようにして上野国に帰ってきた。そして護良親王の令旨を懐にしながらも、兵を挙げるのに窮して動くこともできなかった。

　夕暮れ近くになって、義昌が帰ってきた。その言葉通り、里見義胤とその家来四人ばかりを伴っていた。人も馬も、うっすらと汗をかいていた。

義貞と義胤は互いに顔を見合わせると、「おお」と言って近寄った。ただ義胤の笑顔には、ある種の気まずさを隠そうとするものが確かにあった。

館の中で向かい合って座ると、二人は河内以来の再会を喜び合った。大声をあげ、そこへ酒が出た。

「早速とは思いながら、つい今日まで遅れたことをお詫び申す」

義胤は、改まった調子で素直に謝った。義貞より四つ五つ年上だったが、新田氏の惣領に対する礼は失っていない。

「我らも護良親王の令旨をいただいて帰国したものの、その日以来北条方の目が気になり、迂闊に動くことができませんでした。それは新田どのも同じだと思います」

「やはり、そうであったか」

「それに兵を挙げるといっても、砦を固めて立て籠もるのか、あるいは新田どのと同心一体となって兵を繰り出すのか、そのどちらを選ぶかが大きな問題です」

「それは、わしも考えたこと」

「兵を繰り出すにしろ、まさか鎌倉を襲うなどとはとても考えられないこと。われらとすればむしろ越後の同族を頼って、鎌倉より遠い地に立て籠もることの方が上策とも思っております」

「なるほど」

義貞は、義胤の言葉に思いもかけぬことを聞く思いだった。

（越後に退いて立て籠もるとは――わずか十里余りの道のりの差が、これほどまでに違った考え方になるのか）

彼は立て籠もることよりも、討って出ることの困難さをつくづくと感じた。

「それに、鎌倉をお発ちになった足利どのに、ご謀叛の噂があります」

「まさか！」

衝撃的な言葉だった。しかも義胤が、それを事もなげに言った。義貞は訝った。

（わしが知らないことを、なぜ義胤が知っておるのか）

たしかに、もし足利高氏が鎌倉幕府に謀叛して後醍醐天皇側につくということになれば、事態が一変するほどの大事となる。現に高氏が率いている軍勢の大きさもさることながら、彼の名声が多分に坂東武士の心を左右することにもなる。

（起こりうることだ）

義貞の心中は穏やかではなかった。それが彼を苦しめた。

その夜、義胤は義貞の反町《そりまち》館に泊まった。供の者四人が寝所の次の間に控えて、同族といっても義貞に対してはそれとなく気を配った。

義貞は眠れなかった。いや、眠ろうとしなかった。義胤が言ったように、高氏が本当に幕府に謀叛を起こしたらと考えると、とても眠れるものではなかった。裏の堀で鳴く蛙《かわず》の声が、一晩じゅう耳をつんざくほどに聞こえてきた。

（なぜ義胤はそれを知っておるのか。奴は河内からの帰り道この館に寄らなかった。その時すでに、足利どのの謀叛のことを知っていたのだろうか。たとえわしより先にそれを知っていたとしても、どうしてわしに隠すことがあるのか。ことによったら義胤は、まだほかにも知っていることがあるのかも知れない）

暗闇の中に躰を横たえていることに苛立って、義貞は戸の隙間に何度も目をやった。

（そんなことよりも、足利どのが謀叛をして兵を挙げたらどういうことになる。今の幕府の勢いでは、到底それを支えることはできないだろう。あの千早城一つを、いまだに落とせないでいるではないか。赤松の軍勢は、すでに都をうかがっているという。千早城の麓には、まだ十万にも余る幕府の軍勢がひしめいているようだが、それを攻め落とすのに徒らに手を拱いているだけではないか。足利どのと、赤松やそれに与する軍勢が、一気に六波羅を攻めたなら、上方の幕府勢は総崩れになるだろう）

義貞は今となって、たしかに焦っていた。

（我が新田一族としては、それを黙って見ているわけにはいかぬ。われらとて源氏の一門だ。徒らに、足利どのに名をなさしめるわけにはいかないのだ）

頭から肩と胸にかけて、義貞に重くのしかかってくるものがある。新田一族の惣領として、今夜この館に眠っている里見義胤に先がけて兵を挙げるのに、もはや一刻の猶予もならなかった。

（明日は決めよう。一族の者を集めて、討って出るか、それとも——）

彼は胸苦しさに布団を蹴った。

（義胤が言うように、退いて砦に立て籠もることなどとても出来ることではない。とすれば、討って出るだけだ。道は一つだけ、鎌倉を目差して——）

義貞は、夜の妄想の中でようやく決心をした。

翌日、夜も明けぬうちに義胤は反町館をあとにした。その部屋へ、義貞が自ら起こしにいったのだ。彼は義胤に、兵糧米を蓄えること、早馬が飛んだらただちに軍勢を動かすことなどを言い含めて見送った。義胤は真顔になってそれを聞き、急ぎ足で馬をやった。新田荘の西のあたりに、まだ黒沼の手下どもは動いていいなかった。

夜が明けてから、反町館は急に慌ただしくなった。しかし甲冑《かっちゅう》に身を固めた者は誰もいない。むしろ、一見のんびりとした動きを見せつけた。だが人の動きはたしかに多い。義貞が義胤に言ったように、新田一族もいくさに備える動きに出たのだ。まずは兵糧集めだった。

新田荘の水田は、義貞の住まう反町館を中心に東西に長く、南北はおよそその半分の距離の中にあった。ただ新田荘そのものは、それと同じぐらいの広さのものが北側にあったが、そこは笠懸野《かさがけの》と呼ばれる荒地だった。

反町館の東には、義貞の弟脇屋義助《わきやよしすけ》が構えて、兄弟の絆を強くしていた。西の石田川近くには江田氏と、長楽寺の周りには世良田氏。そこから南にかけては大館氏や堀口氏など。さらに東には細谷氏、由良《ゆら》氏などと、新田一族を称する武士団が反町館を中心にして館を構えていた。その外にも、荒井、西谷、安養寺、今井、綿打、金屋、谷島、一ノ井という庶子家が、新田一族のなかにはあった。

荘内は義重以来の灌漑と開墾により、水路が東西南北に多く通じて土地を肥沃にした。背後に遠く赤城山を望み、西南の霞みの彼方に秩父の山々を眺め、さらに目を南にやれば、遙か鎌倉までが見渡せるほどにと広野が拡がっている。武将といわず雑兵といわず、今、新田一族の誰もが、明日の旗揚げのために額に汗して立ち働いた。

次の日の朝早く、一人の見慣れない山伏が反町館の門を潜った。彼は周囲の気配に怖れず、むしろ無頓着に歩いた。番卒が肩につかみかかろうとすると、山伏はその手を振り払うような仕草で言った。

「お館さまに」

「何用だ」

「直接お話しする」

「無礼な！」

「無礼ではない。都から来たと言ってくれ。急いでおる」

番卒はその勢いに怯んで、庭の奥に立っていた侍のところに山伏を連れていった。

「何者か」

侍が穏やかに聞いたが、山伏は何も答えず、代わりに番卒が言った。

「都から、お館に直接にと」

侍はその意味をいくらか察したようだった。

「よし、あちらに回れ」

山伏は侍の後ろについて歩き、中庭に入った。

間もなく義貞が出て来て廊下に立った。山伏は跪いた。義貞もそこに座った。

「わしが義貞だ」

山伏は平伏したあとすぐに頭を上げ、義貞の顔を真っすぐに見た。

「申し上げます。都から、さるお方の手紙を持ってまいりました。お館さまにじかにお渡しします」

そう言うと、懐から素早く一通の書面をとり出した。

「ご免」

身のこなしは敏捷に、瞬時に義貞の足下ににじり寄ったかと思うと、両手でその手紙を差し出した。

手紙といっても普通のではなく、片方の掌の中に入るほどの大きさだった。

「密書か」

見当をつけて義貞が言った。

「左様です」

義貞はその手紙を受けとり、咄嗟に山伏に対して何を言い、どうすればよいのかと戸惑った。

「その手紙、わたくしがこのお館を出たあとにご覧下さい。もちろん、ご返事の必要のないもの。わたくしはこれで失礼いたします」

一礼すると山伏は出て行った。義貞はそれを見送ると、一人で部屋に戻った。

(誰からか)

何か、来るべきものが来たという、抑えられた気分に息がつまりそうな気がした。彼はその手紙を、一人で開いて見た。一瞬手が震えた。

(足利どのからだ――)

短い手紙の書面の最後には、高氏の花押があった。

義貞はしばらくは呆然として、心のうちの呟きもなかった。まったく思いがけないことだったから。

(伯耆における帝より、北条氏討伐の勅を受けた。新田どのにも、速やかに兵を挙げられんことを乞う、か)

密書とはいえ、義貞には御教書のように感じられた。

(義胤の言ったことは本当だった。足利どのは鎌倉に謀叛して、都のあたりでか、伯耆に御座《おわ》します帝から北条氏討伐の綸旨を手に入れたのだろう。そしてこの地において、われら一族にも兵を挙げることを命じているのだ。帝からはすでに官位を授けられているのだろうか。われらに対して、どうい

う資格でこの書を送ってきたのだろう）

義貞は愕然とした思いだった。同じ源氏の血を分けた高氏が、今では急に手の届かぬ所に立って、自分を見下ろしているように感じられたからである。

しかしそれにしても一大事だった。彼は家来に、脇屋館にいる弟の義助を呼びにやらせた。執事の義昌はすでに控えている。

（一刻も早く兵を挙げねばならぬ。うかうかすると、われら一族は北条氏に与するものとして、朝敵となってしまうかも知れぬ）

時を逸すれば、その怖れは十分あった。

間もなく義助がやって来た。彼は廊下を踏み鳴らして、義貞らが待っている部屋に入って来た。三人は慌しく額を寄せ合った。

義昌が言った。

「書面のことはともかく、もはや少しの猶予もなりません。足利どのにしても、この潮時を失わないための密書だと思います。ただ、われらのところへこれが来たのであれば、岩松どののところへもこれと同じものがいってるはずです」

「そうか、そうだったのか」

義貞が膝を打って言った。

「あの山伏は、ここを出てから岩松館へ行ったのだろう」

義昌が言う岩松どのとは、岩松経家のこと。足利氏の庶子家だが、新田一族との姻戚関係もある岩松一族の当主である。それに岩松氏は、早くから新田荘のうちの南に拡がる多くの土地を領していた。

足利氏の中ではいちばん新田一族に近かったが、反面、余りにも近くその傍に居を構えていた。

義貞に比べて、弟の義助のほうに機敏なところがあった。

「兄者《あにじゃ》、これから岩松どのに会って、それを確かめてくる」

義助はそう言うと、荒々しく部屋を出て行った。義貞はその後ろから怒鳴った。

「義助っ！　はやまるでないぞ」

「もちろん、十分に心得ておる」

やがて、けたたましい馬の蹄の音が門の外に消えていった。

それから、昼近くになってやっと義助が戻ってきた。顔を赤くしているのは酒のせいばかりではなく、気持の昂りぶりが外に出ていたのだ。

「案の定、あれと同じものが岩松どののところにも行っておった。やはりあの山伏が持って来たそうだ。岩松どのは、今夜この館に来る。兄者にはよろしくとのことだ」

義助は一気にまくし立てた。義貞はそれを聞いて、大きく溜め息をついた。今朝方の山伏の闖入から今にいたるまで、彼の気持ちは胸元に刃を突きつけられたように緊張を強いられたものだった。高氏からの挙兵を促す書状はともかくとして、足利氏である岩松一族が、自分に同心して兵を挙げるかどうかはまったく予断を許さないことだった。義助が言うように、経家が今夜この館に来るということは、岩松の方でもすでにそのことを了解したと見てよかった。兵糧米も集めた。あとは挙兵の時を待つだけだった。

夜の反町館に集まったのは、義貞を始めとして脇屋義助、大館宗次、堀口貞満、江田光義、船田義昌ら新田一族の主だった者と岩松経家。燭台の明かりの下で、改めて足利高氏からの密書が拡げられた。誰もが息を呑んでそれを見つめた。そして各人の胸のうちには、兵を挙げることに対する覚悟がひしとしてあった。

最後に岩松経家が言った。

「新田どのを総大将として、われら一族どのようなご下知にも従います。思う存分の采配をお願いします」

ゆっくりと頷いた義貞は、そういう経家の心づかいを素直に喜んだ。そして一瞬のうちにも、ある感慨に浸っていた。

（もう何も心配することはない。この経家が言ってくれたことにより、わしの気持ちのなかにあったわだかまりは、これで何もなくなった。いよいよ兵を挙げるのだ、待ちに待ったことだった）

足利高氏の書状によるにしろ、一軍を率いて関東平野を疾駆する自分の姿は、彼にとってはやはり晴れがましいものだった。

旗揚げの日は、一両日のうちにと決めた。

その翌日の昼ごろ、世良田郷のあたりがにわかに騒がしくなり、それがただごとでない気配になりつつあった。

新田荘世良田郷は、境川を挟んで西隣に渕名荘がある。そこを黒沼彦四郎入道という、鎌倉の政所《まんどころ》所司《しょし》の肩書を持つ者が支配していた。数日前そこに、鎌倉から出雲介親連とその手下の者がやって来た。彼らは来たるべき変事に備えての、兵糧米を徴するために関東一円に遣わされた者たちの一部だった。

二、三日の間、出雲介は淵名荘に留まっていた。彼らは境川の向こう側に拡がる新田荘の異変に気づいていた。これ以上黙っているわけにもいかない。しかも目の前にある世良田の長楽寺の寺領の一部は、十年ほどまえから黒沼のものになっている。

出雲介親連と黒沼入道は、手下の者十数人に具足に身を固めさせ、自分たちは直垂姿で馬をやり境川を渡った。そして長楽寺に立ち寄ったあと、附近の庄屋や村の主だった者の戸口に立って、米や銭の供出を要求した。そのやり方は手荒かった。郷内は騒然となった。

村びとの何人かが反町館に走った。それを聞いた義貞は直ちに指示をして、船田義昌には数十人の兵をつけて世良田に走らせた。現場の采配のすべてを、彼に任せたのだ。

(ただでは収まらないだろう。いずれこういうことになる)

義貞にとって黒沼入道は、かねてから我慢のならぬ存在だった。隣の荘にあって、日頃から、幕府の政所所司としての振舞いには腹立たしいものがあった。そのうえ近年では、長楽寺の住職が幕府によって任命されることにより、永年新田一族がそこに寄進してきた土地の一部が長楽寺から黒沼一族の手に渡ったという事情もある。

義貞は覚悟していた。義昌が戻って来た時にどうすべきかと。

(旗揚げは明日の朝か)

利根川に近い南西の空を見上げながら、彼はその下で繰り拡げられているであろう喧噪の場を想った。しかし心の中は意外と静かだった。昨夜の岩松経家との盟約が、やはり大きな自信となっていた。

間もなく脇屋館から義助が駈けつけ、そのあと義昌は思いのほか早く戻って来た。顔を真っ赤にして、坊主頭からはしきりに汗が噴き出していた。

「お館っ、彼奴をとうとう斬ってきました。首は晒してあります」

その顔の表情には、快感とおののきの二つがあった。いきさつはこうだった。

義昌の率いる新田勢がそこへ着いたとき、黒沼入道は、むしろ彼らを待ち受けているようだった。義昌は出雲介親連には目もくれず、黒沼入道に向かって馬上から怒鳴りつけて、その乱暴な所業を責めた。黒沼は嘲笑って、新田どのの謀叛のことは篤と承知していると言って、逆に脅しにかかった。

「わたしは、こうなれば今日も明日も同じことだと思い、いつまでもほざいている彼奴を家来に囲ませて、一太刀でその首を刎ねてやったのです。向こうの家来どもは逃げてしまい、出雲介は捕らえて縛ってあります」

義昌は手の甲で、何度も額の汗を拭きながら言った。館を出ていく時、すでに義貞にもこのような結果になることの予感はあった。手荒いといえば、義昌のやり方の方がよほど手荒いものだった。

「あの出雲介、どうしましょう」

「明日になったら、斬るなり放つなりせよ」

義貞の考えの中に、もはやそのことはなかった。彼は義助を振り返り、義昌にも命じて言った。

「かねてからの手筈通り、今から早馬を！　旗揚げの時は明朝卯の刻（午前六時）、生品《いくしな》明神の境内において！」

これが義貞の下知だった。早馬は四方に飛んだ。

明けて元弘三年（一三三三）五月八日の朝、反町館の北にある生品明神の森に、雀の囀りが耳をつんざくほどだった。木々の葉はようやくその色を濃くし、若葉の香りが森全体を生々しくも爽やかに包んでいた。

陽はすでに高く昇り、新田荘をくまなく照らしていた。その青空に、馬の嘶きが響きわたった。やがて四方から、人の歩みと馬の蹄の音が次第次第に生品の森に近づいてくる。遠くから見ると、白い流旗がわずかな風に靡いていた。また大将が跨がる馬の胸の厚総《あつぶさ》や尾挟《おばさみ》が、赤く鮮やかに見えた。

義貞は館を出た。赤糸縅の大鎧を着て、栗毛の馬に乗った。庭を一回りして館を振り返ると、見送った妻や子に目で挨拶をした。門を出るときには駈け足となり、一団となった主従が期せずして喊声をあげた。新田一族の、長い戦いの始まりだった。

生品明神の森には、百五十から二百騎ほどの軍勢が集まっていた。義貞はその中に、岩松経家の姿を見つけて頷いた。

（それにしても少ない）

と思ったとき、里見義胤が近づいて来た。

「わが一族、遅くとも今夕までには利根川のあたりで新田どのをお迎えする手筈となっております。なにぶん遠方からの出立ゆえに」

「かたじけない」

義貞は了解した。確かに昨日の午後の触れでは、何百という軍勢の今朝のここへの到着は無理だった。とりあえずこの場では、経家の率いる岩松勢や義胤の率いる里見勢のほかに、あとは大館宗氏親子や、堀口貞満、江田光義、桃井尚義らが手兵を率いていた。

馬を下り、義貞を始め一同が社殿に向かって柏手を打った。そのあと、土器《かわらけ》で酒を酌み交わした。ささやかな出陣の式だった。やおら義貞が立ち上がった。

「目差すは、鎌倉っ！」

森の梢を突き抜けていくような大声が響き渡った。一同は立ち上がると、三度ばかり鬨の声をあげた。賽はすでに投げられていたが、義貞にしろ経家や義胤にしろ、この時ばかりはさすがに身が引き締まる思いだった。

隊列を作って、軍勢が森を出ようとしたとき、北の方角から物見の者が一騎駈けて来た。早くも合戦かと、誰もが思って身構えた。

馬から飛び下りると、その若者は義貞のまえに跪いた。

「ただいま笠懸野のあたりに、守護代長崎どのの軍勢三十人ばかりが押し寄せております。小勢とはいえ、後備えもあるかと思いお報らせにまいりました」

笠懸野は生品の森から北へわずかばかり。上野国は北条氏得宗家が守護となっており、この時守護代は長崎孫四郎左衛門尉に任せられていた。

（おかしい。守護代はいま鎌倉にいるはずだ）

義貞は一瞬迷ったが、すぐに下知した。

「一気に駈けて討ち取れっ！」

若者が言うように、後備えがあるかも知れないと思った。四郎左衛門尉が鎌倉にいるとしても、留守を預かっている侍がいるはずだ。背後の敵でもあるし、緒戦にそれを討ち取りたかった。

笠懸野まで来ると、くさむらと木立の向こう側に、確かに馬に乗った武士が二人と三十人ばかりの雑兵が見えた。彼らは新田勢が到着すると、いっせいに矢を射かけた。しかしこちらに向かってくる様子はない。

「矢を射かけろ！」

義貞の傍らにいた義助が叫んだ。雑兵たちが、ばらばらと散って、思い思いの場所から矢を射返した。長崎勢はしばらく応戦したが、飛来する矢も一本二本と少なくなり、やがて何やらわめきながら逃げて行った。

「追うな！」

追いかけようとする兵士を、義貞が押しとどめた。

「後備えもないようだ。引き揚げようぞ」

彼は経家や義胤をも促して軍勢をまとめた。守護代の手兵ならあの程度だと思い、ともかくも背後の敵のないことを確かめることだけはできた。とあれば、あとは南下して鎌倉を目差すだけだった。

思わぬ小競り合いがあって、利根川を渡ったのは昼過ぎになってからである。とその時、右手の遙かに雲を巻き上げるような砂塵が見えた。白く揺れているのは流旗だった。

里見義胤が、馬を駈け足にして義貞に寄って来た。

「新田どの、わが里見一族と越後の軍勢に相違ありません」

「おおう」

義貞は思わず声をあげた。これこそ彼が待っていたものだった。馬を止め、それが近づくのを身じろぎもせずに見守った。

軍勢は、二千にもなんなんとする大軍だった。義貞は感激の極みにあった。いまだかつて、これだけの大軍を率いたことはなかった。それはあの金剛山の麓で見た、幕府の十万にもおよぶ軍勢とはまったく違ったものだった。今から関東平野を疾駆して、鎌倉を陥れようとする、かつてない最強の軍団のように彼には思えたのだ。

近づくに従って軍勢の足並みは早く、兜の鍬形を揺るがした武将たちの顔が、やっとさだかに見えた。義胤がそこへ走り寄ると、三、四人の大将格の武将がそれに応じて出て来た。彼らは再会を喜び声高に話し合った。二千の軍勢を率いる武将は、鳥山、田中、大井田、羽川の一族。いずれも新田一族ではあるが、鳥山、田中は越後国魚沼に、大井田は中魚沼、羽川は北魚沼羽川に居を構える一族だった。

一同は会した。遠来の軍勢は疲れていた。それに後続もあるということで、その日はそこに陣をしくことになった。夕刻になって、越後や甲斐方面から源氏の血を引く氏族が一団また一団と集まって、その数は一万にもなった。幔幕が張られ、夜になって篝火が焚かれた。

その夜義貞は、自分の幕の中に主だった武将を招き入れた。左右に居並ぶ彼らを見回しながら、彼は自分でも顔を紅潮させて満足げだった。いまやそこには、源氏の棟梁としてのはっきりとした意識があった。

（これだけの軍勢を率いてなら、鎌倉も落とせる。いよいよわしの手によって北条氏を討伐し、鎌倉を陥れるのだ）

それは必ずしも妄想ではなかった。義貞を始めとして、そこに集まった武将たちの誰の面にも、たぎり立つような覇気が満ち満ちていた。

翌九日、新田勢は南への進撃を開始した。この日もまた、小さな氏族が数十人から五十人ばかりの軍勢を引きつれて列の中に加わっていた。しかしそのうちにも、行く手の右手に現われた二百人ばかりの軍勢を見た時、義貞は訝しげに眉をひそめた。隊列の中から一人の武士が馬を飛ばしてきたので、船田義昌がそれに応じた。

二人のやりとりを待つ間、義貞は列の中ほどに、屋根のない手輿《てごし》があるのを見ていた。前後に一人ずつの従者が、肩から吊した布でそれを腰のあたりで支えている。輿の上には小児が座っていた。彼はそれが誰であるかが判った。

義昌が戻ってきた。

「足利どののご子息、千寿どののご一行です」

「うむ」

義昌は丁寧に言ったが、義貞は不機嫌な顔をした。

「いかがいたしますか、ご挨拶は」

「今は軍勢を進めておる最中、挨拶などいらぬ」

結局その二百人ばかりの足利勢は、今は大軍団となっている新田勢の後方につくことになった。

足利高氏の子千寿の突然の出現は、義貞の心のうちに、動揺とある疑いの気持ちを起こさせることになった。見たところ、それを率いるのにめぼしい武将の姿は見られなかったが、この場への彼らの出現は、如何にも唐突に思えた。

(何か企みがあるような気がする)

彼は一行の背後に、高氏自身でないにしろ、何者かがいることを思わずにはいられなかった。

夜、幔幕の中で、義貞は初めて千寿と会った。義昌のほかに、岩松経家らを呼んでおいた。わずか四、五歳の千寿を補佐しているのは、紀五《きこの》左衛門尉という相模の曽我一族の者だった。千寿のいとけない容姿は、武者姿の大人たちの中にあって痛々しくさえあった。

「わたしはお父君とは縁ある者、きっとお心を安らかにしてください」

「はい、どうぞよろしくお願いいたします」

「おう、よく申された」

義貞は相好をくずして笑った。高氏の子とはいえ、余りにも幼い千寿を邪険に扱う気にはなれなかった。

紀五左衛門尉は言った。足利高氏が天皇方討伐のための軍勢を率いて、名越高氏とともに鎌倉を発ったのが三月二十六日のこと。その時、高氏の長子竹若は伊豆の御山《おやま》に、次子千寿は鎌倉の大蔵《おおくら》の谷《やつ》に居た。大蔵の谷とは雪の下の東、頼朝が最初に幕府を開いた大倉幕府のあった跡をいう。千寿は高氏上洛のあと、北条高時によって人質となっていた。

上洛後の高氏の行動は、残された足利一族にとっては気になるところだった。高氏にはかねがね、北条高時に対する叛意があった。元弘元年の先の変事の時、高時は高氏にたいしても出兵を命じた。しかしちょうどその時、高氏は父貞氏の死に遭った。彼は高時に、葬儀と喪に服するために一両日の延期を願い出た。高時はそれを許さず、高氏は抑えがたい怨み心を残して鎌倉を発った。それ以来、高時は高氏を疑いの目で見るようになった。

高氏がいよいよ謀叛を起こすだろうという、都での異変を伝える早馬が駿河あたりに着いた時、伊豆の御山にいた高氏の家来曽我の一族が、いち早く動いて竹若をつれて東海道を西に逃げようとした。しかしそれは北条方の知るところとなり、たちまちにして行く手を阻まれ、ほとんど皆殺しにされてしまった。竹若ももちろん助かることはなかった。ただそのうちにも、数人の男が鎌倉に向かって走った。彼らは鎌倉に着くと、夜陰にまぎれて千寿を救い出し、ふたたび曽我氏の本拠地、相模の足柄の東まで走りに走ったのである。

その後、曽我の一族の許にも高氏からの密書が届いた。高氏不在の関東にあって、このさい源氏の棟梁は、新田義貞を措いてはなかった。こうして曽我一族は、足利高氏の子千寿を擁して、相模国足柄の曽我郷から山を越えて馳せて来たのである。

義貞はその労をねぎらった。明日は北条方の大軍と戦いを交えることになるかも知れない。そのために少しでも躰を休めようと、早く眠りにつくことを全軍に触れさせた。


つぎの日の朝、新田勢は早めに行動を起こした。武蔵国に入ってからは、いつ北条方が攻めてくるか判らなかったからだ。ところが新田荘を発ってまる二日、不思議なことに、鎌倉からの反撃はまるでなかった。この日はまた、近在からの小さな氏族の来援があって、軍勢はさらに南に下って行った。

右手に秩父の山並みが徐々に迫り、左手には関東平野がますます拡がっていく。義貞は今朝になって、千寿のことは余り気にしていなかった。それよりも、鎌倉の軍勢が動き出したという早馬がつぎつぎと到着して、合戦は今日か明日か、そしてその場合の布陣はと考えていた。

軍勢は日増しに大きく膨れあがっていく。隊列は縦に長いだけではなく、横にも拡がっていた。鎌倉が差し向けてくる軍勢が、どんなに大軍であってもこれで十分だという自信が、義貞の心のうちに沸き上がってきた。

関東平野から鎌倉に向かう三つの主な街道のうち、府中、関戸、鶴間へと通じる上《かみ》の道《みち》を新田勢はなおも南に進み、そしてこの日は、秩父の山中から川越に流れる入間川の手前に陣をしいた。これに対して鎌倉の北条高時は、十日になって桜田貞国を大将として、彼には六万の兵を授け新田勢討伐のために鎌倉を出立させ、上の道を一路北上させた。

明けて五月十一日の朝、小手指原《こてさし》に到着した北条勢と、入間川を渡った新田勢とは、初めてその眼前に敵の大軍を見た。義貞は軍勢の中央前方にあって、馬の鐙《あぶみ》に力を入れた。彼は入間川を渡る前に、最初の下知を全軍に下した。大きく叫んだ彼の号令は、次から次へと伝令によって伝えられた。それが行き渡った時どよめきと喊声が上がって、川原は人と馬の水しぶきで、まるで華やいで騒然とした絵巻物が繰り拡げられたようだった。

川原から見ると、小手指原はなだらかな丘陵地の上にある。雑木林もあり窪地もある。新田方からは北条方の全貌が見えにくく、反対に北条方は、新田勢の陣立てまでを見下ろしていた。しかし桜田貞国を始めとする北条方の武将たちは、初めに、新田勢のそのあまりの多さに度肝を抜かれていた。

新田勢は遮二無二攻めたてた。矢を射かけては馬を駈け、騎馬武者と徒歩《かち》の兵士が一団となって走り出した。義貞はなおも声をはりあげたが、それはもはや四、五人の彼の供の者にだけしか聞こえなかった。戦いは夕刻まで続いた。北条勢は大きく後退し、新田勢もまた入間川の川原まで軍勢を戻した。双方で七、八百人の兵が討ちとられたが、北条勢の方が多くを失った。

五月十二日は朝早くからいくさは始まった。新田勢は丘を登り狭間に下り、久米川の一帯で北条勢とぶつかった。北条勢は気持ちのうえですでに守勢にたたされ、この日はさらに南に敗走した。そこから早馬がつぎつぎと鎌倉へ走っていった。その鎌倉へ、新田勢はあと十里（約三十九キロ）ばかりと迫っていた。

五月十四日の夜から十五日の朝にかけて、北条方は、高時の弟泰家を総大将とした軍勢を多摩川の分倍《ぶばい》河原に到着させていた。新手の到来は北条勢を元気づけた。そこで戦いの一日が始まった。新田勢は疲れていた。泰家の率いる北条勢の主力はさすがだった。執拗な矢攻めにあって、新田勢は多くを倒されてまえに進むことが出来ず、じりじりと後退した。決断をためらったが、義貞は全軍に退却を命じた。そして一気に、入間川の近くまで逃げ帰ったのである。態勢を立て直すのに、それくらいの距離が必要だった。

その夜、北条勢の夜襲はなかった。義貞がいちばん怖れていたことだったが、彼はそれを天の助けと思った。その一方では、依然として近在の氏族の来援があった。そして鎌倉の近く、大多和から三浦義勝が軍勢を引きつれて到着したのは、夜も更けてからのことである。その日はさらに、武蔵の熊谷直春、常陸の塙政茂らの軍勢がそこに加わった。

武将たちが帰ったあと、幕の中には弟の義助や船田義昌ら数人が義貞の周りに残った。義助が待っていたかのように言った。

「彼らの中に、密かに千寿どのの許に通《かよ》っている者があるようだ」

「通っているとは、どういう意味か」

「うん。とりたてて企んでいるということではないようだが、夜になると決まって顔を出すというような――」

「われらより、足利どのに縁がある者なら、それも致しかたないではないか」

「それは、そうだが」

「それとも、何か気になることでもあるのか」

「ただ、大事ないくさの前に互いに気まずいことがあってはと思い――」

「うむ、そういう心配をしておるのか。しかしそれはないだろう。たしかに今、ここに集まった者のすべてが気持ちのうえでわしの許にあるとは言えぬかも知れない。しかし数日のうちにも、鎌倉を陥れようとしているこの時になって、誰がわしの言うことに異を唱えようとするのか。今はそんな時ではないはずだ」

「確かに、そうだが」

憂えているということではないにしろ、義助は用心深げな眼差しで空《くう》を睨んだ。

義助が帰ったあと、義貞は目を閉じた。義助が言うように彼もまた千寿のことが気にかかっていた。顔には出さないが、義助以上にそのことを考えていたのかも知れない。合戦の場に出たところで、ただ足手まといになるだけの小児が、高氏の子とはいえなぜあそこへ出て来たのか。

（わしや岩松経家に対する密書といい、そこには確かに高氏どのの差し金があるのだろうが、千寿の到来は、やはりいかにも唐突に過ぎるような気がする。あるいはわしのところへ来た密書とは違う、別の密書がほかの武将のところに行っているのかも知れない）

義貞にはそれを確かめる術がなかった。千寿の出現は、今となって義貞の心中に、容易に抜くことのできない棘《とげ》を残すことになった。

翌五月十六日の朝、義貞はもはや千寿のことを考える暇はなかった。三浦勢を加えてさらに強大になった新田勢は、ふたたび分倍河原に走って北条勢を攻めたてた。朝方の奇襲に敗れた北条勢には逃げ足がついていた。背後の山に登って小野路で陣を立て直し、それも束の間、新田勢の猛攻を支えきれずに今度は山を下って鶴間まで走った。鎌倉まであと五、六里。総大将の北条泰家は、その日のうちに鎌倉へ逃げ帰った。

いよいよ最後の時が来た。五月十七日、義貞は鎌倉の西北二里、村岡の里の丘に立った。鎌倉はすでに彼の手中にあると言ってもよかった。義貞はそう感じた。

（ここまで、ちょうど十日かかった。思いがけないような、呆気ないような。まるで夢のようでもある）

それは偽りのない彼の感慨だった。十日まえ、あの生品明神の森に一族が集まった時、義貞の率いる軍勢はわずか二百騎ばかりだった。その数日まえには、越後にまで退いて、どこかの砦に立て籠もって兵を挙げようかとも思ったくらいである。それどころか二か月前には、あの千早城攻めの陣中で、幕府勢として彼は何の功もなく徒らに日を過ごしていた。あまりにも目まぐるしい身の変わりようだった。

今、彼は、源氏の棟梁として十万余の軍勢を率いている。それはまぎれもない事実である。

（たとえ足利どのの差し金があるにせよ、たとえ千寿がこの場に居ようとも、いま全軍に下知を下すのは、このわし一人だけだ）

この時義貞は、自分が源氏の棟梁だという矜持を思い、彼の生涯のうちでももっとも晴れがましい感慨の中にあった。そのうちにも彼は、ふと、あの東福寺で逢った尼どののことを想っていた。そして一瞬、目には見えない何かの力によって、自分が無意識のうちに動いているような不思議さを感じていた。

（尼どのは言われた。わしが源氏の棟梁となって、と）

鎌倉は、化粧《けわい》坂と極楽寺坂の向こう側にある。

鎌倉攻め

五月十七日の早朝、まだ陽は昇っていなかった。その時、洲崎から山内に通じる上の道のあたりで騒ぎが起こった。番卒が百姓男を捕らえたのだ。男は、ちょうど見まわりに来た船田義昌の前に引き立てられた。

「百姓の服装《なり》をしていますが、こいつは武士です。あの向こうで馬を下りました」

「本当にそうか」

義昌は穏やかに訊ねた。男は手を縛られてはいなかったが、両肩を番卒の薙刀の柄で押えられていた。そして返事をしないばかりか、不精髭がだいぶ伸びた顔を横に向けた。

「斬るぞ!」

義昌の声に、男は思わずぎくりとして顔を戻した。目が飛びだしたように大きく見開かれた。

「何者だ!　隠さずに申せ」

男は目を前に落とし、なおも黙っていた。

「太ぶてしい、斬れ!」

やにわに番卒が、男の着物の襟首を摑んだ。

「お助けを!　お助けを!」

男が突然大声で喚いた。悲鳴のような物凄さだった。

「言います、言います」

義昌が目で合図をしたので、番卒が手を緩めた。

「ただ、なにもかもお話ししますが、命だけはお助け下さい」

義昌は顔をしかめた。

「よかろう」

「自分の命が欲しいからそう言っているのではありません。もう少しわたくしの命を延ばしていただきたいのです」

「わからぬことを言う。さあ言え」

男はやっと落ち着いて腰を落とした。

「わたくしは都からの早馬です。北条一族の者です。六波羅は落ちました。足利どのが謀叛を起こされたのです。北条時益どの、仲時どのは討ち死になされました。楠木正成の立て籠もった千早城はついに落ちませんでした。前の帝は、間もなく都にお還りになるでしょう。六波羅館が焼け落ちたことにより、都での北条一族はすべて滅びたのです。わたくしはそれを鎌倉に報らせなければなりません。ここまで来て、新田どのの軍勢にこれほどまでに囲まれてしまったのを見れば、鎌倉もまた落ちることでしょう。こうなった以上、わたくしの報らせが何の役にも立たないかも知れませんが、それでもわたくしはそれを報らせなければなりません。それがわたくしの務めです。どうかお慈悲により、わたくしの命をお助け下さい。そしてわたくしを鎌倉に行かせて下さい。斬るのはそのあとにして下さい！」

男は声を嗄らし、早口で叫んだ。聞いているうちに義昌は真顔になり、それを義貞に一刻も早く告げようと腰を浮かしかけた。男は言い終わると、両手を突いたまま身じろぎもせず義昌の裁きを待った。

「しばらく待て」

義昌は男をそこに残して、義貞のところに行き、ありのままを話した。足利高氏が幕府に謀叛して六波羅を攻めてそこを陥れたということは、都における幕府勢力の没落を意味するものだった。それは今度の乱の中では、事態を決定づける大きな出来ごとだった。義貞の心のうちには、感にたえないものがあった。

「いかがいたします、あの男」

「つれて来い」

「ここへですか？」

義貞は急に、その男の顔が見たくなった。男は間もなくその前に引き出された。

「都から来たというが、都はどこにいたのか」

「はい、六波羅です」

今となって悪びれもせず男は答えた。義貞は男の顔をまじまじと見つめた。これ以上言葉を交わさなくても、男が都から辿って来たその道のりの苛酷さを想像することが出来た。そのために男の顔が憔悴しきっていることも見てとった。途中で百姓姿に身をやつし馬を下りたところで、急に容貌が変わるものでもない。武士は武士の姿を捨てきれないもの。しかしそんなことまでして、北条氏滅亡の報らせを鎌倉に届けようとする男の気持ちを、義貞は痛々しくも哀れに思った。

（この男は、六波羅のあたりできっとわしの顔を見ているだろう。わしもまた、あのあたりでこの男の顔を見たような気もする。いくさとは無常なものだ）

義貞はなおも男の顔を見続けた。男もまた何かを感じたのか、義貞の顔を見上げた。二人の間には思わず言葉が通った。それを見た傍らの義昌が苛立った。

「この男、いかがしますか」

「放してやれ」

「はっ」

「鎌倉に着いたら、入道どのに言うがよい。都のことと、ここの陣立てのことも」

男は深々と頭を下げて去って行った。

（鎌倉へ着いたところで、明日かあさってまでの命だろう）

男の形相に凄まじいものを見ただけに、義貞はその身の上を、たまらなく不憫に思った。

やがて下の方で馬の蹄の音が聞こえ、男が駈けて行くのが見えた。義貞が見ているうちにもその姿は、化粧坂へ通じる森の中へと消えて行った。


男が喋ったことにより、義貞は都のあたりでのことをほぼ知ることができた。もちろんすべてではない。情勢は、彼の想像以上に進んでいた。

三月二十六日に、名越高家と足利高氏が鎌倉を発って西上したときには、幕府はまだ楽観していた。楠木正成が立て籠もった千早城には、十万余の軍勢がはりつけてある。中国地方で赤松則村が兵を挙げたといっても、名越勢と足利勢によって十分押え込めると思った。また北条高時は、それだけのものを彼らに期待したのだ。

四月十六日に、二つの軍勢は都に入った。ところが四月二十七日に、名越勢が都の南、久我縄手で千種忠顕《ちぐさのただあき》や赤松則村の軍勢に敗れて、大将の高家が討ち死にするという思いがけない事態になった。千種忠顕は後醍醐天皇側近の公家である。

六波羅は、あとは足利高氏に頼ろうとした。しかしこの時、彼はすでに後醍醐天皇からの綸旨を受け取っていた。名越勢を助けるどころか、桂川を西に渡って丹波の篠村で北条氏討伐の兵を挙げたのである。そして一転して、赤松勢や千種勢とともに都へ突入した。六波羅館の北条時益や仲時は大いに驚いた。が、そのうちにも、二人は最後の時を知った。

彼らは館に火を放った。そして後醍醐天皇が隠岐へ流されたあと、北条氏によって立てられた光厳《こうごん》天皇を伴って東国へ逃げのびようとした。時益はその合戦の最中に討ち死にした。仲時らは近江に出て、琵琶湖の東岸を美濃に向かって走った。しかしやっと湖に別れをつげて番場《ばんば》に差しかかった時、伊吹山の麓に、亀山天皇の皇子守良親王が立て籠もっているのを見て、もはやこれ以上逃れられないのを知った。彼らはそこにある蓮華寺に入り、ことごとくが自害して果てた。六波羅館が落ちたのは五月七日、蓮華寺のことは、義貞が上野国で兵を挙げた翌五月九日のことだった。

正成が立て籠もった千早城は、よく持ちこたえた。二千にもならないわずかな軍勢で、十万に余る幕府勢の攻撃にもついに屈しなかったのである、寄せ手は、山岳戦におけるあらゆる手を使った。しかし正成の智謀がそれに打ち勝った。半年余りにわたるこの正成の孤独な戦いがあったればこそ、諸国の反幕府勢力の蜂起があったのだ。幕府勢がその囲みを解き、山を越えて奈良に兵を移したのは、彼らが六波羅没落の報を聞いた三、四日あとのことである。

後醍醐天皇は、この時まだ伯耆の船上山にいた。一刻も早く都に還りたかったが、名和長年がそれを諫めた。しかし天皇の心はすでに都にあった。光厳天皇を廃し、そこに集まっていた公家たちの成敗を、自らの手によって行なう気概を心中に秘めていた。都の公家たちはその気配を察して、怖れおののいていた。

天皇の北条氏討伐の綸旨は、諸国の武士たちにくまなく渡った。九州、四国、中国と、それを受けたほとんどの武士がその地方の北条氏の拠点を襲ったり、軍勢を率いて都へ上ろうとした。そしてその一部が、足利、赤松、千種の軍勢に加わった。そして今ここ東国では、坂東武士たちの多くが新田義貞の許に集結していたのである。

鎌倉は東西と北の三方を山に囲まれ、南を海に面していた。幕府が置かれた地としては、やや狭隘の感があった。しかし背後に輝く緑は美しく、前面の海は穏やかだった。

五月十七日に始まる鎌倉攻めの陣立てを、義貞は自分で書き記すと、それを義助と義昌に見せた。十万余の全軍を三手に分ける。まず南の海岸沿いの極楽寺坂へは、大館宗氏と江田行義を大将としてその一族一党を。次には北の方、山内から小袋坂にかけては、堀口貞満と大嶋守之を大将としてその一族一党を。そして中央部、村岡の里を下って化粧坂を目差すのは、義貞自らが指揮をとり、堀口、山名、岩松、大井田、桃井、里美、鳥山、額田、一井、羽川の一族一党を率いてのものだった。これは鎌倉へ通じる三つの街道のうち、上の道と中の道を進むことになる。

義貞から手渡されたその陣立ての図を見て、義昌が聞いた。

「どなたかに、これをお見せになりましたか」

「いや、誰にも見せてはない」

「三浦どのをどうなされます。いや三浦どのばかりでなく、小笠原どの、村山どの、それにはるばる遠方から参陣された結城《ゆうき》どのや石川どのには、何と説明なさいますか。そのことをお考えのうえですか、これは」

「三浦や結城のことは別に考えてある。しかしこの三つの中には入れない。彼らには下の道を固めてもらうつもりだ」

下の道とは、鎌倉の東部から日吉、丸子を通って、下総《しもうさ》や陸奥《むつ》へ通じる道のことをいう。

義貞は薄笑いを浮かべていた。

「判るか、わしの気持ちが」

「はあ、何となく」

義昌はやっと頷いた。彼はこの陣立てを見て、訝りよりもむしろ怖れの気持ちを持った。今までの合戦に功のあった三浦義勝や、分倍河原の合戦で討ち死にした村山義信の率いる一族の処遇には、彼なりに気をつかっていたからだ。しかし義貞がそれらのことを承知のうえで、なおかつこうした陣立てを考えたということを、彼はやっと知ることができた。それは義貞が、心のうちに秘めた頑なな意志の表れのようなものだった。

（たしかに、千寿どのを意識しておられる）

主人の義貞がそう思った以上、執事である義昌にもそれなりの覚悟が求められた。彼はそう覚悟した。

（鎌倉攻めは、今となっては新田一族のみによって行なわなければならない。そのためには千寿どの

を無視することだ。あるいは東国の主だった武将の率いる軍勢を、眼中になしとしなければならない。それがお館のお心なのだ）

義貞にそれだけの決意があるのなら、義昌としてはそれに承服するよりほかなかった。

陣立ては決まった。義昌はそれを全軍に触れた。新田勢の主力が鎌倉を西の方角から攻め、三浦、結城勢は鎌倉の東、六浦から朝比奈の切通しを固める。途中から来援した氏族は、それぞれの軍勢の配下となる。

この日はまた、遠く和泉の三木俊連が小隊を率いてやってきた。彼は楠木正成の縁者と言い、護良親王の令旨を受けて、わざわざ義貞の鎌倉攻めに遅れることなくやってきたのだ。

合戦はすでに十七日に始まっていた。鎌倉から化粧坂を通って出て来た北条勢が、洲崎あたりで新田勢に遠矢を射かけたりしたが、合戦はその程度で終わった。義貞の鎌倉攻めは、翌十八日から本格的に始まったのである。

十八日、小袋坂から山内をへて洲崎方面にかけて、北条勢が猛然と出て来た。それを率いるのは赤橋守時。彼は高時、貞顕の跡を継いで、鎌倉幕府最後の執権となっていた。執権とはいえ、その実権は依然として高時にあり、しかも彼の妹登子《とうし》は足利高氏に嫁いでいる。今となって、彼には鎌倉にあることの意味も望みもなかった。守時は死ぬことだけを求めて戦った。そして終日におよぶ激しい戦いの末に彼は討ち死にした。新田勢はその北条勢に追い討ちをかけ、一気に山内にまで迫った。

鎌倉攻めのうちでは、海岸沿いの稲村が崎と切通し方面で行なわれた合戦が、もっとも激しいものとなった。新田勢は大館宗氏と江田行義が率いる軍勢が向かったのに対して、北条方は大仏貞直の軍勢が一歩も退かぬばかりか、逆に寄せ手に向かって討って出て来た。

海岸沿いの道は、片側に山が迫っており、ことに極楽寺のあたりから稲村が崎にかけては岩が切り立って、それがそのまま海に落ちていた。崖の下の道は人ひとりがやっと通れる道幅。それも潮が満ちているときには、波がそこを打った。新田勢はやむなく、切通しの方に軍勢を向けた。しかし狭い道を進もうとしても、山の上や崖の上からの矢の乱射により、寄せ手は立ち往生をした。一方この日は化粧坂でもほとんど前進がみられず、十八日はこうして暮れた。

十九日の早朝、極楽寺坂で北条勢が突然動き出した。百人ばかりの軍勢が、新田勢の本陣に向かって突っ走り、乱戦となった最中に大将の大館宗氏が討ち取られるという、思いがけない事態になった。そしてその勢いに押された新田勢は、海岸沿いに腰越あたりにまで退いた。鎌倉攻めの難関は、この極楽寺坂口にあったのだ。

この時まで化粧坂を攻める軍勢の中にあった義貞は、二十一日になって、自ら極楽寺坂方面の指揮をとるために本陣を聖福寺に移した。彼はもう一度、この方面での鎌倉攻めの突破口をどこにするかを考えた。切通しを押し進むには、あまりにも時《とき》がかかり過ぎる。となると、あとは稲村が崎の崖の下か。そこはすでに三日前に、大館宗氏の軍勢が攻め入ろうとして失敗した場所である。しかし義貞は、なおもその道のことを考えていた。

（海には潮の満干《みちひ》がある――）

彼は突然、今までまるで忘れていたことを思い出した。

（そうだ。海には潮の満干というものがあったのだ）

海を初めて見たわけではない。都への上り下りに、相模の海と駿河の海と遠江の海を見たことがある。しかし彼は、その海を間近で見たことはほとんどなかった。ましてや潮の満干の間じゅう、そこに立っていたことは一度もない。ただそんな彼でも、海に干満の時があることだけは知っていた。少なくとも、一軍を率いる大将である。

義貞はただちに、大館宗氏の家来で稲村が崎攻めに加わった侍を呼んだ。

「そちはあの崖の下を通ったか」

「はい。しかしあの先には逆茂木があって、とても突き抜けることはできませんでした」

「うむ。そしてそこを通ったのは一度だけか」

「いいえ、われらが攻めたのは二度です」

「それは、いつといつだ」

「はい。それは十八日の朝と、その日の夕刻近くです」

「うむ。二度もその狭い崖の下の道を通ったのだな」

「はい、そうです」

「その時に、何か気がついたことはなかったか」

「気がついたこととおっしゃると？」

「その道を通っている時、海の水はどうだった」

「海の水と言われますと、同じ日のことでただ青く――」

「水の色のことではない。波がその道の近くに、同じように打ち寄せていたかどうかということだ」

侍は両手を突きながらも、思案顔に首をかしげた。

「そういえば、始めの時と二度目とでは、波が少し変わっていました」

「どう変わっていた」

「はい。朝は波が道にまでかかってきましたが、二度目の時には道が乾いて、波は少し離れたところに打ち寄せていました」

「そうか、たしかだな」

「はい」

侍はそれが何ごとか判らなかったが、返事だけはきっぱりと言った。

「よし、ご苦労であった。帰ってよいぞ」

義貞の躰の中に、熱い血が勢いよく流れ始めた。

「浜へ行って、分別のある漁師を二人ばかりつれてまいれ」

彼は思わず怒鳴った。いま大きな手掛かりが摑めたと思うと、心の昂ぶりを抑えることができなかった。

間もなく、年老いたのと働き盛りの若い漁師が二人、義貞の幔幕の中に入ってきた。彼らはひどく怖れていたので、義貞は義昌を指して銭をとらせ、気を安めるようにと言った。

「別に咎めているのではない。そちたちに少し聞きたいのだ。素直に答えてくれ」

「はい、何なりと」

「では聞くが、今ごろの海の潮の満干はどのくらいか」

「大潮かどうかということですか？」

「うむ？　それを大潮と言うのか」

「はい。大潮ではありませんが、今頃はかなり潮は引きます」

「満潮の時との差はどれくらいか」

「はい。二町（約二百メートル）ほどは引くと思います」

「うむ。かなりの長さだな」

　義貞は稲村が崎の崖の下の海の深さを測りかねた。しかし馬が通れるぐらいに潮が引くことの確信をもった。いや、そう願った。だがそれでも不安だった。

「稲村が崎のあたりはどうだ」

　義貞はたまりかねて聞いた。

「はい。あのあたりでも一町は潮が引くと思います」

「本当だな」

「はい」

　義貞は思わず声をあげ、大きく頷いた。

（これで決まった）

　彼はなおも頷いた。

　念のために、二人の漁師を一両日は監視させることを義昌に命じ、彼らを手厚く扱って帰らせた。

　義貞は快活に動き始めた。すぐに諸将を呼び集めた。漁師からは一日二回ある干潮の時刻も聞いた。昼間と夜半と。このさい軍勢を動かすには夜半の方がよかった。

　五月二十一日の夜半、新田勢は静かに動き出した。そして七里が浜から音無川のあたりにかけて、細長く帯のように集結した。義貞は、それぞれの軍勢を率いる主だった武将たちをまえに集めた。月が落ちかけて、その明かりがわずかに残っていた。彼はその黒々とした顔を見渡したあと、大声で怒鳴った。

「よいか。今から稲村が崎を通って鎌倉になだれ込もうぞ」

その瞬間、まえの方で喚声があがり、それが後ろまで伝わった。義貞はその静まるのを待った。

「あの場所は、さきに大館勢がいくさを仕掛けたところであるが、押し通ることが出来なかった。しかし今夜は、必ずや奇跡が起きるであろう。わしはそれを、海の神、竜神に祈ったところだ。あと半時、この海の水は、我らに道をあけるために沖にまで引いていくであろう。そしてあそこに浮かんでおる北条方の軍船は、遠い沖にまで流されてしまうであろう。そうすれば、われらは苦もなく馬と徒《か》歩《ち》とでそこを走り抜けることができるのだ。あと半時！　よいか、鎌倉へ攻め入るのはあと半時だっ！　気後れすることなく、競って手柄せよ！　よいか！」

馬の鐙《あぶみ》に力を入れ、最後は立ち上がるようにして叫んだ。どよめきが、また後ろの方まで伝わって響いた。義貞は、心のうちで漁師が言った言葉を繰り返していた。

（潮は二町ほど引き、稲村が崎のあたりでも一町は――）

彼はその言葉を信じた。信じる以外に何も考えられなかった。

（潮が引いたあと、半時もあれば全軍がそこを通れるだろう）

潮が引くことよりも、鎌倉への突入のことを考えていた。とは言え、本当に潮が引くのだろうかという不安を、まったく振り払うこともできなかった。

足元を打つ波の音が、少し変わってきたのを誰もが感じ始めた。これが潮が引く時の音かと思うほどに、水音は次第次第に消え入るように小さくなっていく。軍勢の中からざわめきの声があがった。

義貞は奇跡を感じ始めていた。

（本当に潮が引いていく――）

しかしまだ軍勢を進めることは出来なかった。このあたりで二町、稲村が崎で一町という差を、どう判断すればよいのか。

義貞は迷った。ここで潮が引くのを待つか、その前に軍勢を進めるのかと。彼は今朝の侍を呼んだ。

「稲村が崎へ行って見てまいれ。すでにあそこでも潮が引き始めているはず。道から半町でもよい。潮が引いたら戻って報らせよ」

侍は馬を飛ばした。義貞がとることのできる最後の手段だった。

侍が戻ってくるまでの時間は長かった。足元の波打ち際は、一刻一刻と遠ざかっていく。義貞の気持ちは逸った。

やがて、躍り上がるような恰好で戻って来た侍の姿を見て、義貞は大きく息を吐いた。

稲村が崎でもすでに潮が引き始め、人馬ともに、十分に通れるまでになっているという。

（間違いない）

義貞は号令をかけた。新田勢は動き出した。初めはゆっくりと、次第に駈け足にと。そして崖の下、稲村が崎に差しかかったときには、そこが広々とした砂浜になった奇跡に目を瞠りながらも、一度に鬨の声をあげた。

軍勢は走った。稲村が崎を通り抜けてしばらく進むと、左手が次第に開けてくる。夜はまだ明けない。その暗がりの中で火が放たれた。赤い炎が、黒い煙を巻いて空に拡がった。軍勢は若宮大路に向かって、蜘蛛の子を散らしたようにして走って行った。

夜が明けると、極楽寺坂の切通しを通って、もう一隊が鎌倉の街に突入してきた。鎌倉攻めの最初から新田勢が苦戦した場所だった。遮二無二ただ攻めていただけだったが、和泉から駈けつけた三木俊連の軍勢が、極楽寺の裏手に回って北条勢を奇襲した。虚を突かれた北条勢は、大将の大仏貞直らが自害してその場を落とされた。

北条勢は化粧坂も、また小袋坂も支えることはできなかった。鎌倉じゅうに新田勢がなだれ込み、北条勢もそこかしこで応戦した。火はいたるところで炎を上げていた。低く穏やかな山々の、美しいはずの木々の緑に包まれて、鎌倉はいま阿鼻叫喚の中にあった。

しかし戦いは、時とともに終息に向かいつつあった。若宮大路の東側にある幕府の建物が真っ先に焼かれ、次には小町口にある北条館にも火が放たれると、北条高時はその一族を率いてさらに東にある東勝寺に逃げた。

彼は、新田勢が鎌倉攻めのためにその外側を固めたとき、すでに死を覚悟していた。南が海に面しているから、そこから船で、安房《あわ》か上総《かずさ》に逃げる手はあった。頼朝が石橋山の合戦に敗れて安房に渡った前例がある。しかし情勢は、その時とはまるで違ったものだった。今は滅びる時だったのだ。

高時は、山の中腹にある東勝寺の縁に立った。鎌倉の街じゅうが火に覆われていた。騒然とした物音も聞こえていた。目の前の坂を上って来る武士たちの姿も見えた。彼らの鎧の袖はちぎれ、躰は傷つき、太刀や弓を杖としながら喘ぎ喘ぎやって来た。

本堂の中は人で満ちていた。彼らは最後の時を迎えるにあたり、高時の一挙手一投足を見守っていた。熱い眼差しだった。高時はそれを、十分に背中に感じていた。静かな一瞬だった。やがて彼は本堂の中央に座り、威厳のある落ち着いた所作で腹を切った。三十一歳の生涯だった。

そのあと動物の呻き声にも似た人々の臨終の声が沸き上がり、荒くれた男たちの命の一つ一つが、次々と絶えていった。突然本堂の後ろに火がかけられ、それはまだそこに呻いてのたうちまわっている男たちの声をかき消すようにして、轟然とした音をあげた。

火はみるみるうちに本堂の軒の下を走り、そこから上空に向かって這い出そうとしていた。坂の下でそれを見上げる人々の声があがったが、彼らはもうそれをどうすることもできなかった。鎌倉の街の中では、今この東勝寺の本堂だけが、いかにも目立って燃えていたのだ。その赤々とした火は、百四十年にわたった鎌倉幕府滅亡を印し、そして坂東武士の最後を飾る雄々しくも晴れやかな明るさだった。

義貞は馬を走らせていた。戦いはすでに終わりが見えていた。しかし彼は、なおも何かを求めて走っていたのだ。

（入道どのはどこにいるのだろう）

彼は早くより、北条高時の所在が気にかかっていた。合戦の最中に、互いに顔を見合せることはないと思った。自分が鎌倉を陥れれば、高時に生きる望みはない。自分が高時の姿を追い求めているのは、その死んだ姿を見ることしかない、と彼は思っていた。

この時義貞の心のうちには、高時に対する敵意も憎しみもなかった。彼は自分でもそれを不思議に思った。北条高時はこの時になっても坂東武士の棟梁であり、そして北条氏の得宗だった。同じ坂東武士である義貞が、かつてはそこに、ある支えを感じていたのはまぎれもない事実である。

（しかし幕府は、このわしの手によって滅ぼさなければならない）

道理に合わない、それが彼の心情だった。

東勝寺が最後に大きな火の手を上げた時、義貞は高時の死を直観した。

（入道どののご最期か）

彼は手綱を引いて馬を止めた。高時の死がそこで確かめられた。彼自身がそこへ行くこともなく、船田義昌が一隊をそちらの方に向けた。

鎌倉幕府の滅亡と北条高時の死により、多くの武将たちもそこに殉じた。すでに合戦の場で死んだ者の外に、金沢貞顕、佐介宗直、甘名宇宗顕、常葉範貞、名越時元、伊具宗有、城師直、桜田貞国、苅田篤時など、名越、塩田、赤橋、常葉、佐介一族が幕府と運命をともにした。

元弘三年五月二十二日の夕刻、長かった一日が終わろうとしても、陽は容易に落ちなかった。流れる雲が赤く染まり、生暖かい風が異臭を運び、そこに生き残った人びとに声もなく、すべてのものが死んだようにいつまでも茫然としていた。

鎌倉が自分の手によって落ちたという感慨は、義貞を十分満足させるものだった。あの生品の森に挙兵してから十五日目、それは短くもあり、また長くもあった日々の終わりだった。

過ぎ去ったその日々の想いの中に、彼は千早城攻めの陣中にいる自分の姿を見出した。わずか十数人の家来を従えて、彼はあの寒空の下にいた。十万余という大軍の中にあって、彼は何もすることがなかった。ただその大軍を引き付けて、少しも動じない楠木正成という人間が、彼には想像もつかないぐらいに恐ろしくも不思議なものに思えた。

昨日、義貞はあの千早城攻めのために号令され、集められたと同じぐらいの軍勢を率いてこの鎌倉を攻め落とした。夢のようなことである。しかも幕府があるこの地を攻め落としたということは、正成がそこに幕府方の大軍を引き付けたことよりも、もっと大きな出来ごとであり、意味のあるものだった。彼は思わず身震いをして、しばらくはその陶酔に浸ることができた。

しかし夢は長くは続かなかった。街なかの建物が殆ど焼け落ちたため、義貞は鶴岡八幡宮の東、滑川沿いの勝長寿院に構えて、各地から一族を率いてやって来た武将たちに会った。戦いが終わった途端に、煩わしい雑務が彼を待ち受けていた。しかも、それらの武将からの着到状の受理という用務は、いくさ以上に真剣なものだった。なぜならそれは、彼らの将来の恩賞の多寡を左右するものだったからである。武士とは、そのために合戦の場に出るものである。

また鎌倉の界隈には、北条方の残党がうろついていた。船田義昌が手分けをして、それらを捜し出しては始末をしていた。だが彼が躍起になって追っている二人の小児の姿を、どうしても見つけることができなかった。北条高時の子の万寿と亀寿である。合戦のさ中にあっても、二人が死んでいないことを義昌は知っていた。彼は苛立って、毎日手下の者を叱咤していた。

滑川を東北に少し遡ると、二階堂川になる。山が迫っていて、谷《やつ》といえるところ。そこに永福寺《ようふく》があった。戦いが終わったあと、曽我の一党に擁されていた足利高氏の子の千寿は、その寺に構えていた。

この頃、その二階堂の谷に向かうのに、義貞が構える勝長寿院のまえの道を、まるで足音をしのばせるようにして通って行く武士たちのことを、義貞も義昌も感づいていた。義貞は思わず顔をしかめ、義昌はあらわにいきりたった。

「ご存じでしたか」

「うむ」

「何かを企んでいるのでしょうか」

「判らぬ」

不穏、というほどではないが、やはり気になることだった。しかもそれは、いずれこういうことになるだろうと、少なからず二人が予感していたことでもあった。

（足利どのの手が伸びている）

義貞はそう思った。彼は鎌倉が落ちた翌日、後醍醐天皇が都に向かって還幸する道筋に早馬を飛ばした。鎌倉の没落と北条氏の滅亡を、自分の名において天皇に報告するためだった。それを思うと、高氏の配下の者が、逆に都から鎌倉に下って来て、千寿の周りにいる誰かに何らかの指図を与えるのではないかという疑いを彼は持った。

（この先、どういうことになるのか――）

大軍を率いて鎌倉を陥れた自分であるにもかかわらず、義貞は行く末を案じた。しかし妙案は浮かばなかった。彼は高氏の力を知っていた。自分よりもはるかに大きいものであることを、抗しようもなく認めていた。義貞は次第に、悶々とした気持ちになっていった。

数日後、北条高時の子の万寿が捕えられて鎌倉に入って来た。鎌倉が落ちた日に逃れて、この日相模川を西へ渡ろうとしていたところを、義昌の手下の者が捕えたのだ。

義昌が、自らこの報らせを義貞の許に持ってきた。

「いかがいたしましょう」

「斬れっ！」

彼は沈痛な面持ちで答えた。高時の子である。いまさら命を助けることもできず、解き放つことも出来なかった。

万寿はこの時、すでに時邦と名乗っていた。高時の長男として、十歳を越えていたのだろう。しかしまだ小児だ。義貞は万寿を憐れんだ。彼は自分の子らをそこに比べていた。人の子の親として思う時、それは余りにも労わしいことだった。しかしそれでもなお、彼には一つの答えしか許されなかったのである。

義貞はまた千寿のことを思った。そこには、今となってやっと憎しみの情が沸き起こってきた。また皮肉にも、千寿と万寿という似た名の二人の少年の境遇が、余りにも違った運命によって隔絶されていることに、彼は思わず愕然とした。そして万寿を憐れむ一方で、千寿の存在に苦汁を飲まされようとしている自分を、無性に腹立たしく思った。

万寿は翌五月二十九日、義昌の家来によって、とある山陰で密かに斬られた。

六月にはいって、勝長寿院と永福寺の間がにわかに険しくなってきた。それは鎌倉攻めに加わった十何万という軍勢を二分して、今にも合戦が始まるという気配だった。

東国の各地から集まった軍勢は、鎌倉攻めの途中でこそ義貞に従った。いま戦いが終わって、北条氏が倒れた。彼らは次の棟梁の許に集まろうとした。後醍醐天皇が都に還り、これからどんな政《まつりごと》が行なわれるかということに、彼らの関心はなかった。彼らの多くは、北条氏討伐のために天皇から綸旨を受け、護良親王から令旨を受けたということすらすでに忘れていた。

多くの武将の許には、たしかに足利高氏の密書が届いていた。いやそれは、もはや密書というものではなく、公然とした御教書のようなものだった。鎌倉においては、自分の身替りである千寿の許に集まれと。その結果、新田氏との血縁がなく、また高氏に対して格別の敵意をもたない多くの武将たちが、千寿の構える永福寺に足を運ぶことになった。義貞と高氏とを比べるとき、それは自然の成りゆきでさえあった。

　ある日、岩松経家が訪ねてきた。義貞は経家を久し振りに見る思いだった。経家は疎遠を詫びた。彼は事実、義貞のまえから姿を隠して永福寺に詰めていたのだ。

「わたくしの立場をお察し下さい。誰かが千寿どのの傍にいなければとなれば、わたくしより外にありません」

　たしかにそうだった。高氏、直義《ただよし》兄弟が足利勢を率いて都に上ってしまったあと、身近な者といえば、岩松一族をおいて外にはなかった。そう言われれば、義貞も頷くよりほかない。

「この頃の巷の騒ぎ、わたくしも案じております。しかしもちろん、千寿どのを始めとしてわたくしどもには、新田どのに対しては何の他意もありません。それだけは、是非判っていただきたいと思います」

　義貞の周りには、弟の義助や船田義昌、堀口貞満らが座って、彼らは一様に口を尖らせていた。

「しかし、これから何をされるつもりか」

　横から貞満が口を出した。彼の領地は、新田荘の中で岩松一族の領地と境を接していた。

「何もいたしません」

「ではなぜ、あのような狭い谷の中に大勢集まっているのか」

「それはただ、千寿どのをお守りしているだけです」

「お守りするとは、何ものから、誰から千寿どのをお守りしなければならないのか」

　貞満の気色ばんでの問いに、経家も屹度なった。

「まあ、よい」

義貞がすかさずたしなめた。

座が白けた。一瞬誰もが押し黙った。そのあとややあって、経家がふたたび口を開いた。

「ただ――」

そこで彼は躊躇した。

「ただ新田どのには、一つだけお報らせしたいことがあります」

「どのようなことか」

「それは――」

経家は眉間に皺を寄せ、義貞は顔を曇らせた。

「昨日、都におられる足利どのから手紙が来ました。それによりますと、ご自分は当分都にいることになるが、千寿どのは鎌倉に残すとのことでございます。それゆえしかるべき者をその傍に置くために、わたくしの外に細川和氏どのをこの鎌倉にお下しになるとのことでございます」

「細川どのを？」

「はい」

義貞はその人物を知らなかった。高氏の側近に違いなかったが、彼は自分でもそれらのことを余りにも知らなすぎたと思った。高氏がそれだけ多くの者を従えているということでもある。

「それは、軍勢を引きつれてということなのか」

またしても、貞満が聞いた。

「さあ、判りません」

経家も、貞満にはまともに答えようとはしなかった。だが義貞には、その意味がだいたい判った。

「そのことを報らせに、わざわざまいられたのか」

「はい」

「それはかたじけない。ご足労であった。帰られたら千寿どのには、この義貞がよろしく申していたとお伝えいただきたい」

「はい、そのとおり申し上げます」

経家は帰って行った。あとには重苦しい気配だけが残った。

（まさか、われらを攻めるということではあるまい）

義貞は最初にそう思った。考えられないことだった。しかしそうでなくても、結果的には、高氏が新田一族に対して何らかの仕掛けをしてくることを彼は予感した。

「足利どのは、われらをどう思っておるのだろう」

義助が不安げに言った。

「鎌倉を、われらの手で落としたことを妬んでおるのだろう」

貞満が言った。

「われらが千寿どのを無視したことが、都に言い触らされているのかも知れない。それを聞いた足利どのが、意趣返しにわれらにいくさを仕掛けようとすることは、十分考えられることだ。足利どののあの顔は、そういう顔なのだ」

義昌は苦々しげに言うと、憤然として顔を赤くした。

義貞は黙って聞いていた。そして貞満や義昌の言うことが、半ば当たっていると思った。だが彼には、高氏の考えがもっと別なところにあるような気がした。それは義貞がはかり知ることのできない、得体の知れないもののように思えたのである。

「お館、いかがいたしますか。このまま細川どのが鎌倉に入るのを待つのですか」

義昌は執事らしく、義貞の差配を仰いだ。

「うむ。足利どのの出方を見よう」

そうするよりほかなかった。


数日後、経家が言ったとおり細川和氏が鎌倉に入って来た。しかも和氏は、弟の頼春と師氏を従え、そのうえ千にも余る軍勢を率いていた。義貞はそれを見て、彼らの到来の早さとその軍勢の多さを意外と思うと同時に、少なからず怖れを感じた。

和氏らはただちに、二階堂の谷の永福寺に向かった。そして彼らが引きつれてきた軍勢を、鎌倉の諸所に配置した。それはまるで、いくさのための陣立てのようだった。

これに対して、義貞もまた義昌に命じて構えさせた。ことを荒らだてるのではなく、自分の陣営を守るために。彼はそのことに、言いしれぬ屈辱を感じた。

義昌が出て行った。鎧兜に身を固めて馬を飛ばした。里見、堀口、大館、江田の諸将の陣を回っては、いざという時の指示を与えた。それでも新田勢は、足利方に比べると明らかに劣勢である。

半時ののち、義昌は息をはずませて帰って来た。彼は足利方が、若宮大路の焼け跡や谷のところどころに幔幕を張っている様と、二階堂の谷には、一歩も足を踏み込めないほどに陣がしかれていることを、無念さをこめて義貞に報らせた。

義貞はむしろ義昌を宥めた。

「よく見回ってくれた。しかし決して当方から手を出してはならぬ。こちらから仕掛ければ、むしろそれは彼奴らの思う壺だ。よいか」

それは、義昌が無念さを思う以上の義貞の口惜しさだった。

翌日、何の前ぶれもなく細川和氏が義貞を訪ねてきた。彼は岩松経家だけを伴っていた。

二人は初対面の挨拶をした。面を上げた和氏の顔を見て、義貞は意外に思った。

(なかなかの男だ)

彼はその表情に、並の武将ではないものを見た。

(和歌《うた》さえ詠むのだろうか)

義貞とさほど年も違わない和氏には、たしかに落ち着きと、額のあたりには思慮深さが感じられた。

和氏は義貞の鎌倉攻めの功を称えたあと、都での高氏の近況を説明した。そのなかで彼は、戦いが終わったあと諸国の武士たちが、こぞって高氏の許に着到状を提出していることを、申し添えるように言った。何気ないその言葉は、用心深く配慮されたもののように義貞には聞こえた。

(足利どのは、すでにそのようなことをされておるのか)

戦いに勝った武士たちが最初に行なうことは、自分の戦功を上司に報告してそれを認めてもらうことだった。その武士たちにとって上司とは、天皇でも公家でもなく、それは自分たちを統《す》べる武家の棟梁だった。鎌倉幕府が倒れたあと、それは誰になるのか。

和氏はそれ以上を言わない。義貞がそのことを十分心得ていると思ったからだ。そして義貞も、否応なくその現実を認めざるをえなかった。

「新田どの、今ごろは帝も都にお還りになって、新しい政をお始めになっておられると思います。諸国の武士たちもそこに集まっております。新田どのも都に上られて、帝にご挨拶をなされてはいかがですか。鎌倉を落とした総大将として、帝もそれをお待ちになっておられるのでは――」

和氏の慇懃な物腰に、義貞は返す言葉もなかった。しかし心のうちでは、そのためにかえって逆らっていた。

（見え透いた世辞を言って、わしをこの鎌倉から追い出そうとするのか）

いずれ都に上ることになるとしても、和氏の言葉や、その後ろにいる高氏の差し金によって自分が動かされると思うと、彼の心はひどく傷つけられたものになった。

「上洛のことは、細川どのに言われなくても考えてはいる。しかし、まだここを離れられる状態ではない。北条方に与する者が、この鎌倉をうかがっているという報らせもある」

「それは聞いております。しかしそのことなら、われらにお任せ下さい。それだけの軍勢もあります。もちろん、鎌倉を誰が治めるかはこれから帝がお決めになること。だからわれらがここを守るといっても、それはとりあえずのことです」

和氏の言うことは理にかなっていた。何も足利勢が鎌倉を占拠しようというのではない。義貞は言葉でもってそれに抗することができなかった。

「新田どのには、心おきなく都にお上り下さい」

念を入れた言葉だった。二人の話は、これで決着がついた。義助も義昌も、それに和氏についてきた経家も一言も口を挟まなかった。義貞と和氏の短い会話には、それぐらい厳しいものがあったのだ。

和氏が帰って行ったあと、義貞は一人、われを忘れて寺の裏庭を眺めていた。上には真っ青な夏の空が拡がっている。肩や腕の力が抜けていくような空しさだった。

（わしは本当に総大将だったのか）

一か月前の熱気が、嘘のように感じられた。

（わしは操られていたのか）

足利高氏だけにではなく、彼はもっと大きなものによって、自分が本当は何をしているのか判らないままに動いていたのではないかと思った。とらえどころのない、疑いの想いだった。

（しかし、わしが鎌倉を落としたのはまぎれもない事実だ。それだけはたしかなことだ。わしの見えないところで、誰が何を企んでいたのかは知らない。しかし百何十年も続いた幕府の本拠地である鎌倉を陥れたのはこのわしなのだ）

それは誇らしげというよりも、むしろ何ものかに向かって訴えるような彼の気持ちだった。

（よし、鎌倉を明け渡して都へ上ってはと言うのなら、そうしよう。あるいは、本当にその方がよいのかも知れない。帝が御座すのは都なのだ。令旨をいただいた護良親王も、もう都にお帰りになっておられるのだろう。今となって、幕府が滅びた鎌倉にいつまでも居ることの方が意味のないことかも知れない。それにまた恩賞のこともある。わしの手足となって働いてくれた一族の者を、厚く遇してやらなければならぬ。そのためにも、わしは都に上らなければならないのだ）

義貞はやっと決心した。事実彼にとって、一族が受ける恩賞のことは、ある意味でもっとも大きな関心事だったのだ。

夏の盛りのよく晴れた日、義貞が率いる新田一族は、いよいよ鎌倉を発って京に向かった。そこには、脇屋、大館、堀口、里見、江田ら、義貞を源氏の棟梁と仰ぐ一族が雄々しく馬を並べた。

鎧はことのほか華麗に輝いた。義貞が赤糸縅、その他の武将は萌葱匂縅、紅裾濃縅、紫綾縅などと色とりどりで、このときばかりは死地に赴くよりも、やはり都に上る晴れがましさを映したその鎧の色だった。そして新田氏の家紋である大中黒《おおなかぐろ》の流旗を押し出すと、それが風に靡いて、行列をいっそう勢いづけるものにした。

中央を行く義貞の一隊が鎌倉の街なかを離れようとするとき、彼は前方左手の人垣の中に岩松経家の姿を見た。経家は馬にも乗らず直垂姿で、供の者らしいのを一人連れていただけだった。

義貞との間が二間ばかりとなった時、経家は目を閉じるようにして頭を下げた。義貞も、思わず会釈をした。経家が頭を上げたときには、義貞の馬は四歩五歩と前を行き、彼は振り返ることもできなかった。それが二人の生涯の別れだった。

二人には、互いにまだ言いたいことがあった。しかしそれを言うと、言いわけじみているようにも思えた。義貞は自分でもそう思い、経家も同じようなことを思っているのだろうと察した。

(あれでよかったのだ。経家はよく助けてくれた)

鎌倉をあとにするにあたって、義貞は経家に怨みを持つことなく別れることが出来たことに、このうえもない爽やかさを感じていた。そして彼は、なぜか、自分が二度と鎌倉の地を踏むことはないだろうと思った。

治乱の章

護良親王騒動のこと

義貞はふたたび都に帰って来た。彼は自分でもそう思った。

その都の中は、どこか騒然としていた。いくさが終わったにもかかわらず、人びとの気持ちが荒んでいるようだった。街は六波羅から洛南にかけて焼けただれていた。多くの人びとが家を失い、肉親を傷つけられ、そして殺されたりした。

そうした街の人びととは別に、都の中には、諸国から上って来た武士たちが満ち溢れていた。北条氏討伐の軍勢となって都に攻め上り、そのまま居ついたのもあれば、地方の合戦により功をたて、その恩賞を求めるためにわずかな家来を引き連れてやって来たのもあった。彼らは泊るところもなく、寺などの軒下を借りるものさえあった。義貞らは、四条西洞院の公家の館跡を与えられた。

「これが都だ」

義貞は傍らの弟の義助に言った。一族の主だった者のうち、執事の船田義昌以外に都を知るものはほとんどなかった。

「これが都ですか」

彼らは目を丸くして、やたらにあたりを見回した。そして口々に、向こうに見えるのが比叡山か、あれが清水寺か、これが鴨川かと言ってははしゃいだ。

わずか半年まえ、義貞は京都大番役として十数人の家来をつれ、六波羅のあたりに居た。それは、どこか閉ざされたような気持ちの中での日々だった。今は違う。鎌倉攻めの功により、間もなく御所に参内するほどの身分になっていた。大きな変わりようだった。鎌倉で足利勢との間で確執があったにしろ、彼にとってそれはやはり誇らしいことだった。

義貞が鎌倉を陥れた五月二十二日の三日後、博多の九州探題が少弐貞経や大友貞宗らによって攻め落とされ、北条英時が自害した。その翌日には長門探題も落とされて、西国の北条勢が潰滅した。元弘の乱と言われるものの終結によって、世の中もまた変わった。

後醍醐天皇の執念によって、鎌倉幕府が滅ぼされたいうことは、何と言っても国じゅうを揺るがす大きな出来ごとだった。政の仕組みが変わったのだ。一口に言えば、武士に渡っていた政の実権が天皇と公家に返されたということである。後醍醐天皇の許に集まった公家たちが勢いを得つつあったのに反し、鎌倉幕府という棟梁を失った武士たちのうろたえようは、一面滑稽でさえあった。それだけ、世の中の変わりようが激しかったのだ。

足利高氏が後醍醐天皇の綸旨を得て、千種忠顕や赤松則村らと六波羅を陥れたのは五月七日。そのあとほぼ一か月をかけて、天皇は都に還幸した。それが六月五日のこと。前年の三月に、幕府によって隠岐へ流されてから、一年三か月振りのことである。そして天皇は、北条氏が立てた光厳天皇を廃して、ふたたびその位についたのである。

天皇は、公家たちの任免も自らの手で行なった。左大臣に藤原道平を、右大臣には藤原経忠を任じたが、間もなく経忠の代わりに久我長通を還任させた。北条氏寄りの西園寺公宗は権大納言をやめさせられた。その一方では、万里小路《までのこうじ》宣房や、若い北畠顕家らが重用された。

そうした天皇による一連の人事の中で、際立って目を引くものがあった。それは天皇の、足利高氏、直義兄弟に対する特別な配慮だった。天皇が都に還幸になったその日、高氏はすでに御所への昇殿を許されている。そして数日後には彼を従四位下に叙し、左兵督とした。また弟の直義を左馬頭に任じている。天皇の高氏に対するこうした素早い処遇は、公家の上に立って親政を推しすすめようとする気運からすると、ひどく異常さが目立つものだった。後醍醐天皇はこの時すでに、足利高氏に対してはある怖れがあったのだろう。

六月十三日に、この時まで大和の信貴山に立て籠もっていた護良親王が、やっと都に帰って来た。乱が終わったというのに、親王はまえにも増して自らの周りに軍勢を集め、そして天皇に対しては自分を征夷大将軍に任じるように要求していたのである。しかも親王は、足利高氏討伐を高言してはばからなかった。天皇はやむなく親王を征夷大将軍に任じ、ともかくも自分の目の届くところに置いた。

義貞らの上洛は、それから一か月のちのことだった。

船田義昌が外から帰って来た。

「六波羅へ行って来ました」

「六波羅へ？」

「はい、ただ六波羅といってもあの館は焼けておりました。しかしその跡に、足利どのが新しく館を建てて入っておられました」

「うむ、それはわしも聞いておる」

「もちろんわたしがそこへ入って行ったわけではありませんが、その界隈がばかに賑わっておるのです」

「どのように」

「おそらく、地方から都に上って来た武士たちが、足利どのの館に挨拶に来ているのでしょう。家来をつれた侍が、あの周りをうろうろしているのです」

それがどんなことか、義貞にはすぐに察しがついた。あの鎌倉で、彼自身が経験したことでもあったからだ。戦いが終わったそのあと、義貞を総大将と仰いで集まった諸国からの武士たちは、競って彼の宿舎を訪れて着到状を提出した。しかしその訪れはすぐに止まった。間もなく彼は、千寿の宿舎に武将たちが集まっているのを聞かされたのだ。

義貞は、鎌倉でなめた苦汁を、ふたたびこの都でなめさせられることになった。そして高氏に対しては、自分一人の力では対抗出来ないという現実を、無念のうちにも認めざるをえなかった。自分の力のなさを思うよりも、高氏を支持する武士たちの多さに彼は驚いた。

彼は、高氏から受けつつある恥辱に眉間に皺を寄せた。そして、顔に出すことも言葉で言い表わすことも出来なければ出来ないほど、その怨み心は深く心のうちに沈んでいった。高氏の許に集まろうとする武士たちの考えが、彼を新しく武家の棟梁に推そうとするものであることは、明らかとなった。義貞は、北条氏を討ち滅ぼした自分の情熱が、そのことによって何か空しく感じられるのをどうすることも出来なかった。

この頃、九州での戦いを終わった武士たちが、その功を申し立てに続々と六波羅の足利館に集まって来た。

功臣や武士に対する恩賞のことは、八月になってから多くが決められた。そこには、後醍醐天皇の政治姿勢が色濃く出た。

武家政治を廃し、天皇自らが政を行なうというのが後醍醐天皇が目差すところだった。それは四百年まえに、宇多《うだ》天皇や醍醐《だいご》天皇が、藤原氏による摂関政治を廃して、天皇親政を行なったという先例を目差すことでもあった。天皇の諡号《しごう》は死後に贈られるもの。しかし後醍醐天皇は、在位中にあえてそれを称した。執拗なほどに、醍醐天皇に倣おうとしたのだ。そこにはなみなみならぬ情念が感じられた。その情念が鎌倉幕府を倒したのである。

恩賞は、当然公家に厚いものになった。天皇親政といっても、その基盤は公家勢力にある。そのために荘園制による国司には、多くは公家がなった。しかし特に功績のあった武士にも、その一部が割り当てられた。平安時代との大きな違いがそこにある。幕府討伐の功績が武士たちにあったからである。義貞はこの時正四位下に叙せられ、越後守に任じられた。またそのほかに、上野国と播磨国二か国の介をも兼ねることになった。

足利高氏は破格の扱いを受けた。従三位という高位に叙せられたうえ、武蔵《むさし》と相模《さがみ》を分国として与えられている。相模はのちに、弟の直義が相模守になったことにより、その代官として勤めさせることになる。だが後醍醐天皇の高氏に対する気のつかいようはそれだけではなかった。天皇は自分の諱《いみな》である尊治の一字を高氏に与え、以後尊氏と名乗らせたのである。実利のない賞与だったが、見るものからすれば譬えようもない栄誉だった。

ほかに、楠木正成や名和長年などの武士や、公家の身でありながら武人としての働きがあった千種忠顕らに対する恩賞も、このあとつぎつぎと行なわれた。しかし、天皇が公家の処遇に重きをおいている以上、赤松則村に代表されるように、今度の乱に功績のあった地方武士への恩賞は、必ずしも彼らを満足させるものではなかった。北条一族が持っていた所領は膨大なものだったが、その大半は公家のものになった。地方の武士が、尊氏を頼ろうとする思惑がすでにそこにあったのだ。

もう一つ、一連の恩賞のなかで目をひくものに、三位局阿野廉子《あのれんし》に絡むものがある。廉子は藤原氏公季流の阿野公廉の娘で、早くから御所に入り後醍醐天皇の寵愛を受けた。天皇が隠岐に流された時には、中宮に代わって配所まで従った。気性の確かな女人だった。それだけに天皇は廉子には目をかけた。のちに彼女は准三后に遇せられ、北条一族が持っていた広大な跡地が与えられた。

そのほかにも過大な恩賞を得た者がある。それは僧文観《もんかん》である。彼は天皇に、淫猥でいかがわしい真言立川流の密教を説いて近づいた。元弘の乱の始まりのまえ、御所の中で幕府討伐の祈願をこめて護摩を焚き、天皇とともに関東調伏を猛烈に祈った。彼はそのことにより幕府に捕えられて遠島になったが、乱が終わってからはそのために天皇に厚く遇された。彼は思い上がり、そして奢りたかぶった。

阿野廉子や文観に似た人物は、天皇の周りにはまだ何人もいた。そして彼らの所業は、公家や武士や、それに市井の庶民までものひんしゅくを買うことになった。しかし、かつて、私情を挟まない政などあっただろうか。後醍醐天皇には、それだけ二人にはある想いがあったのだろう。

義貞は、阿野廉子や僧文観のことをほとんど知らなかった。恩賞についても、自分より尊氏の方が多大であったところで、どうすることもできなかった。しかし彼は、武士としてはやはり腑に落ちぬものがあった。各地で兵を挙げ、そして命を賭して合戦の場に臨んだ全国の武士たちが、恩賞として受けたものが余りにも少ないものであることに、心のうちでは何か呆然とした思いだった。

その頃彼は、護良親王が征夷大将軍の任を解かれたことを聞いた。護良親王と言えば、今度のことでは、天皇の数ある皇子の中ではいちばん功績のあった人物である、と誰もが認めていた。義貞もそう思っていた。もっとも彼は、はじめ、武士でない護良親王が征夷大将軍に任じられた時には、奇異に感じた。しかし天皇の政に対する姿勢を知るにつけ、その当然さを納得した。そして親王こそ適任者だと思った。

突然の解任は、失脚を意味するものだろうと義貞は直感した。しかしその原因は判らない。原因は判らなくとも、そうしたいきさつのなかに阿野廉子の姿があるのを彼は見てとった。

(朝廷の中には不可解なことが多い)

それが実感だった。

(何事が起こるかも分からない)

それが怖れだった。

(だれが味方で、誰が敵かもわしには判らない)

摑まえどころのない人々の動きだった。

護良親王の失脚により、義貞は怖れて身構えた。

そんなことがあった数日後の夜、楠木正成が義貞の館を訪ねてきた。正成は恩地左近という者を従えている。夜、供の者が一人ということに、義貞は正成の忍びの用を感じた。

二人が個人的に会うのはこれが初めてだった。義貞は正成主従が着ている直垂の粗末さに内心驚きながらも、家来に命じて円座をすすめた。秋口といっても都の残暑は厳しく、また夜といっても風もない。二人を照らす燭台の灯が、真っすぐに立ちのぼっている。

ふたりは自分たちの戦いのあとを振り返り、互いの恩賞のことにまで話が進んだ。何気ないやりとりだった。

義貞は訊ねた。

「楠木どの。われらが帝のご前に召されたとき、楠木どのは今度のいくさでもっとも功績があった者として、肥後の菊池武時どのをあげられたが、楠木どのは菊池どのをご存じでしたか」

「いいえ」

「ご存じなかったと?」

「はい」

「では、菊池どののいくさぶりをどのように承知されていたのか」

「余りよくは知りません」

義貞は呆気にとられた。

一か月ほどまえ、足利尊氏を始めとして今度の乱に功績のあった武士たち十人ばかりが、御所に参内して天皇の前に伺候した。そのとき正成は天皇の問いに答えて、今度のことでは功臣の第一は菊池武時であると言ったのである。義貞はそのときのことを覚えている。声には出さないが、天皇を始めとしてそこに集まっていた人びとの間に、異様な息づかいがあったのを。

「では、どうしてあのようなことを」

「わたくしも詳しくは知りません。しかし九州において真っ先に兵を挙げられたのは菊池どの。そのあと少弐どのや大友どのの挙兵によって九州探題は落とされましたが、それも菊池どのによる先がけがあってのことです」

「なるほど」

「しかも、九州は都から遠くにあるといっても、その位置は極めて重きをなしているのです。だから、九州の平定があってこそ、中国や四国の武士たちも兵を挙げることが出来たのです」

「楠木どのは、そういうお考えだったのか」

義貞は頷いた。しかし心のうちではそうは思わなかった。だいいち、菊池武時の挙兵は正成が千早城に立て籠ったのよりもかなり遅く、また赤松則村が播磨で、名和長年が伯耆で、土居、得能の一族が四国で兵を挙げたのよりも遅れてのことである。しかも戦功の大きさからいえば、尊氏が六波羅を攻め落としたのよりも、また義貞が鎌倉を攻め落としたのよりも、それははるかに小さいものだった。

(この正成は、わしにさえ言おうとしないが、尊氏の功をなきものにしようとするのか)

義貞はあの時の異様な息づかいが、尊氏か天皇のどちらかの、あるいはそれは二人の大きな息づかいのようでもあったと思った。正成の言葉によって尊氏は面目を失い、また天皇は、尊氏に阿ることを正成によって遮られたのだ。

(なんという大胆な)

彼は正成の顔をまじまじと見つめた。どちらかといえば小兵だが、目はらんらんと光っている。しかもそこには、微塵の卑しさも見られない。

(正成は源氏でも平家でもなく、また藤原氏でもない。橘氏を名乗っているが、それも怪しいものだ。しかしそんなことはどうでもよい。この男はそんなことにとらわれない、鋭い何ものかを持っている。勢力の大きさではなく、その鋭い何ものかによって、尊氏にさえ抗することも出来るのだろう)

義貞は内心舌を巻いた。

「それよりも、護良親王のことを何とお思いですか」

正成が聞いた。彼の用件がこのことなのだと、義貞は察しがついた。

「突然のことで、わたしも驚いている」

「このままではすまされないと思います。今のままでは、征夷大将軍をやめさせられただけではなく、まだ何かが宮のお身に起こりそうな気がするのです」

正成は本気になって、護良親王の身の上を気づかっていた。武士のなかでは正成がいちばん護良親王に近かった。元弘の乱の最初の挫折のあと、二人は河内と十《と》津《つ》川《かわ》郷の山中に隠れて再起を計り、そしてふたたび吉野山と千早城に立て籠もったのだ。二人はそういう仲だった。元弘の乱の後年の成功の糸口は、この二人が握っていたと言っても過言ではない。

「この頃、宮の評判はよくありません」

それは義貞も知っていた。征夷大将軍をやめさせられたことによるのか、護良親王の家来が、都の街なかで無頼を働いていることを耳にした。白昼、庶民の金品を掠めとり、女子供に乱暴をしたり。夜は夜で辻斬りなどをして、いわれもなく人びとの命を奪ったりと。

「そうした行いはますます宮の評判を落とし、そのうえ、味方とする者たちからも見放されるばかりです」

「そのとおり」

「宮がお一人となったときに、どんなことが起こるのか」

その先は、義貞にも返事のしようがなかった。彼はそこまでは考えていなかった。

「このことは、宮だけが悪いのではないのです。宮のお傍に仕えている良忠と澄俊という僧がいますが、この二人が悪いのです。彼らは公家の出ですが、宮のご威光を笠に着て勝手放題に振舞っているのです。新田どの、わたくしはあの二人を斬ろうと思っています」

「宮のご家来を斬ると？」

「はい。もはやそれ以外に宮をお救いすることはできないと思っています」

正成はきっぱりと言った。

（恐ろしい男だ）

義貞は声も出なかった。彼は一瞬、この恐ろしい正成が、将来自分の敵になるのか味方になるのかと思いめぐらした。そして、考えも行動も鋭いこの男を敵に回したらと思ってぞっとした。


その翌々日、思いがけないことが起こった。

正成が危惧していたように、この日も護良親王の家来が都の中を徘徊していた。五条と六条のあたり、鴨川から西へ何本か入った筋で、棚を並べて切れ地を売っている店があった。そこへ通りかかったのが件の家来たちだった。

売子は若い娘だった。それを見て、三人の例の男たちがやにわに摑みかかった。屋台が壊されて品物が飛び散った。そして娘が悲鳴をあげた。屋台が壊れた拍子に、侍の一人が、酔っていたのか、躓いて地面に両手を突いて四つん這いになった。それを見ていた群衆が、思わず大声をあげて笑った。

侍たちはいきり立って太刀を抜いた。そして店の中に逃げ込んだ娘を追い、ほかの侍は周りの群衆に斬りかかった。その時どこにいたのか、二人の武士が大手を拡げてそのまえに立ちはだかった。そしてこれも太刀を抜いた。酔った侍たちは一瞬怯んだが、今度は二人の武士が抜いた太刀を振りかざして侍たちに斬りつけた。それはあっという間の出来ごとだった。三人は喉や肩口から血を吹きあげてその場に倒れた。

間もなく検非違使《けびいし》の役人たちが駆けつけて来た。二人の武士は逃げもせず、それを待った。そして、自分たちは足利尊氏の家来であると名乗った。役人たちは顔を見合わせた。二人の武士は事のいきさつを話した。自分たちがここを歩いていたとき、いきなりこの三人が斬りつけてきたと説明した。周りの人びともそれに頷いた。役人は二人の氏名を聞き、いずれ沙汰があるからと言って武士を去らせた。そのあとには大きな喚声があがった。

義貞はその出来ごとを聞いて、咄嗟にそれを正成の仕業だと思った。しかし正成の仕業にしては、いかにも粗漏なやり方だった。正成にもそういう大胆さはあったが、むしろこの出来ごとは、足利尊氏によるもっと大胆な所業であることが判った。事態が、正成が考えていたよりももっと先に進んでいることを義貞は知らされたのである。

正成は護良親王を救うために、その側近で悪評の高い良忠らを闇討ちにして抹殺しようとした。しかし尊氏は、かねてから尊氏討伐と高言してはばからない護良親王の振舞いに苛立っていたので、白昼、その配下の無頼の徒を斬ったことにより、非は護良親王側にあることを世に知らしめようとした。尊氏が直接命令しなくても、この事件はそれだけの効果はあった。

（都とは、こんなにもはかりごとをめぐらすところか）

義貞は顔をしかめながらも、この場になって自分になす術のないことをいまいましく思った。

後醍醐天皇の政にかける情熱は、いよいよ盛んなものがあった。恩賞については確かに不公平な面もあった。しかし一方では天皇は意欲的に動いた。この天皇の許で政を行なう機関として、いくつかの役所が置かれた。記録所、雑訴決断所、武者所、窪所などである。

それらは以前からあったものだったり、天皇親政の名の許に、新しく置かれたものなどで、そこにはまた多くの公家や武士たちが、その任に就いた。雑訴決断所のような役所に公家が勤めても、能率が上がらなかったために、朝廷は旧幕府の家臣の中で、今度の乱で降人となった者のうちで、鎌倉でその職にあった者を特に赦して改めてそこに就かせたほどである。新しいものを作る時にはそういう混乱は避けられず、またやむをえないことでもあった。義貞はこの頃、武者所頭人となっている。武士としては、天皇にもっとも近く仕える身となったのである。

この年の十月二十日に、後醍醐天皇の六歳になる皇子義良《のりよし》親王が、遠く陸奥《むつ》に下って行った。従う者は、陸奥守に任じられた北畠顕家ら天皇寄りの武士たち。天皇は今までの慣習を破り、国司として任じた者を発令どおり任国に赴かしめたのである。

それは天皇の、強い意志が表れた施策の一つだった。陸奥と言っても、この頃は常陸《ひたち》国や下野国の北側から本州の北端までのことを言う。天皇にとって陸奥守とは、陸奥を治めると同時に、鎌倉を中心とした東国に睨みをきかすという意味があった。考えていた施策の一つを、たしかに実行したのである。のちに後村上天皇となる義良は、まだ親王にもならない皇子の身でありながら、将来天皇になる資質を問われるかのようにして、幼い身を震わせながら下って行った。

次いで二か月後の十二月十四日になって、今度は足利直義が成良《なりよし》親王を奉じて鎌倉に下った。こちらの方は天皇の意志というよりも、多分に直義の方により強い思惑があった。北畠顕家がそうしたように、彼は義良親王の兄宮で、しかも同じ阿野廉子の子の成良親王を担ぎ出したのである。後醍醐天皇が北畠顕家でもって鎌倉を封じようとしたのに対し、直義は自らの力で、鎌倉をより堅固なものにしようとしたのだ。したたかで、怠りのない直義の動きだった。

冬の日、都の中は静かだった。確かに、北畠顕家と足利直義の率いる軍勢が都を去って行ったのだから、それだけでも人影は少なくなった。

その夜、風が出てきた。北風がかさこそと鳴って、夜が更けるに従って戸を叩くまでになった。義貞は床に就いていた。うとうととしていた耳に、遠くの方での騒ぎ声が聞こえた。しかしそれは空耳だと思って、間もなく眠りについた。

しばらくして、家来が義貞の寝所の戸をけたたましく叩いた。

「お館っ、火事です！　夜討ちかも知れませんぞっ！」

夜番の侍は腹巻を身につけ、立て膝をついて戸の外で叫んだ。義貞は飛び起きた。そして言われるままに、廊下から南の空を見上げた。真っ赤だった。

「火事か夜討ちか、見てまいれっ」

叫んだのは義昌だった。彼はすでに胴丸に身を固めていた。家来に下知すると、義貞の傍に寄って来た。

「夜討ちではないと思います。しかしあの方角は東福寺――」

「うむ」

義貞は大きく頷いた。真っ赤な空を見た瞬間、彼もそう思った。

夜討ちらしい喚声はあがっていなかった。もちろん火の手が風下ということもある。しかし、夜討ちなら、もっと異様な物音がするものだ。武士ならそれぐらいのことはすぐに判る。

(尼どのが――)

彼はあれ以来、東福寺へも行っておらず、尼どのにも逢っていなかった。身分の重さによって忙しかったのだ。

「家来に見にやらせていますから、お待ち下さい」

義昌がそう言ったが、義貞は次第に苛立っていた。

尼どのはたしか御室にいると言った。あの日はたまたま東福寺に来ていただけのことだった。しかしそこを訪れるのは度々ということでもあった。義貞はこの夜、尼どのがあの日のように東福寺を訪れ、そこに泊まっているのだろうと、何か、確かさをもって感じていた。

「わしが行こうか」

「なりません！」

義昌が怒鳴った。

「お館はもう京都大番役の雑兵ではありませんぞ。このような時に外に出て、闇討ちに遭ったらどうなされます。夜討ちでない、ただの火事こそ油断のならないものなのです」

義貞は恥ずかしかった。暗がりの中で顔を赤くし、冷や汗をかいた。

(尊氏に比べて、わしに欠けるのはこのことだったのか)

彼は自分の腑甲斐なさに唇を嚙んだ。

初めの家来が、夜討ちではなく東福寺が燃えていると言って帰って来た。つぎのは、東福寺の主だった建物のほとんどが焼け落ちたと報らせた。

義貞はその夜眠れなかった。尼どののことを想ってというよりも、彼は自分と尊氏のことごとくを比べていた。義昌に怒鳴られて目を醒まされたことが、かえって尊氏を意識し始めていた。

都へ来て、義貞は久し振りに尊氏に会った。以前は鎌倉へ出府しても、ほとんど顔を合わせることもなかったが、都へ来てからはそれだけ身分が近くなったのだろう。その尊氏の顔が、義貞には異様に映った。

だいいち左右の目が定まらず、どちらを見ているのか判らなかった。顔はまえよりも肥えて、大きくなっていた。口も開いているのか閉じているのか締まりがなかった。しかしどうかすると、その締まりのない口が真一文字に閉じられ、定まらない両の目が一点に鋭く集中されることがある。そのときの尊氏の顔は、やはり尋常ではなかった。とらえどころのないような顔だったが、尊氏自身は、自分の周りの人間の顔色を確かに読みとっていたのだ。

家来や一族の者に、そして他の氏族に対する尊氏の指示は早かった。それを弟の直義が輔けたことにもよるが、人びとは彼の処置には誠意を感じた。尊氏が鷹揚な態度で人に接したあと、細かな点については直義が遺漏なく始末をした。源氏の棟梁として家柄もよく実力もあれば、地方の武士が尊氏を新しい武士の棟梁として仰ぐのは当然のことだった。

義貞はそれが無念だった。今の実力はともかく、尊氏を源氏の棟梁と認めるわけにはいかなかった。彼は後醍醐天皇が、自分を武者所頭人とした意味を知っている。二人の立場が決定的になったのだ。ただちに敵対するということではない。しかし鎌倉攻めの時のように、彼が尊氏の命令によって動くことはもはやない。また逆に、天皇から尊氏への綸旨といっても、義貞の手をへることはないのだ。二人は、自分たちが望むと望まないとにかかわらず、互いに近寄ることもできない別々な所に立たされていたのだ。それだけに義貞は尊氏を意識した。

（尊氏にないものを――）

義貞はそれを自分のうちに探し求めた。ないわけではないが、尊氏に比べれば小さなものだった。次には自分の味方になるものを。その一族でさえ、尊氏が持っているものとは比較にならなかった。

（ただ帝だけは――）

彼は畏れおおいと思いながらも、帝こそ自分の手中にある、大きなかけがえのないものだと思った。

（尊氏はいずれ、帝に謀叛を起こすだろう。その際は――）

眠れないままに、義貞は妄想にうなされていた。

明けて一月二十九日、年号が元弘から建武《けんむ》と改元された。この年号は中国にある。後漢の光武帝が、王莽《おうもう》の乱を平定してあとに用いたものである。いかにも猛けて聞こえる。

ところがわが国では、この武の字を用いた年号は、あとにも先にもこの一回しかない。年号という性質のものに、こういう字を用いることを、日本人が心情的に怖れていたのだろう。中国では建武の年号は、前後四回も使用されている。このほかに、武成、武義、武徳、武定、武平という年号がある。日本人との国民性の違いがあるのだろう。

勘申者、民部卿藤原藤範の奉答により、後醍醐天皇はこの年号を採用した。前漢が滅びたあと、王莽を倒して後漢を興した光武帝に倣い、天皇にも旺盛な気概があった。建武の中興――それは後醍醐天皇が夢にまで見た、天皇親政の始まりだった。

年号が改元されるその少しまえの一月十二日に、朝廷では大内裏を造営する朝議がもたれた。大内裏とは京城にあって、朝廷を形づくるもろもろの機関を収容する、中心的な場所と建物である。わが国は、中国に模して平安京の初めにそれを造った。ところが治承元年（一一七七）四月二十八日の大火によって、そのすべてが焼失した。以後、膨大な費用と労力を要する大内裏は、どの為政者によっても造られなかった。

天皇親政を目差す後醍醐天皇にとって、それは是非とも必要とするものだった。そこは天子が、文武百官をその足下に跪かせる場所である。どんなに莫大な費用がかかろうとも、どんなに多くの労力を要しようとも、天皇親政のためにはなくてはならぬものだった。

たしかにそうだった。関東平野に割拠する武士団を率いているだけなら、幕府の建物は狭い大蔵の谷にあってもよかった。しかし武力のない朝廷、ましてや多くの武士たちが足利尊氏の許に集まっているのを見れば、後醍醐天皇が性急に大内裏造営を目論んだとしても、それだけの理由はあったのだ。

朝議は容易にまとまらなかった。万里小路藤房らが異議を唱えた。だが天皇の意志は固かった。乱によって疲弊した民衆を救うことよりも、大内裏造営の方が天皇にとっては急務だったのだ。結局朝廷では、このための料国を安芸と周防《すおう》の二国と定め、労務に従うものとしては、全国の地頭にそれを割り当てることにした。

ある日、また正成が訪ねてきた。この日も彼は軽い出で立ちだった。義貞はそういう正成を羨んだ。

（何の気どりもない――）

まるで、用心さえしていないように見えた。

「昨日、宮に呼ばれました」

宮とはもちろん護良親王のこと。今でも正成がいちばん近くにいた。

「わたくしが最初に呼ばれたものと思います。計りごとを打ち明けられました」

正成はこともなげに言った。昼間、戸を開け放したままの部屋で平然としているその顔を、義貞は眉間に皺を寄せて見た。

「多分、新田どのにもお呼びが掛かると思います。しかし、ご自身ではお出かけにならぬ方がよいかと思います」

「計りごととはどんな」

「足利どのを、お討ちになるということです」

「まだそれを考えておられるのか」

「あれ以来、宮の足利どのに対する憎しみはいっそう激しいものがありますが、それよりも近ごろでは、弟宮のことについてはもっと苛立っておられます」

弟宮とは、阿野廉子が産んだ、恒良、成良、義良の三人の親王のことをいう。さきに義良は陸奥に、成良は鎌倉に下って行った。そして今年の一月二十三日には、恒良《つねよし》親王が改めて皇太子となった。義良と成良のどちらかは将来征夷大将軍になるかも知れない。征夷大将軍をやめさせられ、この頃父天皇への目通りも許されない護良親王の怨み心は、廉子とその三人の皇子に、そして後醍醐天皇に対しても激しく燃えていたのだ。

「しかし、宮は、そのことをお口には出されません。そして宮が足利どのを討つというお考えは、決して私ごとから出ているのではないのです。まこと帝の政をお輔けするというお考えに立ってのことだと思います。宮は言われました。近ごろの足利どのの振舞いは、帝の政をないがしろにするものだと。たしかにそうです。そうではありませんか、新田どの」

「確かに、そうだ」

正成の言葉は次第に熱をおびてきた。義貞はそれに引き込まれた。

「宮は、わたしが尊氏を討つのは、帝のお考えに沿ったものだと言われました。わたくしには、帝が本当に宮にそう言われたのかどうかは判りません。しかし帝も、そのことについてはお悩みになっておられるものと思います。足利どのは、帝とは違った考えをお持ちです。帝がそれをどこまでお許しになるでしょう。ただ足利どのの許には、いま多くの武士たちが集まっております。そこに集まった者のすべてではないにしても、彼らは帝や公家が行なう政に、明らかに不満を持っているのです。足利どのが帝の政をないがしろにするといっても、そこにはそうなるような原因があるのです」

義貞は正成の口から、これほどのことを聞くとは思わなかった。

「とは言っても、われらは帝の政があまねく国じゅうにまで行きわたるために、こうして都に残って帝のお傍にお仕えしているのです。もし帝が、本当に足利どのを討てとの思し召しなら、われらはふたたび兵を挙げて足利どのを討つでしょう」

正成は自分の決意を顔に表わし、鋭い眼差しで義貞を見た。

「ただ、それには時期があります。今はその時ではありません。時を失したのかも知れませんし、いまだその時が来ていないのかも知れません」

その言葉を聞いて、義貞はほっと息をついた。彼もそう思っていた。正成ほど深くは考えいなかったが、いま尊氏と戦っても勝てる自信がなかった。尊氏の許には、それだけ多くの武士たちが集まっていた。義貞は率直に、軍勢の多寡を怖れたのだ。

「もし宮からお話がありましたら、お諫め下さい。帝にしろ宮にしろ、ことのほか新田どのを頼りとしておられます」

「そう言われると、身が引き締まる思いだが」

「名和どのや結城どのにもお話があると思いますが、ご両人にはまえもってわたくしから話しておきましょう」

「そう願いたい」

正成は帰って行った。事態がただならぬ方に向かっていることに、義貞は息を呑んだ。

風もない六月のある日、都は一条から二条にかけて、今にも合戦が始まるのではないかと不穏な空気に包まれていた。

通りには兵士たちが満ち満ちていた。どんよりとした厚い雲の下で、侍たちは鎧に身を固めながらも汗に濡れていた。血気にはやってはいたが、動きは鈍かった。合戦が始まるのではないかと思われたが、どちらからも仕掛けない。

この日護良親王は、ついにたまりかねて足利尊氏討伐を決心した。都は狭い。その動きはすぐに、二条高倉小路の足利館に知れた。尊氏は高師直《こうのもろなお》に命じてすぐに館の周りを固めさせた。と同時に、かねてから彼の許に集まっている武士たちを駆り集めた。

護良親王の家来がそれを見て、館に帰った。親王は自分の軍勢だけでそこを襲うことのできないのを知ると、頼みとしている新田義貞、楠木正成、名和長年、結城親光の館へ使いの者を送った。

義貞の館は四条西洞院にある。護良親王の使いが来たとき、彼はすでに軍勢を集めて館の内と外を固めていた。朝早く、正成から連絡があったのだ。塀の内側には急拵えの櫓も作った。

外で馬を下りた使いの武士は、息せき切っていた。義貞のまえに両手を突くと、叫ぶように言った。

「ただ今宮には、足利尊氏討伐のための兵を挙げられました。尊氏はまだ二条の館からは出ておりません。この際、新田どの、楠木どの、名和どののご助勢があれば、一気に尊氏を討ちとることが出来ます。一刻も早く軍勢を出していただきたくお願いに上がりました」

「それで、楠木どのは何と言われた」

「はい、楠木どのの館へはこれから行くところです」

「判った。ただ、宮には、それまでの間ご自重をお願いしたい。尊氏にも十分な備えがあるはず。決して早まることのないようにとお伝え願いたい」

「はい、しかし一刻も早いご出陣をお願い申し上げます」

侍は飛び出して行った。

そのあと、少しの間をおいて、義貞は二人の忍びの者を外に放った。一人は尊氏の館へ、そして一人は護良親王の館へと。二人を待っている間に、今度は正成の使いの者がやって来た。楠木館は四条猪熊坊門にあるので、新田館とは目と鼻の間。

「護良親王からのお使いのお方、さきほどお見えになりました。そのうえでわれらが主人正成が申しますには、楠木勢は一兵たりともご助勢には向かわせないとのこと。その点新田どのには、是非ともご賢察をたまわりたいとのことでございます」

「すると楠木どのは、軍勢をお出しにならないということか」

「はい、さようでございます」

「うむ――判った。楠木どのには、その言葉確かに聞いたと伝えられよ」

「はい、しかとそう伝えます」

情勢が少しは摑めた。しかし義貞は、今さらのように正成の意志の固さを思った。正成が護良親王を慕っているということは、誰でも知っている。その頼みを断った正成の判断とは、何を見てのことだろう。

（今度のことも、誤りは宮にあるのかも知れない）

義貞はそう思わざるをえなかった。

二人の忍びの者は、ほとんど同時に帰って来た。

「足利どのの館、大軍でもって固められております。しかも一条の方にかけては、今にも走り出そうとしている気配です」

「護良親王のお館、いささか小勢です。楠木どのばかりでなく、名和どのや結城どのにもお使いを出しておられるようですが、お二人が軍勢を繰り出される様子は少しも見えません」

「そこまで見て来たのか」

「はい」

「よく気が利いた。下ってよい」

これがすべての情勢だった。

だが義貞の心のうちには、まだ納得出来ないものがあった。むしろ正成の考えには、自分が初めから反発を感じていたのを、この時になって思い出したのだった。

（この機にこそ尊氏を討つべきだ。正成が言うことより、宮のお考えの方が正しいのかも知れない。尊氏の館が大軍でもって固められていると言ったが、どこかに隙があるはずだ。宮が言われるように、わしや正成や長年が一度に攻めかかれば、尊氏を討ちとることが出来るかも知れない）

義貞は、今が尊氏を討つまたとない機会だと思った。

（もう一度、様子を見に行かせよう）

つきかねる決心を、そのことで決めようとした。

忍びの者は、今度は帰りが遅かった。それを義貞は悪く考えた。尊氏を攻めるなら、早い方がよいと思っていた。忍びの者の帰りが遅いということは、それだけ機会を逸することになる。

時は刻々と過ぎていく。義貞は苛立った。兵士たちも、館の中と外でじりじりしている。朝のうちの緊張も薄れ、彼らは次第に声高に雑談を交わしていた。暑さは我慢ができないくらいだ。

忍びの者が帰って来た時、義貞はその状況を察することができた。

「動きはまったくありません。むしろ宮の軍勢は、少しずつ館の中へと退いておるくらいです。名和どのや楠木どのの館も見てまいりましたが、今朝ほどとほとんど変わっておりません。また足利どのの館にもそれらしい動きはなく、依然として四方の通りを厳しく固めております。しかしそこから出て、いくさを仕掛ける気配は見せておりません」

「いくさはないと見たか」

「はい。どちらもこの暑さで、うんざりしたようにも見えました」

たしかに暑いことは暑い。梅雨が明けない今ごろの都の暑さは、とても耐えられるものではない。

（これで終わった）

義貞はそう思った。尊氏を討ちとる機会を、これで失ったのだ。

（わしはただ、手を拱いていただけなのか。尊氏がすぐその先にいるというのに、それを討ちとることもできない。しかも頼みとする正成は、初めから動こうともしない。解せない。正成は密かに、尊氏と通じているのではないか）

邪推にも似た正成への想いは、彼をいっそう苛立たせるだけだった。

その日の午後も遅く、双方が軍勢を引き揚げた。長い睨み合いだった。

無念の表情の消えない義貞に向かって、義昌が言った。

「これで、よかったのです」

「そう思うか」

「はい、そう思います。いずれ機会はあると思います」

義昌が本当にそう思っているかどうかを、義貞は疑った。だが今日のことはもう終わってしまったのだ。諦めるよりほかなかった。

護良親王は、この日以降、いっそう勢いを失うことになった。そして足利尊氏はと言うと、一時の危機は切り抜けはしたものの、またの日の脅威に備えた。そして護良親王に対しては激しい憎悪をつのらせて、ついに計りごとによってそれを除くことを密かに心のうちに決めたのである。

長かった一日が、やっと終わった。

九月になって後醍醐天皇は、いくつかの社寺に参詣することを思いたった。ふたたび皇位に就いたことへの、感謝の気持ちからなのだろう。

建武元年九月二十一日、まず八幡の石清水八幡宮へ。その日の行列は、単なる行幸の装いではなく、文武百官を引きつれての盛大で華麗なものだった。そこには多くの武士たちが、自分の勢力に見合った軍勢を率いていた。足利尊氏、新田義貞、楠木正成、名和長年らが。もちろん検非違使別当の万里小路藤房らの公家たちも、彼らの持つ手兵を率いていた。天皇の行列にしては、ことさら武威を示したその行列である。いまだかつて、平時にこれだけの軍勢を率いた天皇があっただろうか。

その夜、それぞれの武士が率いる兵士たちは、八幡の山の上のそこかしこに野営した。尊氏は自分が計られていると思い、幔幕の周りを固く守らせた。義貞の目にも、尊氏がそれほどまでに警戒する理由が判った。足利勢に比べれば、新田、楠木、名和らの軍勢の方が多勢だった。しかしその夜は何事もなく明るく朝を迎えた。

翌日は山を下りて、都に帰って東寺に入った。そこでは、後醍醐天皇による塔供養が二日間にわたって行なわれた。二日目の塔供養の最中に、ちょっとした騒ぎが起こった。東寺の南大門を警固していた佐々木時信の兵士が、そこに押し寄せた群衆に向かって、太刀を抜いて斬りつけたのである。騒ぎの原因が何かは判らない。だが群衆に斬りつけて傷を負わせた責任は重い。時信は解任させられて、その後任には楠木正成がなった。足利方の佐々木時信の失態で、尊氏はひどく面目を失った。

九月二十七日、今度は都の北、加茂社への行幸となった。行幸の列も装いも、従う武士たちの顔ぶれも同じだった。今回も二日をかけての行幸のため、武士たちは加茂社の林の中に野営した。尊氏はまたもや夜襲を怖れた。そこに夜営している軍勢からだけではない。目に見えぬ、護良親王からの夜襲にこそ守りを固めていたのだった。しかしその夜も何事もなかった。

後醍醐天皇の、前後八日間にわたる行幸の真意はどこにあったのだろう。尊氏の躰を、行幸の途中の大通りに晒したのだろうか。そして彼を、誰かに襲わせようとしたのだろうか。しかし行幸の途中で、それほどの大それたことはできることではない。天皇にとってこうした大がかりな行幸の意味は、あくまでも自分の権力を誇示したいためのものだったのだろう。ただそこに従った、尊氏を始め義貞や正成や長年らの心労は、周りの公家たちが察する以上に、目には見えない厳しさがあったのである。

翌十月五日の夕刻、さきの天皇の行幸に供奉してその責務を全うした万里小路藤房が、突然行方不明になった。翌日になって判ったことだが、彼はその日、洛北北岩倉の里にある大雲寺で頭を剃り出家して、そのうえ行方知れずとなったのである。大雲寺を出て行く時、彼はふたたびこの世には戻らぬと言った。遁世したのだ。

藤房の遁世には、はっきりとした原因があった。それは、後醍醐天皇が行なう政に対する不満と失望だった。彼の父宣房は、後醍醐天皇の臣下としては、吉田定房と北畠親房とともに、後《のち》の三房《さんぼう》と言われた有能で見識のある公家だった。後の三房とは、平安時代の藤原伊房《これふさ》、藤原為房、大江匡房の前《さき》の三房に比べて言ったもの。

藤房は父の血を引いて能吏だった。そして公家に似ず行動の人だった。元弘の乱の初め、後醍醐天皇が笠置山に立て籠もった時には、その落城に至るまでを付き従った。そして建武の中興が成った時、藤房はいち早く天皇にとり立てられた。この時には、中納言で検非違使別当に任じられて、よくその任に応えた。ところが、彼が夢を託した後醍醐天皇の政の多くは、失政とも言えるものだったのだ。だいいち、今度の乱に功があった者に対する恩賞は不公平なものだった。大内裏造営についてはやむをえない面があるにしても、疲弊した庶民の生活をかえりみなかった。そのうえ天皇は、功績がなく、無能でいかがわしい公家や僧侶や女官を、多く自分の傍らに侍らせた。藤房は幾度となく天皇を諫めた。しかし後醍醐天皇は、もはや藤房らとともに苦難を同じくしたあの頃の天皇ではなかった。すべての権力を手中にしたという錯覚に、物ごとを見る目を失っていた。そういう天皇にとって、藤房のような功臣はもう必要ではなかった。天皇の周りには、佞臣と傾城だけがあればよかったのだ。

藤房はそう思った。そう思うと、無念の悔し涙に濡れた。そのあと彼は決心したのだ。この世にもう何の望みもなかった。後醍醐天皇が行なう政に情熱を燃やしたことさえ、今となっては空しく思われた。そして彼は、官を捨て遁世したのだった。

義貞は身につまされた。彼もまた武士として公家を好まなかった。御所に参内しても、彼らが何を言っているのかその目で判った。ただ藤房は別だった。御所の中に雑訴決断所が置かれた時、藤房はその任にあたって、公正な視点で一つ一つの案件を処理していた。所領の争いを裁くということは大変なことだったが、それだけに藤房は、公家と武士の別なく誠意をもってそれを行なった。ところがそこに、目に見えぬ力が働きかけられた。天皇に近い佞臣や女官たちが、その裁きを不正なものにして、その利にありつこうとしたのだ。藤房は思わず嘆息した。

義貞はそういう藤房の姿を知っていた。知っていたからこそ、身につまされたのだ。そして自分もまた、藤房に似て不遇だと思ったのだ。何が不遇なのか。官位の高さや所領の広さをいうのではない。それならむしろ、彼は厚く遇されていると言わなければならない。では何か。それは漠とした思いだった。

この頃の義貞には、自分の考えや言葉が、少しも天皇に届いていないのではないかという不満があった。それどころか天皇は、もはや自分たち武士を必要としなくなったのではないかとさえ思うようになっていた。

（わしの思い過ごしだろうか）

石清水八幡宮や加茂社への行幸の時に率いられた自分たちの姿が、何か空しい飾り物のように義貞には思えたのである。


都の中がなんとなくざわついていた時、北条氏の残党が紀伊で兵を挙げたという報らせが入った。

この年の三月にも、関東で本間、渋谷の一族が兵を挙げて鎌倉を攻めたことがあったが、その時は渋川義秀らの奮戦によって寄せ手は退いている。鎌倉で北条一族が滅びたあとも、各地ではこうした残党の蜂起が時としてあった。残り火がくすぶっていたのである。

しかしこんど、紀伊の飯盛山に立て籠もった一味は、かなりの大軍を擁しているうえに都にも近いということで、朝廷でも捨てておけなかった。そこで楠木正成と三善信連を討手として向かわせることになった。

出陣の前夜、正成が訪ねて来た。

「飯盛山の賊徒は、容易に落ちないと思います」

正成は、自分が千早城に立て籠もった経験からか、そう言った。

「わたくしは、当分都に帰ることはできません。あとを、よろしくお頼みいたします」

彼の挨拶はこれだけだった。あとは多くを語らず、わずかな酒を飲んで帰って行った。

正成が帰っていったあと、義貞は船田義昌と顔を見合せた。

「正成は何を言いたかったのだろうか」

「――判りません」

義昌はそう訊ねられて、思わず唸った。

「尊氏のことか」

「そうかも知れませんが、あるいは護良親王のことを案じておられたのかも」

あれ以来、二人の間で互いを刺激し合う直接の動きはなかった。しかし見えないところでの動きは義貞には判らなかった。正成がそれをどこまで知っていてあのような言い方をしたのだろうと思うことさえ、義貞には煩わしかった。

「いずれにしろ、尊氏を見張るしかない」

「はい。怠りなく――」

どこか、生暖かい風が感じられる秋の夜だった。

都に鵺《ぬえ》が

紀伊飯盛山の砦は、正成が言ったように容易に落ちなかった。

今となって、ふたたび北条氏に与する勢力が各地に起こっていたが、この時飯盛山には、佐々目憲法僧正という者に率いられて、一万八千もの兵が立て籠もっていた。これに対して都や近在の武士たちがそこを攻めたが、守る側には少しの衰えもなく、むしろ時として、山から下りて寄せ手の陣を攻めることとさえあった。さすがの正成も、山城一つに手古摺った。


都は晩秋だった。夜も更けてから、新田館の門を叩く者があった。番卒が門を少し開けると、公家らしい男がそこに顔を寄せて早口に囁いた。

「御所からまいりました。一大事です」

血相を変えた公家の言葉に、番卒は迷った。

「お館さまが無理なら、執事どのにでも」

番卒はそれならばと言って、ともかくも公家を門の中に入れた。

「わたくしは御所へ戻らなければなりませんので、なるべく早く」

気配を察して義昌が出て来た。そしてすぐに館の中へ入れた。

「わたしが執事の船田義昌だが」

「はい。わたくしの名はゆえあって申せませんが、ただいま御所を抜け出してきました。今夜御所で一大事が起こりました。わたくしがその場を見たわけではありませんが、護良親王が帝によって押し込められた様子です」

「何っ！」

義昌は思わず目を剝いた。

「はい。いま御所の中はそのことで誰もが口を閉ざしておりますが、どうも本当のことのようです。あと先の事はわたくしには判りませんが、このことは新田どのにお報らせした方がよいのではないかと思い、こうして御所を抜け出して来たのです」

「それはかたじけない」

「足利どのには、ご用心なされた方がよいのではないかと思います」

そう言うと、公家は慌てて帰って行った。

そのあと義貞も起きて来たが、夜も遅く、どうすることも出来なかった。足利方の夜襲に備えるといっても、番卒を起こしておくだけにした。二人は間もなく床に就いたが義貞は眠れなかった。護良親王が天皇によって押し込められたなど、とても考えられないことだった。

（もしそれが本当なら、帝とは恐ろしいお方だ。どんなわけがあるにしろ、帝というおん身で、わが子をそのような目に遭わせることなど考えられないことだ。公家が言ったように、これは尊氏が企んだことかも知れない）

暗闇の中で義貞は、人の運命を操る巨大で得体のしれないものの手を想像した。その化け物の前では、自分たちの姿がいかにも小さく見えた。しかしそれは、化け物であるがゆえに、彼にはまた退治しなければならないものでもあったのだ。

（それにしても、誰が宮を押し込めたのか）

その直接の下手人を想像した。この夜は、新田一族は御所の門衛に兵士を出していなかった。出していなかったからこそ、あの公家が報らせに来たのだろう。公家が番卒に賄を渡して、ここまで来てくれたことを彼は想像した。そして考えられるのは、名和長年と結城親光の一族だった。

（都には、鵺《ぬえ》のような得体のしれない化け物が、夜の空を彷徨うのか）

眠れないままに、義貞はその鵺の顔が誰であるかを想い続けていた。

翌日の午後になって、護良親王捕らえらるのことは、あっという間に都じゅうに知れわたった。御所には幾つかの門がある。朝になれば公家や武士たちが頻繁にそこを出入りする。そこで起こったことのあらましを、人びとは口から口へと伝え聞いた。

十月二十二日の夜、御所のなかの清涼殿では、和歌と管弦の会が開かれた。護良親王もその席に出るために、供の者を従えて参内した。ところが一人で廊下を渡っている時、突然男が二人飛び出して来て、やにわに親王を取り押さえたのだ。薄暗がりの中でその男たちの顔を見て驚いた。名和長年と結城親光の二人だった。

二人は、悲痛な叫び声をあげる護良親王を、力ずくで御所の一郭にある馬場殿に押しこめた。それと同時に、親王に従って来た供の者十数人をも捕らえた。翌日の朝、護良親王はさらに常磐井殿に移されて厳重に監視された。また親王の館には名和長年らの手の者が向かって、その家来である殿法印良忠や安居院権律澄俊らを捕らえた。親王の許で、悪名をほしいままにしていた連中だった。

そのあらましを義貞も聞いた。信じられなかった。なかでも、名和長年と結城親光の二人が、腕ずくで護良親王を捩じ伏せたということは、この世のことではないように思えた。しかもそれを、親王の父である後醍醐天皇が命じたとは。

(帝と尊氏と、そして皇太子の恒良親王や陸奥の太守となられた義貞親王の御母《おんはは》阿野廉子の三人が——)

義貞は、この三人の顔に鵼を見た。

(そのうちの誰か一人か。いや、そうではなく、これは三人が額を寄せ合って企てられたことのようだ。しかしなぜだろう。帝の数ある皇子のうち、今度の乱では護良親王の功績がもっとも大きいはずだ。なるほどご長兄の尊良《たかよし》親王も、身をもって戦われた。それにあのお方は大変な父思いであらせられる。だが、護良親王の功績はその比ではなかった。それなのに、どうしてこんな目に遭わなければならないのか）

憤懣やるかたない思いに、彼の目は血走っていた。

（帝は唆されたのかも知れぬ）

後醍醐天皇の顔を、どうしても鴉の顔にすることはできなかった。

（それにしても——）

義貞には、ふと思い当たることがあった。

（それにしても、彼らは昨日という日をなぜ選んだのか。藤房卿が行方知れずになり、正成が紀伊に向かって、まだ一か月もたってないではないか。藤房卿のことはともかく、都において護良親王にいちばん近い正成を紀伊に追いやってのこの企てだったのか）

彼が思うに、それはじつに用意周到な企みだった。

護良親王は、初めから尊氏を敵視していた。後醍醐天皇が目差す天皇親政という政に対して、必ず災いとなることを見抜いていたのだ。だから将来尊氏の手に渡るであろう征夷大将軍の位を、自ら天皇に願い出たのだ。仮に護良親王にわずかな私欲があったとしても、本心はそのことにあったのだ。尊氏は、自分の野心の妨げになるものは、たとえ天皇の子であっても絶対に許せなかった。

阿野廉子は、後醍醐天皇の寵愛を受けながらも、天皇の生涯のうちでは遅くなってからその子をもうけた。三人の皇子と一人の皇女を。恒良親王、成良親王、義良親王と祥子内親王の四人である。三人の皇子たちは、護良親王に比べてあまりにも幼なすぎた。将来のことはどうなるか判らない。恒良親王がやっと皇太子になったといっても、後醍醐天皇が亡くなった時、そのまま天皇になれるという確かな約束があるわけでもない。天皇の数ある皇子のなかでは、護良親王の器量は抽きんでていたからである。廉子にとっても、やはり護良親王は好ましくない、出来れば除かれるべき人物だった。

偶然にか、尊氏と阿野廉子の、護良親王に対する怖れと思惑が一致した。二人は隙をうかがっていた。隙はいくらでもあった。信貴山から下りて来た護良親王が、のちになって征夷大将軍を解かれた時、その家来の一部は無頼の徒となって都の中で暴れ回った。

（正成が、宮の家来を斬ると言ったのは、このことだったのだ）

護良親王の都における評判は、日に日に悪くなっていった。尊氏を討つという高言は、誰にもはばかることなく巷に流れた。そしてそこには、天皇への不満も付け加えられた。尊氏と廉子が、それを家来や供の者から聞いた。噂は口から口へと次第に大きく、またその儘には伝わらなかった。

やがて、護良親王は父後醍醐を廃し、自ら天皇になるのでは、という噂がたてられた。その噂を尊氏と廉子の二人が作った。作り上げたばかりの噂を尊氏が捧げ持ち、それを廉子が天皇のまえに披露した。効果は二人が期待した通りのものとなった。

紀伊で北条氏の残党が兵を挙げた時、尊氏は思わず手を打って喜んだ。紀伊は河内の隣国。そこへ河内守である楠木正成を向かわせるのに、何の不都合もなかった。

（正成はあの時、あとをよろしく頼むと言い残して行った。あの男は、こんなことまで予感していたのだろうか）

そこまでは、正成でも予測出来なかっただろう。しかし護良親王の身を案じていた彼は、何事かを予感していたのだ。

後醍醐天皇は、密かに名和長年と結城親光を呼んだ。この場になって、万里小路藤房や楠木正成が身近にいないことが、かえって好都合となった。企みは実行された。そして思いどおりの結果となった。後醍醐天皇と阿野廉子と足利尊氏の三人に多少の後ろめたさは残ったものの、それはほぼ満足のいく出来栄えだった。尊氏は声を押し殺しながらも大いに笑った。廉子はほっと胸をなで下ろした。そして天皇は、黙したまま二度三度と頷いた。

それから二十日ばかりたって、斯波高経が軍勢を引きつれて飯盛山に向かった。飯盛山はまだ落ちなかった。

斯波氏は足利一門の中では名族で、また高経は、尊氏のもっとも信頼の厚い武将だった。楠木正成らによっても落とすことのできない飯盛山攻めに、尊氏はこの高経を遣わしたのだ。そこには彼の思惑があった。正成を見張るためだった。

ついで十一月十五日、護良親王は罪人として鎌倉に流されることになり都を発った。鎌倉に着けば、尊氏の弟直義が見張るところとなる。その命運は見えたようなものだった。尊氏よりも、むしろ直義のほうにこそ護良への憎悪が強かったのだ。しかも後醍醐天皇は、それを承知していた。天皇の、わが子護良親王に対する憎しみは、この時それほどまでに心のうちに燃え上がっていたのだろうか。

十二月の二日になって、事件の後始末が行なわれた。護良親王捕縛のあとに捕らえられていた良忠や澄俊らが、引き出されて首を刎ねられた。彼らこそ自業自得だった。

明けて建武二年（一三三五）の一月の終わり頃、飯盛山に立て籠もっていた北条氏の残党が、やっと平定された。執拗な抵抗だった。戦いが終わって都に帰ってきた武将のうち、斯波高経だけが面目をほどこした恰好になった。

この護良親王の捕縛と北条氏の残党による紀伊飯盛山での蜂起は、一見何の関係もなく起こった。しかしそこに関わった人びとの動きには、どこか符号の合う不自然なものが感じられたのである。


公家の一人に四条隆資がいる。正中の変以来後醍醐天皇の幕府討伐の企てに加わり、元弘の乱勃発の時には笠置山まで従った。砦が落ちた時には行方をくらまし、一年後に楠木正成が兵を挙げると、その天王寺攻めに加わって公家としては機敏な働きを見せた。千早城籠城の直前のことである。千種忠顕とともに、公家というよりは武人肌だった。ただ忠顕のように粗暴ではなく、むしろそういう点では、公家らしく計りごとをめぐらすことを好んだ。

その隆資を、義貞が招いた。さきごろまで権中納言でいた公家を、自分の館に招くことにいささかの躊躇があったが、彼はあえてそう申し出た。それに対して、隆資は無頓着を装ってやってきた。彼にも思うところがあったのだ。

隆資は義貞よりも十ばかり年上で、四十を少し過ぎていた。公家に似ず、躰は骨太でいかにも壮健に見える。義貞は、これなら鎧を着て山野を彷徨うこともできたのだろうと感心した。そのくせ目は涼しげで柔和だ。

「わざわざのお越し、恐縮に存じます」

義貞はかしこまって挨拶した。そして昼なかというのに、すぐに酒を出した。公家も武士に劣らず酒が好きだった。隆資は屈託なくすぐに膝を崩した。しかしそれは、むしろ心のうちを引き締めているための仕草だった。

「新田どのは、わしに何をお聞きになりたいのか」

隆資がいきなり言った。さすがに察しは早い。義貞は少したじろいたが、彼にも用意は出来ていた。

「この頃の帝のお振舞いや、また帝と足利どのの関わりなどを」

「では、わしもお訊ねしよう。帝やわれら公家に対して、いま武士たちがどのように思っているのかを。また武士と言いながら、すでに二つに分かれている勢力がこれから先どうなるのかを」

二人はともに頬笑んだ。互いの率直な問いだったのである。

「正直なところ武士は今、帝のなされように戸惑っています。多分、足利どのご自身もそう感じておられると思います。武士が二つに分かれているとおっしゃいましたが、足利どのについている者はそれでよいでしょう。しかし足利どのには従わないわれら、すなわち楠木どのや名和どのを始めとする武士たちは、帝のみ心のうちが判らないので困惑しているのが本当のところです」

「と言うと？」

「はっきり言って、帝は足利どのを敵とされるのか、あるいは味方とされるのかと。ということは、本当にわれらを味方とされるのかということです」

「なるほど。帝のお振舞いが、そのように解せないと言われるのだな」

「そうです」

「しかし、帝が徒らに争うことを望んでおられないということであれば、そのように尊氏を敵とするか味方とするかなどと、お考えをはっきりさせることこそ、穏やかではないのではないのかな」

「はい、そのとおりかもしれません。しかし、帝が護良親王をあのようなお仕置きにし、しかも相変わらず足利どのを厚く遇されるということになれば、同じ武士としてわれらはどうすればよいのかと、わたくしだけではなく誰もがそう思っております。いえ、そう思っているはずです」

「うむ、これは難しい」

隆資は、両膝の上に置いた両の拳を握りしめ、そして首をかしげた。

「だが、尊氏の力は今となっては大きくなり過ぎてしまった」

隆資は小さく息をついて言った。

「新田どのを始めとして、楠木、名和、結城や諸国の武士たちに呼びかけて、尊氏に拮抗するだけの勢力を集めることができるかな。もちろんそこには、陸奥におられる義良親王と北畠卿、それに九州の菊池や阿曽の輩までを含めてのことではあるが」

義貞は咄嗟に想い浮かべた。全国に分布する武士の色分けを。

「畏れおおくも、帝の許にでということであれば、それは出来ます」

「出来ると言われるか」

「はい」

「うむ」

隆資はまたも首をかしげた。

「それができるなら、妙手が一つだけある」

「妙手、と言われると」

「うむ、面白い手だ」

義貞は思わず膝を乗り出した。

「尊氏を、征夷大将軍にすることだ」

「足利どのを征夷大将軍にですか？」

「そうだ。尊氏はかねてからそれを帝に願い出ている。今それを尊氏に与えるのだ。そうしたら彼奴を鎌倉に閉じ込めるのだ。征夷大将軍として鎌倉に下って、弟の直義とともに袋の鼠となったところを、帝より諸国の武士に尊氏討伐の綸旨を下し、新田どのが総大将となって鎌倉を攻めればよいのだ」

　義貞は啞然とした。それは彼が、護良親王の令旨によって北条高時を鎌倉に攻めた手口と同じものだった。彼はそういう企みを思いつく隆資の顔が、何か不思議なもののように感じられた。

（しかし、あの時とは違う）

　手口はよく似ていたが、あの時とはすべての情勢が変っていた。何か、隆資の言葉だけが上滑りしているようにも思えた。

「ことに東国では、陸奥に義良親王がおられるだけでも、あの時と比べてわれらに有利になっているはず。そうではないか、新田どの」

「――はい」

　確かにそうだったが、それで一気に鎌倉を攻め落とすことができるだろうかと、義貞は今、鎌倉を目の当たりにしたような心地で思わず考え込んでしまった。

「まあ、それはこれから考えることにしよう。いずれにしても尊氏の勢力は侮りがたい。しかし帝は、いつかは尊氏を敵とされるだろう。それはもう避けられないことだ」

「――避けられないことですか」

「うむ」

義貞は、ずっしりと重たいものを心のうちに感じた。

彼にはまだ訊ねたいことがあった。隆資にもまだ聞きたいことがあっただろう。しかし二人とも、今日はこれ以上に深入りすることを怖れた。二人で話し合うには、事が重大に過ぎたからである。

隆資は顔を赤らめたまま、控えの間にいた供の者をつれて帰って行った。そのあと、次の間から船田義昌が出てきた。

「何やら、ただごとではないお話のようでしたが」

「聞いておったか」

「はい」

義貞は笑った。

「公家というものは、いろいろと考えるものだ。われらと違って弓矢を持たぬ者は、それだけに計りごとをめぐらす知恵があるのだろう」

「ひどく、大法螺を吹いているような話だったのでは」

「いや、決してそうではない。昔から、時の帝や公家たちの考えついた計りごとは、やはり全国を掌の上に乗せたようなところがあったのだ。われら武士こそ、その掌の上で徒らな争いごとをしていたのだ」

「なるほど。公家の考えることは、そのように、われらにとっては油断のならないものですな」

「すべてがそうとは言えないが、用心するにこしたことはない」

義貞はそう言いながらも、帝や公家の計りごとに乗せられる武士の弱さを、自分自身にも感じざるをえなかった。そこには、自らの運命を予感するものさえあったのかも知れない。

この年の梅雨は長く、都ではくる日もくる日も雨が降り続いた。鴨川の水は流れを速め、溢れ出た水が都大路を幾筋もの川とした。

朝廷では止雨奉幣使を遣わして、大僧正慈厳に一度ならず二度三度と祈らせた。そして雨はやっと止んだ。人々は表に出て空を見上げ、恐る恐る川辺に立っては、その流れの速さに目を丸くした。

その時、洛北の一郭で時ならぬ喚声があがった。公家の西園寺公宗が住む北山第を、中院中将定平が指図して、名和長年と結城親光が率いる軍勢がそこを取り囲み、そして中に乱入したのである。それは後醍醐天皇の命令によるものだった。

公宗はかねてから、後醍醐天皇に対して、自分の館で宴をもよおしたいからと、その行幸を願い出ていた。西園寺家は公家の中でもそれだけの格があり、元弘の乱が始まる年の春にも天皇をそこに招いている。その時には天皇は何日間もそこに留まり、当時十四歳だった北畠顕家の舞う「陵王」を、盃を傾け、桜の下で愛でたものである。

しかし一方では、西園寺家は鎌倉の北条氏との縁も深かった。朝廷と幕府との間に立って関東申次《もうしつぎ》という特異な役目を代々にわたって勤めていた。両者の連絡係ということであるが、往々にして幕府の強硬な態度の表明を朝廷に伝えることになるから、天皇や院も、いきおい西園寺家の当主には気をつかうことになった。

北条氏が後醍醐天皇によって滅ぼされた今、西園寺家に吹く風は冷たかった。しかしそれでも、公家のなかにあってはやはり名家だった。公宗の申し出を断る理由はほとんどなかった。ところがその公宗が、世にも恐ろしいことを企んでいたのである。

鎌倉が落ちて幕府が滅んだ時、高時以下の北条一族のほとんどが討ち死にし、そして自害した。高時の弟泰家もその一人だと思われていた。しかし泰家は、そこから奥州に逃れていたのだ。東国よりもさらに奥地。泰家と知りながら、それを承知で匿った氏族はいくらもいただろう。もともと入道となっていた泰家はその途中で還俗した。

やがて髷を結った彼は、京に上った。そこで訪れたのが北山第の西園寺公宗だった。公宗は喜んで彼を迎えた。そして泰家を、刑部少輔時興と名乗らせた。時興というその名には、いかにも二人の想いが込められていた。

二人は互いの不遇を語り合った。しかしそれは、ただちに抑えがたい不満と怨み心のほとばしりとなった。二人は策を練った。後醍醐天皇を殺し諸国に兵を挙げて、ふたたび北条氏の世とするものだった。天皇を殺す方法としては、北山第の中に新しく湯殿を作り、その脱衣の間の板に仕掛けを作り、穴蔵に落ちた天皇を刺し殺すというものである。恐ろしい企みだった。

その企みのあまりの恐ろしさに、公宗の弟の公重が密告したのである。陰謀は未遂に終わった。後醍醐天皇は危うく難を免れた。そしてそのあとは機敏に動いた。差し向けられた軍勢により公宗は捕らえられたが、肝心の泰家はまたもや行方をくらましてしまった。この時、北山第に向かった名和や結城勢とは別に、楠木正成や高師直の軍勢が、鴨川の東、建仁寺あたりで公宗の家中の者を捕らえているところをみれば、公宗や泰家の陰謀が、単なる思いつきではない規模で考えられていた様がうかがえるこの事件だった。

信濃で、北条高時の遺子時行らが兵を挙げたのは、それから間もなくのことだった。時行とは、鎌倉が落ちた時に行方不明となったあの亀寿のことである。

都で西園寺公宗の変があったのが六月二十二日。そして時行が兵を挙げたのが七月七日のこと。挙兵と同時に伊豆や、駿河、武蔵、相模、甲斐と、各地の氏族がそれに応じているところをみると、これは突発的なものではなく、事前に計画されたものとみられる。公重の密告がなかったら、七月七日という何か暗符めいたこの日に、都と信濃とで同時に兵を挙げるというのが、時行と泰家の初めからの企てであったのだろう。

都のことは破れた。しかし信濃の時行は、そのことで自分たちの計画を中止することは出来なかった。挙兵の手配はすべて終わっていたのである。そしてこの時を逃しては、事の成就はないと思ったのだ。手筈としては、都のことは破れたとしても、信濃のことは信濃で事を進めるという算段もあったのだろう。

幼い時行を補佐したのは、諏訪頼重が率いる一族と滋野一族だった。彼らは鎌倉という失地を回復して、そこに東国武士の棟梁として、ふたたび時行を仰ぐことに執念を燃やした。それはまた、北条氏の没落があまりにも急であったがための、無念さを込めての情熱のほとばしりのような勢いをもったものであったのだ。

七月の十日を過ぎると、東国の乱の始まりのことが、つぎからつぎへと都へ早馬で報らされた。早馬は御所へ入るものもあったが、足利尊氏の館に入るものも多かった。義貞のところへは御所からの使いの者によって、その状況が伝えられた。それによって北条一族の挙兵の規模が、予想に反して、かなり大きなものであることを人びとは知った。そしてその事態をいちばんに憂えたのが、尊氏だった。

鎌倉には、彼の弟の直義が成良親王を奉じていた。来たるべき足利幕府への幻想を抱きつつ、兄尊氏に代って着々と東国武士の掌握に努めていたのだ。しかも彼は、一方では成良親王の兄宮である護良親王を、二階堂の谷にある東光寺に押し込めていたのである。直義の立場が、この時になって急に厳しくなってきたのを、都にあった尊氏は、気もそぞろに落ちつきもなく想っていた。

朝廷では、廷臣たちが集まって朝議が重ねられた。その中には尊氏もいた。彼はすでに卿と言われる高位の身分にあった。そこに出席した人びとには、それぞれに思惑があった。尊氏は自らが総大将となって鎌倉に下り、北条時行を討つことを申し出た。総大将とは、すなわち征夷大将軍を意味する。公家たちは渋った。後醍醐天皇による天皇親政の許で、いまさら武士を征夷大将軍にすることはできなかった。天皇の御意に背くことになる。尊氏は苛立った。絶大な武力を持っていても、朝議の場となると孤立した。それに公家たちの言葉に、彼は後醍醐天皇の声そのものを聞く思いだった。

北条時行の軍勢は、信濃を発ったあと上野国へ入り、入間あたりからは、ちょうど義貞の鎌倉攻めの時と同じ道をとった。鎌倉方は各地で応戦した。信濃の小笠原貞宗や上野の岩松経家と、彼らは自分たちの領内を通過する北条勢に立ち向かったが、怒濤の勢いで鎌倉を目差してひた走る北条勢には、まるで蹴散らされるばかりだった。七月二十二日の武蔵女影原の合戦では、渋川貞頼、小山秀朝、それに岩松経家らの有力武将が討ち死にした。北条勢は鎌倉を目前にした。

この頃になって、尊氏の館へは鎌倉の直義から連日のように早馬が到着した。尊氏は気が気でなかった。いつもは鷹揚にかまえている彼も、弟の直義が危機に瀕しているのを想像すると、もう我慢ができなかった。御所における朝議には見切りをつけた。そして彼は決心した。後醍醐天皇の意に逆らって出兵するということだけではなく、この時尊氏は、それよりももっと大きな決心をしたのである。

建武二年八月二日、尊氏は突如として兵を率いて都を発った。後醍醐天皇からは、ついに征夷大将軍に任じられることはなかった。彼は怒りの形相もあらわに馬に跨がった。それを見送る都の人びとは、その赤みをおびた尊氏の顔には、言い知れぬ怖れを感じてただ息を呑んだ。

足利勢を見送る人びとの中に、それを直接見ることはなかったが、後醍醐天皇やその許に集まる多くの公家と、楠木正成、名和長年、そして新田義貞らの目もあった。彼らはいずれも、そこに、ある怖れを感じながらも、各人各様の想いでその後ろ姿を見送ったのである。

義貞は想った。

(今日という日から、尊氏との戦いが始まったのだ)

そう思って、彼にも決するものがあった。

(尊氏めの下心は判っている。北条時行を討つと言いながら、彼奴の心はもっと別のところにあるのだ。それをあの惚けた面の下に隠して、いかにも不服面で行きおったわ。あの面で帝を騙し廉子を騙し、そして田舎侍どもを騙して手懐けおったのだ。彼奴は鎌倉に行った。鎌倉に着いたなら、頼朝公の真似をして幕府をというつもりでおるのだろう。しかしわしはそれを許さぬ。新田一族を率いて、わしはそれを断じて許さぬぞ)

義貞の言葉は、心のうちでいつになく熱いものだった。

この日、さきに捕らえられていた西園寺公宗や日野氏光と、三善文衡らが引き出されて斬られた。彼らが斬られたのは当然としても、それは何かつけたりのような朝廷の処置のようにも見えた。

尊氏の率いる軍勢は、東海道を足早やに下った。謀叛の兵を挙げた北条時行を討伐するという名分により都を発ったが、尊氏にはまた別の思惑があった。彼は都を発ったのではなく、都と決別したのだった。後醍醐天皇との縁を切ったのだ。朝廷の中での官位など、彼には何の魅力もなかった。彼が欲しかったのはただ一つ、征夷大将軍という肩書きだけだった。そして後醍醐天皇にとってそれを尊氏に与えることは、天皇親政の実権を侵されることだった。両者が並び立たないことがこれで決まった。尊氏はやっとそのことを知り、そして決心をしたのだ。自らの手により、武士による武士のための幕府を作ることを。

後醍醐天皇と決別した以上、そこに伺候する新田義貞は、武士としては尊氏にとって最大の敵となった。それはまた、同じ源氏の血を分けたがために、ただの敵ではなく、宿敵ともいうべきものだった。彼はその日から、新田一族に対する徹底した戦いの始まりを考えた。

北条時行討伐を高言して都を発った尊氏だったが、幕府開府という大きな野心を、彼は誰にも悟られることなく鎌倉に下ることができた。従う武士たちも次第に増え、彼は北条勢を討ち破ることに確信を持った。顔からは都にいたときの苛立ちの表情も消え、むしろその顔に目立つ、あの悠揚としたものに戻っていた。

尊氏が都を発つ十日ばかりまえ、直義は鎌倉を出て、破竹の勢いで南下してくる北条勢と小手指原あたりで戦ったが、そこで敗れるとまた鎌倉に逃げ込んだ。翌日、彼は東光寺に押し込めていた護良親王を部下の淵辺義博に殺させると、自分は成良親王を奉じて西に向かって走った。鎌倉を持ちこたえる気力も軍勢もなかったのだ。それが七月二十二日から二十三日にかけてのことである。

護良親王弑逆のことは、尊氏、直義兄弟の立場をさらに決定づけた。後醍醐天皇が密かに望んでいたことかも知れないが、それはやはり許されることのない大罪だったのだ。兄弟の運命がここに大きく決まった。

北条時行らは七月二十五日に鎌倉に入った。少年とはいえ、時行にも何かを感ずるものがあっただろう。父高時がその地で死んだのが二年前のこと。少年は大人と違って、もっと鮮明に感じるものがあったのかも知れない。

そのあと、北条勢は逃げる直義勢を西に追った。相模から駿河へと。手越河原でも足利勢を破ると、ますます勢いに乗って遠江から三河へと追い続けた。戦列は徐々に延びきっていく。さすがの北条勢も、その勢いが次第に落ちてきた。逃げて行く直義と、都を発った尊氏が三河の矢作《やはぎ》の宿で出合ったのが、ちょうどその時だった。足利勢は一挙に反撃に転じた。

都を発った時の尊氏は、わずか数百の兵しか率いていなかった。しかし日をへるにしたがって、彼の許には次から次へと諸国の武士たちが集まってきた。矢作の宿で尊氏、直義の兄弟が会した時には、その数三万余の大軍となった。思わぬ大軍を前にして、今度は北条勢が浮き足立った。

足利勢は北条勢を追った。逃げてきた同じ道を、遠江から駿河へと。八月十七日には箱根で、そして十八日には相模川で北条勢を討ち破った。十九日、尊氏はついに鎌倉を陥れた。北条時行はそこを逃がれたが、彼を補佐していた諏訪頼重は自刃した。また、時行挙兵によってそこに馳せ参じた東国武士の何人かが尊氏に降伏を申し入れ、尊氏はそれを赦した。そこには東国武士の、時勢を見る目と思惑があった。彼らは彼らなりに、自分の土地を守り、一族郎党を育むために戦っていたのだ。

こうして、中先代《なかせんだい》の乱と呼ばれるものを平定した尊氏と直義は、ふたたび鎌倉の地に立った。執権北条氏の許にではなく、今や彼らの上には将軍さえもなかった。のみならずこの地には、天皇の権勢も届かなかったのである。都を発つ前まで、尊氏は征夷大将軍に任じられようとして、朝廷に対してはしきりと工作をした。しかしそれは遂げられなかった。

今の尊氏に、そのことに対する無念さはなかった。名だけの征夷大将軍ではなく、鎌倉の地に立った彼は、実質的にすでに征夷大将軍の気持ちになっていた。弟の直義を傍らに置いて、彼はある感慨に浸ることが出来た。足利家には、尊氏の祖父家時の置文《おきぶみ》というものが伝えられている。家時の遺書だった。それによれば、足利一族の先祖源義家の遺言により、自分が天下を取ることになっていたが、それが果たせず自害する。しかしそのかわりに、三代ののちの子孫にその願いを遂げさせてくれというものだった。

尊氏は家時の三代の子孫に当たる。武人として天下を取るということは、征夷大将軍になることである。尊氏はその置文のことを信じた。信じることによって、すべてが好都合に運ばれることを念じもした。頼朝によって開かれた幕府を同じ鎌倉の地に興すことは、むしろ源氏の棟梁である、自分にだけしか出来ないことだと自らに言い聞かせた。そしてそれゆえにこそ、同じ源氏の血を分けた新田一族を赦すことができなかったのである。血の濃さが、それだけ憎しみを大きくした。

都に残された人びと、ことに後醍醐天皇は、尊氏の行動には言いしれぬ怖れを感じていた。そして尊氏との別れを、自分なりに考えてもいた。もう縒《よ》りを戻すことはできなかった。互いに相手を識りつくしている間柄では、それが確かに判ったのだ。

尊氏は鎌倉を動こうとしなかった。それも、後醍醐天皇がある程度予想したことだった。しかし、何もしないわけにはいかなかった。今さら彼を征夷大将軍にすることはできなかったが、その下の征東将軍とした。そして八月三十日の除目では、彼を従二位の高位に叙した。後醍醐天皇にとっては、精一杯の尊氏への阿りだった。さらにまた勅使を送って、彼に都に帰って来るようにと促した。しかし尊氏は馬耳東風を装った。それでよかったのだ。彼は今までに、どれだけ後醍醐天皇に翻弄されたかを想い起こし、その仕返しをするまたとない機会をむしろ楽しんだ。

鎌倉に落ち着いた尊氏の許には、東国の武士を始めとして、諸国の武士たちが続々とそこに従う旨の書面を送ってきた。尊氏はそれに応えた。後醍醐天皇や朝廷とは関係なく、彼は諸将に対して今度の乱による賞を与えた。征夷大将軍の肩書など、何ら必要としなかったのである。そしてこの時彼は、後醍醐天皇とたんに決別するだけではなく、ここに至って始めて敵対する態度を見せたのである。すなわち、武人として天皇の側近にある新田義貞とその一族の、東国における所領のすべてを闕所として、それを上杉憲房ら、自分の部下にことごとくを与えてしまった。都に集まっている新田一族の虚を突いたというよりも、これは明らかに、尊氏の後醍醐天皇に対する戦いの始まりを意味するものだった。

義貞は大いに不満だった。いま東国で北条時行が叛いたとあれば、その討伐には義貞が向かってもよいはずだった。たしかに鎌倉には直義がいた。しかし時行は、直義にではなく後醍醐天皇の朝廷に対して謀叛を起こしたのだ。征夷大将軍を強要する尊氏に対する天皇の阿りようには、義貞には我慢しきれないものがあった。

義貞は怒った。そして船田義昌を呼んだ。尊氏が東国にある新田一族の所領を闕所にして、それを部下の有力武将に与えたという報らせはまだ入っていない。しかし義貞は、虫の知らせのようにそれを感じていた。

「義昌っ！　これから触れを出せっ。明日の朝都を発って上野国へ帰ると」

「――」

義昌は驚くよりも、呆気にとられて声も出なかった。

「何をとぼけた顔をしておる。わしの言ったことが判らぬか」

義貞は興奮して顔を青くしたが、義昌は顔を赤らめて目を丸くした。

「お館、何を言われますか。お気は確かですか」

「確かだから言っておるのだ。わしはこの都を見限って、もう本国《くに》に帰ると言っておるのだ」

義貞がそこまで言うと、義昌には主人の心のうちを、おおむね察することが出来た。そこは執事である。

「わかりました。早速触れを出しましょう。明朝は厳めしく軍勢をもよおし、お館にはもちろん帝へのご挨拶もなく、それどころかわれらは、御所に向かって火矢などを放って、ご門の一つや二つを蹴散らして鬨の声をあげて都を発つことにしましょう。そうですな」

義昌は意地悪く念まで押した。義貞は青ざめた顔をひくひくさせて、返事もできなかった。

「お館、お気持ちはよく判ります。この義昌には、お館のお気持ちは痛いほどよく判ります。しかしここは耐えて下さい。いまお館が、本当に軍勢をまとめて本国《くに》に帰ったらどういうことになりますか。帝は、われら一族を失ったというよりも、お館に謀叛の企てありとして、鎌倉の足利どのにまえを阻ませ、そして都からは皇子のどなたかを将軍として、名和どの、楠木どのをそこに従えさせ、後ろからわれらを討つことでしょう。われら一族は、賊徒となって討ち滅ぼされるのですぞ」

そう言われて、義貞はわれにかえったように義昌の顔を見つめた。

「もちろんお館は、冗談にそう言われたのでしょう。しかし軽率な言葉はなりません。そしてこのことは、一族の御大将《おん》として耐えて下さい」

見ると義昌の目には涙が光っていた。義貞に耐えてくれと言いながら、義昌こそ執事として懸命に耐えていたのである。

義貞ははっとして目を見開いた。そして心に打たれた。

「義昌よ、許せ」

あとは言葉につまった。義昌は返事もできずに顔を伏せた。ややあって彼の双肩がかすかに震えた。そしてそれが大きく揺れた時には、彼の躰はがばとまえに倒れた。

この夜の二人のことを、誰も知るものはなかった。


護良親王弑逆の報らせが都に届き、尊氏、直義兄弟の謀叛のことが確かめられると、朝廷はついに賊徒討伐の宣旨を下した。後醍醐天皇の第一皇子尊良親王を上将軍に、新田義貞を節刀使として、全軍の指揮を任せることにした。

建武二年十一月十九日の朝、御所ではしかるべき儀式が行なわれ、義貞が節刀を拝受して、ここに朝廷による尊氏討伐の軍勢が整えられた。後醍醐天皇と足利尊氏。国じゅうを二分する勢力による大乱が、今ふたたび始まろうとした。後醍醐天皇四十八歳、新田義貞三十五歳、足利尊氏三十一歳のこの時、三人はそれぞれの想いを秘めて立ち上がった。元弘の乱が終わってから、わずか二年余のことである。

軍勢は、東海道と東山道を行く二つに分けられた。東海道筋には尊良親王を始めとして、新田義貞、脇屋義助、堀口貞満、綿打義昭、里見時茂、里見義宗、桃井尚義、鳥山経成、大井田氏経、大島義政ら、新田一族の大半が。またその他の有力武将としては、千葉介貞胤、宇都宮公綱、菊池武重、大友貞載、厚東武村、佐々木塩冶高貞、熱田摂津大宮司、愛曽伊勢三郎、遠山加藤五郎、武田貞信、小笠原貞宗、由良三郎左衛門などと、その勢六万余の大軍だった。

宇都宮や武田、小笠原などは東国の、また菊池、大友、厚東などは九州、四国の、熱田大宮司や愛曽、遠山加藤らは、尾張、伊勢、美濃などの有力武将たちだった。朝廷が、討伐軍をほぼ全国の有力武将でもって組織した意気込みが判る。

一方東山道筋には、大智院宮を総大将として洞院実世《とういんさねよ》などの公家が付き従い、侍大将には江田行義が任じられて、二、三日のあとに都を発った。これで、足利尊氏を討つ朝廷側の態勢は、万全というべきものだった。

義貞はその日、改めて弟の脇屋義助を呼び寄せた。

「よいか義助。このたびのいくさは、帝による足利兄弟討伐のいくさであることは、十分承知しておるであろう。しかしわれら一族にとっては、ただそれだけではない。これはわれら一族と足利一族の戦いなのだ。われら兄弟と尊氏兄弟の戦いなのだ。彼奴らは、勝手に源氏の棟梁を名乗っているが、それを言うならわれらこそ源氏の嫡流なのだ。われらが始祖義重公は、足利義康の兄である」

「――」

「もはや一歩も退くことはできぬ。尊氏めもそれなりに期するところがあるであろうが、われらには、誰はばかることのない帝による詔《みことのり》があるのだ。判るな」

「はい」

「このいくさは長くなるかも知れぬ。あるいはその途中で、わしが倒れることになるかも知れぬ。しかしそのときは、お前が一族の采配をとれ。義顕はまだ若い。お前がそれをやってくれ、お前にすべてを任せる」

「兄者《あにじゃ》、いくさを前にしてそのようなことを言わないでくれ。わしはどこまでも兄者についていく。兄者がもし討ち死にするようなことがあったら、わしも同じようにそこで死ぬ。しかし今は、そのようなことを言っている場合ではない。尊氏兄弟の首を刎ね上げることこそが、われらの戦いではないのか」

「そうだ、よく言った。決して怯むことなく、最後には尊氏を討ち取るのだ」

「うん」

義助は大きく頷いた。義貞もゆっくりと頷くと、急にいつくしみの目で弟の顔を見た。


義貞は晴れやかな気持ちで馬に跨った。朝廷による、足利尊氏討伐の軍勢を率いる自分の姿を、かつて彼は夢見たことがあった。それがいつのことだったかは忘れた。しかしその夢は、いま現実のものとなった。彼は心のうちで勝ち誇っていた。事態が容易に変わったのだ。あれほど後醍醐天皇に阿られ、下にも置かぬ扱いを受けていた尊氏が一転して朝敵になったことは、義貞にとってはまさに天佑だった。彼は、その運の巡り合せを十分納得した。

とはいえ、義貞の心のうちは、また厳しいものでもあった。少し前までは、自分と尊氏、新田一族と足利一族がこうして全面的に戦いを交えることなど、想いもしなかった。今度のことにしても、いわば足利方から仕掛けられたものだった。

尊氏が、義貞を始めとする新田一族の所領を闕所としたり、その職掌を奪ったりした行為は、やがて彼の耳にも入ってきた。なかでも尊氏が、義貞の本拠地である上野国の新田荘を、三浦高継に与えたという報らせには、彼は顔色を変えて唇を嚙んだ。それは尊氏の、義貞に向けたあからさまな挑戦状だった。

次には、直義が二の矢を放った。彼は、後醍醐天皇に対する謀叛の兵を挙げながら、朝敵という汚名を怖れた。そのために、天皇に弓を引くのではなくその側近の新田義貞を討つという大義名分を考えだした。義貞を君側の奸としたのである。これなら諸国の武士に向かって、それを討つための挙兵を促すこともできたのである。彼の檄文は全国の有力武将の許に届いた。この頃から武士たちは、大きく足利方と天皇側に分かれた。

そのあと尊氏は、朝廷に対して奏状を提出している。義貞を討つべしというものである。そしてさきの乱における鎌倉攻めの功は義貞にはなく、わが子千寿の功であると言った。これに対して義貞も、同じように奏状を出した。六波羅攻めの尊氏の功は、楠木正成や赤松則村が兵を挙げたあと、大勢が決まってからのもので、漁夫の利を占めたものだときめつけ、彼の罪状の一つ一つを数え上げたのである。

これが今にいたるまでの、二人の争いのいきさつだった。それはつねに、尊氏や直義によって仕掛けられた、新田一族への執拗な攻撃だった。義貞にとって今考えてみると、二人の奏状合戦など、いかにも空ぞらしいことのように思えた。尊氏が書いたものにしろまた自分が書いたものにしろ、そこに書かれた言葉は、じつに偽りに満ちたものだった。今となっては、ただ相手の首を刎ね上げることだけがすべてだった。

そう思うと、彼は今さらのように憤然とした気持ちになって虚空を睨んだ。

十一月二十五日、新田勢と直義が率いる足利勢は、初めて三河国の矢作川で対戦した。川を挟んで足利勢は東側に、新田勢は西側に陣をしいた。両軍は広い川原を前にして、左右に二十余町にわたって軍勢を押し立てた。合せて十万に近い軍兵が、鈍い冬の陽を浴び、川上に猿投山《さなげやま》のなだらかな山影を望み見ながら相対した様は、壮観というにはどこか異様な静けさの中にあった。

突然、足利勢のなかの吉良《きら》、土岐《とき》一族らが討って出た。新田勢が動きを止めていたのにしびれを切らしたのである。足利勢は、川の中ほどで多くを討ち取られて退いた。続いて二番手として、高師直や師泰らが川を渡った。足利勢は焦っていた。その攻めてくる陣形には、明らかに隙がある。大嶋、岩松の新田勢は、苦もなくこれを追い返した。続いて第三陣は、初めから遮二無二義貞の本陣を目がけて走ってきた。新田勢は総立ちとなってこれを防いだ。苛立った足利方の三度にわたる攻めは、こうしてことごとくが退けられた。足利勢は東に向かって軍勢を引いた。

十二月五日には、駿河の手越河原での合戦があった。しかし三河から駿河へと退いてきた足利勢には、もう立ち止まって支える勢いはなかった。昼間の合戦に敗れたあと、夜になると箱根を越えて、一気に鎌倉へと逃げて行った。その間、足利方の武将で新田方に降人となるものが続々と現われ、義貞らは、思わぬ大軍を擁して伊豆の国府に陣をしいたのである。

一方、東山道を進んでいた洞院実世らの軍勢は、十一月二十七日に信濃に入り、そこへはさきに北条時行を擁して一度は鎌倉入りをした、滋野一族らが加わって来た。討伐軍は、この方面でも一方的に街道筋の足利勢を破っていた。義貞はその軍勢を待つことにした。

伊豆の国府に集結した天皇方は、一息入れた。箱根を越えれば鎌倉は足下にある。足利方の逃げ足は早く、追手は勢いづいていた。義貞でさえ、思いの外の大勝に前途を楽観した。鎌倉は数日のうちに落とせると思ったのだ。そのための最後の策が練られた。

鎌倉に向かうには二つの道がある。一つは、国府から東北に一直線、箱根峠を越える道。もう一つは、富士山の東側の裾野と箱根山の西側の裾野の間に南北に走る街道を北上し、竹下《たけのした》から東へ、足柄峠を越える道である。竹下あたりは道も狭く、隘路ともいうべき道だったが古くから使われている街道だった。

義貞は主だった武将たちを集めた。また、二条為冬などの公家もそこには招いた。義貞たちは、あくまでも上将軍尊良親王の指揮下にあったからだ。尊良親王は、為冬の妹為子を母とする。

鎌倉攻めの道をどのようにとるかというのが、策のすべてであると言ってよかった。直義は箱根峠を通って逃げた。しかしそれから数日がたっている。今頃は峠のすぐ向こう側にまで来て、態勢を立て直して天皇方が攻めてくるのを待ち構えていることだろう。そこが主戦場になることは間違いない。しかしもう一つの道、足柄峠にも何がしかの軍勢を向けなければならない。足利勢が軍勢をどのように配分してくるか判らなかったが、古くからの街道であれば、軍勢を動かし易いという点から、敵としても幾らかの兵力を割いてくるだろう。考え方はこんなことでまとまった。

「それでは、おのおの方の配置を決める」

意見が出つくしたところで、義貞が言った。

「箱根峠へ主力を向け、この義貞が指揮をとる。足柄峠には義助を向かわせて、しかるべき軍勢をつける。宮にはもちろん、箱根峠に向かっていただく」

その時、二条為冬が口を挟んだ。

「いや、宮には足柄峠に向かっていただこう」

「それは、どうしてか」

義貞はむっとした。公家といっても為冬は四位の身で、義貞にも遠慮がなかった。

「いま聞けば、箱根峠へは新田どのが主力を率いて向かわれるということであるが、それなら搦め手とはいえ、足柄峠にもしかるべき陣立てで向かうのがよろしかろうと思ってのこと。脇屋どのが役不足ということではない。軍勢の士気にもかかわることゆえ申したのだ。それに東山道の軍勢と落ち合うためにも、なおのこと宮にお越しいただいた方がよいのではないのかな」

屁理屈のように見えたが、義貞はその意見の是非を問うべく、無言で一同の顔を見渡した。

「それが、よろしかろうと存じます」

意外にも末席にいた船田義昌が言った。義貞は不機嫌に義昌の顔を見た。しかしその眼差しに、彼は義昌の言っていることのおおむねを判ずることができた。

（公家どもは、足利勢が総力をあげるであろう箱根峠での合戦を怖れているのだ。足柄峠なら搦め手。たいした戦いもなく、無事にそこを通れると思っての発言なのだろう。義昌はそれを読んで、どうせ足手まといになる公家どもを避けるようにとの合図なのだな）

そうするのが賢明なのかも知れないと思い、義貞はただちに頷いた。

「では、そのようにする。それで足柄峠には外にどなたが向かわれるのか」

「宮には、われらがお供つかまります」

大友貞載が言った。彼は九州は豊後の有力武将だった。

「それでは、それがしも」

続けて塩冶高貞が言った。彼は出雲の守護だったが、後醍醐天皇が隠岐を脱出して船上山に挙兵した時、そこに馳せ参じている。二人とも西国武士だったので、義貞はこれを了承した。

あとは特に申し出る者もなく、義貞がそれぞれの部署を決めた。箱根峠には義貞を始め、千葉、宇都宮、菊池の諸将と、大友貞載の弟氏泰ら七万余の大軍で向かうことになった。これに対して足柄峠には、尊良親王を奉じて、脇屋義助が七千の兵を率いて向かうことが決まった。義貞はこの決定に、いささかの手抜かりも感じなかった。

十二月十一日の昼過ぎに戦いは始まった。箱根峠にしろ足柄峠にしろ、天皇方には、麓から駈け上って上からの敵を討つという不利な面があった。それでも箱根峠では、菊池武重の率いる軍勢が真っ先に、猛烈な勢いで坂を駈け上った。それを見て、宇都宮、千葉、熱田などの一族も、一歩も遅れじとそのあとに続いた。坂の途中で両軍が揉み合ったが、足利勢は次第に後退した。

義貞は高みに上って、両軍の戦い振りを眺めていた。味方がじりじりと敵を追い上げ、その敵の姿が山の向こう側に姿を消していくのを見て、勝ちいくさを確信した。しかしその頃になって、彼はどこか腑に落ちぬものも感じ始めていたのである。

（どうも、おかしい）

足利方が、この箱根峠で天皇方と全面的に対決するにしては、軍勢が少なすぎると思ったのだ。それに足利勢を率いているのは、尊氏ではなく直義一人のようにも見えた。

義貞は思わず息を呑んだ。

（まさか、尊氏の本隊は足柄峠に向かったのでは――）

彼は信じられなかった。天皇方の本隊が箱根峠を進むことは、足利方にとっても十分予想できたことである。その方が鎌倉にも近い。鎌倉を攻められたくなかったら、足利方も本隊をそこへ持ってくるのが当たり前だった。

(尊氏は本当に足柄峠に向かったのだろうか。われらがあそこを搦め手とし、その小勢なのを知ってそちらに大軍を向けたのだろうか。いや、そんなはずはない。われらが陣立てを決めたのは今朝早くのことだ。彼奴らがそれを知るわけがない)

義貞は何度も頭《かぶり》を振った。しかし目の前に予想外に少ない足利勢を見ては、彼はそう思わざるをえなかった。

(それが本当だとすると、義助の軍勢はひとたまりもない。わしはとんだ手違いをしたことになるのか)

義貞は呆然として北の空を見上げた。そして彼の悪い予感は当たっていたのだ。

その頃、竹下から足柄峠を目差していた脇屋義助の率いる軍勢は、その前面に立ちはだかる山々の中腹から頂上にかけて、夥しいほどの足利勢がひしめいているのを見た。味方の十倍にも余る軍勢だった。それが尊氏が率いる、十万余の足利方の本隊だったのだ。

(こんなはずではなかった)

義助は思わず仰天して、その頂上までを見上げた。しかしそのあとは、素早く陣をしいた。足柄峠の山裾を、南北に竹下峡谷が流れている。新田勢はその西側に散らばり、さらに西へ高台となった青竜寺に本陣を置いた。

合戦は足利方が、鮎沢川に突き出た高台から、対岸の新田勢に向かっていっせいに矢を射かけたことから始まった。火矢によって、土手の下に建っていた寺の本堂が燃え上がった。それをきっかけにして、両軍の兵士が喚声をあげた。新田勢は怯まず怖れず、川を東に渡って山裾の敵陣に襲いかかった。林の中の、押しつ押されつの戦いだった。

やがて足利方は、峠から山裾へと、軍勢を徐々に下に押し出して来た。新田勢は小勢のために、その陣立てを斬り崩されあるいは討ち取られたりして、機を見ては後方に引きあげ、新手の軍勢との交代を繰り返しながらも戦った。

義助は自らも敵陣に馬を乗り入れた。そして一息入れるために味方の陣に戻って来ると、高台に控えていた大友、塩冶の軍勢に交代を命じた。大友貞載はこれに頷くと、馬を走らせた。続いて塩冶高貞の軍勢も動き出した。ところが新田勢とすれ違うはずのその軍勢は、何を思ったのか、突然正面から新田勢に向けて矢を射かけてきたのである。義助は何ごとが起こったのか判らなかった。しかし咄嗟に、今朝の軍議のことを想い出した。二人が揃って、尊良親王にお供をすると言ったのはこのことだったのかと。

(初めから、寝返りを企んでいたのだ)

彼は猛然と太刀を振りかざした。

「大友と塩冶の裏切りだ！　突っ込んで皆殺しにせよ！」

義助は子の義治や郎党に下知すると、怒りにまかせて走り出した。大友、塩冶勢は、その勢いに押され、流旗を巻いて足利勢の中に姿を消した。しかし状況は一変した。

新田勢はもはや戦うことの不利を知り、尊良親王を守りながら南に逃げた。足利方は、主力の斯波高経の率いる軍勢を始めとして、奔流の勢いで新田勢を追った。新田勢は逃げながらも、途中で踏み止まりもした。佐野原まで来ると陣容を立て直して応戦した。しかしそれは何ほどのこともなかった。伊豆の国府まで辿り着いたが、そこをも支えきれずに、東海道を西に向かって走った。そしてこの合戦の最中《さなか》、二条為冬が討ち死した。

翌日、箱根峠に立って、義貞はそのすべてを知った。船田義昌がそれを伝えた。彼は尊氏に完全に裏をかかれたのだ。そしてその敗北も認めた。退路をまったく断たれないうちにと、全軍に退却を命じた。見ると、すでに東国の武士たちはいずれにか姿を消してしまっていた。彼らもまた寝返りを打ったのだ。

箱根竹下の合戦はここに終わった。賊徒足利兄弟討伐のための天皇方が、思わぬ大敗を喫したのだ。西に逃げながら、新田勢はなおも戦った。しかしそれはもはや、敵中に活路を開きながらの苦しい戦いでしかなかった。十二月十四日には天竜川に、その数日後には尾張で態勢を立て直そうとしたが、義貞には迫って来る足利勢を迎え討つだけの気力はなかった。

その時都から早馬が来た。義貞に対して、一刻も早く都に戻るようとの朝廷からの使いだった。直義の発した檄文により、西国の武士たちが、義貞討伐の名のもとに各地で兵を挙げたという報らせが、つぎつぎと都に届いていたのだ。都には楠木、名和、結城などの軍勢が残っていたが、それだけではとても防ぐことができない情勢のようだった。

義貞は兵をまとめると、美濃から近江へと全軍を急がせた。急ぐといっても重い足どりだった。都を発つ時とは違って、義貞も敗軍の将の姿だった。ともすると、首はうなだれがちだった。思い直して顔を上げても、その目は虚ろである。

（わしは尊氏に敗れたのか）

悔しさを想う気持ちよりも、落胆の方が大きかった。

いつか彼は、四条隆資を自分の館に招いて語り合ったことを思い出した。その時隆資は、尊氏を征夷大将軍にして鎌倉に閉じ込め、一方諸国の武士には天皇の綸旨を下して、尊氏討伐を計ればよいと言った。奇しくも、間もなくそのことが事実となったのだ。しかし結果は、討伐軍も義貞自身も敗れたのだった。隆資の言葉が空しかったというわけではない。天皇方に、すべての面での脆さがあったのだ。

（それは何か）

虚ろな目で比叡山を見やり、琵琶湖の岸べに吹く冷たい風にさらされながらも、義貞は我を忘れたように、ただ黙々と馬をやった。

洛中合戦図

都の空に暗雲がたれ込めていた。

人びとは、迫り来る足利勢の足音を聞いて気もそぞろだった。想像もつかない大軍でもって、都じゅうを蹂躙するだろうと想うと、居ても立ってもいられなかった。ことに朝廷の中での、公家たちのうろたえようは、見る目にも愚かしく映った。

足利尊氏は、すでに逆賊であることを覚悟していた。弟の直義がいくら義貞討伐を叫んでいても、それは言葉だけのものだった。北条氏に代わってもう一度幕府を開くという彼の意志が、後醍醐天皇の公家政治と覇を争うことは避けられないことである。義貞はそういう尊氏の気持ちを、十分承知していた。

都に帰って来た義貞は、ただちに御所に参内した。面目を失っていた彼に対して、公家たちの目は冷たかった。

「宮を戴いて、おめおめと敗けて帰ってくるとは――」

「楠木の方が、まだいくさ上手だわ」

「同じ源氏と言いながら、年下の尊氏に歯も立たないのか」

それらの声が、あからさまに義貞の耳に聞こえた。

しかし公家たちは、そうは言いながらも義貞たちの武力に頼らざるをえなかった。足利勢は、もう近江まで来ていた。朝廷では武士たちを集めた。千種忠顕や四条隆資など、今では武士を装う公家なども。そして軍議というのに、公家たちが相変わらず口を挟み、武士たちが渋い顔でそれを聞いた。

都を守るには、東の瀬田と南の宇治から淀にかけて兵を出すことになる。当面足利勢は、その方面から攻めてくることが予想された。義貞には思うところがあった。

（尊氏の本隊と当たって、彼奴の首を掻き切らねば）

しかしその動きが判らなかった。正成が言った。

「我らが忍びの者により、足利どのは八幡方面に向かったとのこと。新田どのはそちらの方へ向かわれてはいかがですか」

「それでは、粟田口はどうなる」

公家の坊門清忠が、鋭く問いつめた。彼ら公家としては、都にいちばん近い守り口のことを心配するのは当然だった。

「瀬田にはわたしが行こう」

千種忠顕が、清忠を宥めるように言った。

「それだけか」

清忠はそれでも不服だった。結局瀬田には、その外に名和長年と結城親光らが向かうことになった。南の宇治には楠木正成が、そして尊氏が八幡山に陣を構えるとなれば、義貞は、公家の藤原公泰や弟の義助の軍勢を率いて、淀の大渡のあたりに陣をしくことが決まった。それが決まるまでには、いかにも時間を要した軍議だった。

建武二年の十二月の暮れから、翌延元《えんげん》元年（一三三六）一月の五日頃にかけて、京方《きょうがた》の軍勢は、足利方の大軍を迎え討つべくつぎつぎと洛外に向かって行った。都の中にそれらの軍勢が居なくなると、公家たちは急に不安になった。そしてそれは庶民も同じだった。洛中はもちろんのこと、白川口から粟田口、そこから洛南にかけての人びとが、わずかな家財道具を持ち出しては右往左往した。

御所では年が明けても新年の行事もろくに出来ずに、ただ公家たちがうろたえるばかりだった。そのなかで後醍醐天皇は、自らの政の大きな誤算を感じていた。尊氏が、本気で自分を攻めるとは思えなかった。仮に都に入って来ても、自分の前に立てば、尊氏が掌を返したように跪くことを想った。しかしそれも、ここまでくればはかない幻のようにも思えた。

（それにしても義貞めは腑甲斐ない――）

討伐軍の箱根竹下での敗北が、今となって余りにも手痛いものに思えたのである。

一月八日、両軍は各地で対峙した。足利勢は尊氏自らは八幡あたり一帯に陣をしき、そこへ四国や中国からの軍勢も加わったのだから大軍となった。また宇治には畠山高国らの軍勢が、瀬田には足利直義、高師泰らの軍勢がと、どの方面にも足利勢は京方を圧倒した。

義貞は初めから、新田勢の劣勢を承知していた。彼は傍らの船田義昌に訊ねた。

「いかに戦うべきか」

「どれだけ持ちこたえられるかが勝負でしょう」

「いずれ、引くということか」

「そうです。宇治に向かわれた楠木どのもそう思っておられるでしょう。何しろ五千にも足りない軍勢ですから」

「瀬田も、長くは持つまいということか」

「はい。いずれにしてもそういうことです」

「それでは、ほとんど戦わずして退くということではないか」

「はい。しかしこの時になって、陸奥からの北畠卿の軍勢が、思いのほかの早さで都に向かっているということが、ただ一つの救いです。聞くところによると、すでに近江まで来ているような報らせも入っております。ですから、北畠卿の軍勢がいつ足利方の背後を攻めることができるかどうかです。もしそれが二、三日でも遅れれば、われらを含めて京方は、やむをえず軍勢をまとめて退くほかありません。しかしそのあとは、北畠卿の軍勢を十分頼りにすることができると思います」

義貞は、眉間に皺を寄せてその言葉を聞いた。

（戦わずして退くなど、どうして出来ようか）

心のうちでは憤然としていた。しかし足利方の大軍を前にしては、容易に動くことも出来なかった。淀川を本流として、桂川や木津川を合わせた大渡のあたりは川幅が広く、そこに拡がった両軍は、どれが大将の声かもわからずに矢を放ち合った。それが合戦の始まりだった。

広い川原や平原では、よほどの奇襲がないかぎり軍勢の多寡で勝敗は決まる。川の中に逆茂木を仕掛け、岸には櫓を建ててそこから矢を射かけても、それは何ほどのこともない。また坂東武者らしく、馬に跨り互いに名のり合って見栄を張る武士があっても、彼は後ろから詰めかける雑兵たちに押されて、慌てて手綱を握り締めるのがやっとである。

新田勢はじりじりと押された。山崎あたりにわずかにめぐらした堀など、一たまりもなく飛び越されてしまった。そのうちに、なかには早々と降人となって敵陣の中に姿を隠す味方の武士もある。東国武士の大物である宇都宮公綱などが足利方に降ったとあれば、新田勢がそこに陣を支えるのはせいぜい一日か二日だった。

一月十日、京方は各所でほとんど総崩れとなって洛中に逃げ帰り、主だった武将は御所に伺った。さすがの後醍醐天皇もそこに留っていることもできずに、比叡山の延暦寺に難を避けることになった。

義貞が弟の義助らと御所に着いた時、帝はすでに三種の神器を携えて東坂本に向かったあとだった。新田一族のほかには、菊池、高梨、仁科らの軍勢が同じようにその跡を追った。空になった御所には吉田定房らの公家が遅れて参内したが、乱雑にとり残された仏像や仏事の道具などを目の当たりにして、ただ呆れるばかりだった。

足利尊氏は勝ち誇って都に入った。そこになだれ込んだ自らの軍勢とは別に、日を選んだうえ、一月十一日になっての入洛だった。ゆっくりと馬をやった彼は、公家の洞院公賢《きんかた》の館に入った。そこから、比叡山とそれに連なる東山の山々を眺めた。京方の軍勢のものであろう、流旗が木々の間に見えた。後醍醐天皇に従っている武士が何人かはあることを承知していたが、彼はそれを意に介さぬようにと装った。数日後には、後醍醐天皇その人を手中にするか、武士たちのほとんどを自分に降らしめることを鷹揚に想っていた。しかしただ一人、彼は新田義貞の行方だけは、気がかりに心のうちで追っていた。

その義貞は、東坂本から比叡山に登った。戦いに敗れて逃げて来たとはいえ、木立の間に軍勢が満ち満ちていたので、彼らはそれほど打ち拉がれていなかった。そしてちょうどその時、陸奥から北畠顕家が義良親王を奉じて、大軍を率いてやって来たのである。結城、伊達、白川、南部、下山、信夫など、奥州の名だたる武将が率いる、それはまさに大軍だった。

比叡山に立て籠もった京方の兵士たちは、思わず歓声をあげて彼らを迎えた。せめてあと数日早かったならという思いはあっても、五万という大軍の到来は、敵味方の形勢を逆転するに十分の軍勢だった。

見下ろせば、都の諸所に陣をしいている足利勢に、いつどこから攻めかかろうかとの軍議が早速開かれた。そこには坊門清忠などの公家はもう姿を見せない。弱冠十九歳で、従二位の鎮守府将軍北畠顕家が上座についた。新田義貞、楠木正成ら、主だった武将たちがその両側に連なった。

「お疲れでしょうが、早速足利攻めの陣立てなどお決め下さい」

義貞が諸将を代表して丁重に言った。

「うん、さすがに疲れた。いや、わたしではない。はるばるの着到、誰もが疲れている。あの者たちに、一日二日の休みをとらせてやりたい」

たしかに、遠く陸奥からの北畠勢の上洛は、驚異的な早さだった。しかも途中では東国に残っている足利方との合戦もあったのだ。顕家が兵士のことを思ってそう言うのは当然だった。

「はばかりながら――」

下座で言った者がある。見ると義貞の家臣大館氏明だった。彼の父宗氏は、あの鎌倉攻めの時に極楽寺坂附近で討ち死にした武将である。その氏明が言った。

「なるほど遠路からのご着陣、確かに人間には一日二日の休みも必要かも知れません。しかし馬はそうはいきません。長途に疲れた馬を一日二日と休ませたならば、ふたたび立ち上がるには四日五日とかかるものです。それにもう一つは、足利勢をここで一挙に屠ることです。奥州よりの大軍、さぞかし敵は目を瞠っていることと思います。しかし一両日は動くまいと、高をくっているはずです。敵も味方も、そう考えるのが普通です。ですからここは、明日といわず今夜にもいくさを仕掛けるのが上策かと思います」

居並んだ武将たちは、声もなく唸った。氏明の言ったことは、むしろ武士であれば誰もが知っているいくさの心得だった。しかしそれを言うには、北畠勢は余りにも遠い道のりをいまここに着いたばかりだった。誰もが唸ったのは、顕家の顔色がどう変わるかと怖れたからである。

「そうか。わたしは知らなかったが、それがいくさの上策というものか。よろしい、新田どのにあとはお任せする」

いかにも貴公子のような、よどみのない顕家の言葉だった。義貞は思わず平伏した。

作戦はその場で決まった。東坂本の南、三井寺に陣を構えている細川定禅や高重茂の軍勢を討つべく、その夜のうちに京方は行動を開始したのである。

義貞は氏明の態度を健気に思った。父宗氏を討たれたあと、その一族を率いるだけではなく、顕家の前での怖じることのない進言には、義貞自身が面目をほどこした思いだった。

（あの正成でさえ、一言もなかったではないか）

彼は、氏明という若武者を家来に持ったことに鼓舞された。そして思わぬ援軍となった北畠勢の到来に、明日からの戦いに、一気に足利勢を屠るだけの気概を改めて持つことができたのである。それと同時に、北畠勢にしろ楠木勢にしろ、所詮は自分がそれを統べるという自尊心さえ感じることができたのだ。

一月十六日は夜明け前からいくさは始まり、京方は三井寺の足利勢を攻めた。細川定禅は洛中にいる尊氏にしきりと援軍を求めたが、尊氏はそれに応えなかった。定禅はやむなく寡勢で戦ったが、京方の多勢にはかなわず、三井寺も焼かれてやがて洛中へと逃げ帰った。

細川勢が逃げてくるのを見て、尊氏や直義もやっと軍勢を動かした。鴨川の北、糺《ただす》の森から、二条、三条と、さらに七条にかけて京方迎撃のための厚い陣をしいた。そこへ義貞が、勢いに乗って粟田口から三条河原の東側まで、一気に押し出した。見ると鴨川の上から下まで、足利勢がびっしりとひしめいていた。義貞は一瞬躊躇した。足利方はその隙に持ち直した。

両軍は、三条河原を中心にして激突した。新田勢の中では、船田義昌の軍勢が先頭を切っていた。河原から両岸にかけて、両軍は敵味方も判らないほどに揉み合った。武士の怒号と雄叫びと、それに馬の嘶きとが耳をつんざくほどだった。人と馬がつぎつぎと倒れた。そのたびに赤い血が、空を切るようにして飛び散った。そしてたちどころに異臭が鼻をついた。

冬の日は早く暮れかかった。さしもの激しい戦いも、足利方の大軍の前に京方は東山の麓に退いた。

さらに追われて粟田口から東坂本まで逃れるものもあったが、新田勢はその日、鹿が谷あたりに陣をしいて辛うじて持ちこたえた。北畠勢の来援はあっても、一日で形勢を逆転することはできなかった。そしてこの日の戦いで、新田勢は船田義昌ら何人かの武将を討ち取られた。

「船田入道どの、ご最期！」

誰かがそう叫んだ。義貞は空耳のようにそれを聞いた。

「由良三郎左衛門尉どの、ご最期！」

それはもう、空耳でなく聞えた。

「入道が討たれたと？」

義貞は怒鳴った。

「はい、そのようです」

確かめるまでもなかった。混乱した合戦の場でも、それをいちいち見定めている侍が言ったことである。

「入道めが討たれたのか」

義貞は床几から立ち上がると、西の空を睨んだ。死に方よりも、その訪れの早いのを意外に思った。

（こんなにも早く、入道は死んだのか）

義昌とは生品の森に兵を挙げてから、大きな合戦をともに戦ってきた。これまでには、すでに何十人かの有力武将を失ってきた。しかし義昌はまだ死なないと思っていた。それどころか義貞は、自分の死を見とってくれるのは義昌だと思っていたほどだ。

（彼奴は、わしには何の言葉もなかったのだろう）

それはいかにも義昌らしいと思った。義貞に対しては生前、主人とも思わぬような口をきいた義昌だった。今さら死に際に、何を言うことがあろう。

（どうせ死に方も、あっけないものだったのだろう）

敵に後ろを見せたわけではないが、油断をしたか敵を見くびったりして、横から馬の足を掬《すく》われたか、思わぬ方角から矢を放たれて落馬したのだろう。

（わしにはくどくどと言っておきながら、自分は様《ざま》のない死に方をしおって）

それが義昌らしい死に方だった。

義貞は放心したように腰を下ろした。舵取りを失ったような思いだった。

（弟の義助がいるにはいるが、明日からの軍勢の動かし方を、誰に相談すればよいのか）

しかしそんなことよりも、彼は自分の人格の一部を、義昌が補っていてくれたようにも感じて、これからはそれをどんなふうに庇えばよいのかとさえ思いめぐらした。義昌はそれほどに、義貞の近くにあって彼を支えてきた。呆然自失とはこのことだった。義昌の死によって、彼は自分の躰か心の一部を失ったのだ。

その後京方は、足利勢を一気に襲うほどの力はなかった。しかし足利方にも、東山の麓にへばりついている京方を攻めるのに、この頃になって疲れが見えていた。一月の二十日頃、さきに東山道を鎌倉に向かっていた大智院宮の率いる軍勢が帰って来た。箱根竹下の合戦に遭遇することもなく戻って来たのだ。頼りにならない軍勢だったが、それでも彼らが東坂本に着いたことにより、京方の意気は上がった。そこで足利方との戦いを、一月二十七日から行なうことが決められた。

その日、まず楠木、名和、結城勢が、比叡山の雲母坂《きららざか》から下りて鞍馬口まで出て来た。そして新田勢やその他の京方は、東山の麓からいっせいに鴨川の河原に繰り出した。洛中に構えて守るに疲れた足利勢は、尊氏、直義兄弟を陣形の真ん中に押し立てて戦いながらも、次第に京方に攻め込まれた。そして上杉憲房や三浦貞連らの武将を討たれた足利勢は、鴨川を七条まで下り、そこからは西に、桂川をも渡って退いたのである。

義貞もさすがに疲れた。両軍のいくさは、押しては返し押しては返しの繰り返しだった。足利方はいったん桂川の西まで退いたものの、そこで一息つくと、またしても細川勢が洛中に突っ込んで来た。京方は手古摺りながらもこれを迎え討った。四条河原あたりでは、猛然と新田方の本陣に向かってくるので、その勢いに押されて義貞もやむなく粟田口に退いた。一月二十七日の合戦はそこで終わった。

翌二十八日は、楠木、結城、名和勢などが鴨川の北、出雲路あたりから南に下り、神楽岡に陣取った。尊氏はそれを見て、上杉重能や斯波高経らを向かわせた。楠木勢は小勢で、山の中腹に構えていた。足利勢は大軍だった。神楽岡を丸ごと包み込むほどの勢いで進んだ。その時正成は、敵前に横長く兵士を布陣させると同時に、兵士一人一人が持っていた楯を、一瞬のうちに横に繋ぎ止め、まるで砦の塀のようにして押し出したのである。突っ込んで来た足利勢は、大将の乗った馬が前足を上げて棒立ちになるわ、雑兵たちの放った矢が一本も通らないわで、その奇妙な武具の突然の出現に、怒鳴り声をあげながらもうろたえ騒いだ。そこへ、楯の後ろに構えていた別の兵士がいっせいに矢を射かけた。寄せ手はたまらず、鴨川の河原にまで逃げた。

逃げる足利勢を追って、今度は粟田口から北畠勢が、そしてそれに入れ代って義貞の率いる新田勢が、鴨川の二条あたりから、四条、五条にかけて押し出して来た。その足利勢の中には、尊氏自身もいた。義貞はそれを察した。彼は自らその姿を求めて駈け出そうとした。しかし途中で思いとどまった。

（あの東福寺が燃えた時に、義昌が言ったではないか。軽はずみなことは、大将のすることではないと）

混乱した中に、やがて足利勢も、尊氏を囲むようにして西へ、桂川の方に退いて行った。この日の合戦も、勝負のつかないままに終わった。

一月三十日は、また夜明け前からいくさが始まった。京方は雲母坂を下りて、八瀬から糺の森へといつもの道をとった。足利方も、鴨川の二条あたりまで出てそれを迎え討つ。だがこの日の両軍の戦い振りは、いつもと違っていた。

京方は後醍醐天皇を擁して比叡山一帯に立て籠もっているものの、天皇をいつまでもそこに置くことはできなかった。この頃では、そこに仕えている公家たちの声が、義貞たちの耳にも聞こえてきた。いくさの仕方も知らない彼らだったが、京方の武士たちの無能さを声高に愚痴った。山に立て籠もっている者たちすべての気持ちに、ようやく苛立ちが見えたのである。

一方の足利方にも、同じような苛立ちがあった。彼らは、一月の初めには圧倒的な軍勢でもって都に入って来た。しかし尊氏は、後醍醐天皇を手中にすることができなかった。その点では、彼は手抜かりだった。また高をくくっていたのだろう。そしてそれに加えて、京方の軍勢の執拗な抵抗こそ予想外のものだった。都の中で何度戦っても勝敗の決着がつかなかった。合戦のたびに、鴨川と桂川の間を進んだり退いたりした。これには大将から兵士にいたるまでが、次第に倦むようになった。

この日、京方の意気は盛んだった。足利方が、軍勢を洛中に四散していたこともあって、京方は各所に火を放ちながら進んだ。足利方はひとたまりもなかった。ついには、都を持ちこたえられないという思いから、やがて洛西に落ちて行くのは必定とばかりと、誰もが自ら逃れるようにして桂川の西まで退いた。

思いがけない京方の勝ちいくさだった。馬を進めながら義貞は呟いた。

「信じられぬ」

たしかにこの日の京方には、敵を圧倒しさるものがあった。しかしそれにしても、ここ二十日ばかりの京方と足利方との戦い振りには、激しさと同時に両軍ともに執拗さがあった。それが今日の合戦では、足利方にはその影もない。

(尊氏めは、また何かを企んでいるのか)

義貞は計りかねた。その時、義助が馬を寄せて来た。

「兄者、どこまで追えばよいのか」

「深追いはするな。桂川のあたりまでで馬を止めよ」

今まででもそうだった。足利勢は桂川か山崎あたりまでに退くと、そこからまた息を吹き返したようにして反撃に転じていたのだ。義貞が、そこに罠があると思うのはもっともだった。

しかしその日、不思議にも足利方の反撃はなかった。のみならず尊氏本人は、この時丹波の篠村にまで落ちて行ったのである。比叡山にいた後醍醐天皇と公家たちは、待ちかねたように山から下りて来た。ちょうど二十日振りの都への還幸だった。

尊氏のこの変わりようは何だったのか。決していくさに敗れたわけではない。京方に比べれば、軍勢もまだ足利方の方が多かった。それにもかかわらず、尊氏はなぜ自ら退くようにして落ちて行ったのだろう。義貞にも想うところがあった。

（彼奴はわしを討つと言いながら、やはり後ろ暗いところがあったのだ。北畠卿や、正成や長年を向こうに回して、いつまでも君側の奸を討つとは言っておれなかったのだ。そのうえいくさが一進一退では、彼奴もついにたまりかねたのだろう。そこでいったんは退いたのだ。そして何かを考えるのだろう。狡猾な思いをめぐらして、ふたたび都に戻って来ることを考えているのだろう。油断のならぬ男だ）

尊氏が落ちて行ったとはいえ、義貞にはやはり一抹の不安が残った。

（帝が、尊氏めをどのように思われているかだ）

義貞はこの時、尊氏に対してよりも、むしろ後醍醐天皇に対してある想いを抱いた。

（気が許せないお方だ。自分の皇子をあのようになさったのだから）

それは彼の、あらぬ想いだったかも知れない。しかし味方の思わぬ勝ちいくさにもかかわらず、その裏にある何かを感じとろうとしたのだった。それは必ずしも不遜な想いではなく、己れの身を守る彼の本能のようなものだった。

尊氏らが西に落ちて行ったのを見届けると、朝廷では改めて、北畠顕家や新田義貞に対して尊氏追討の軍勢を進発せしめた。その頃には、尊氏に従って逃げて行った武将たちの何人かも、摂津あたりで降人となってそこに加わるようになった。京方の軍勢はさらに膨れあがった。それが二月五日のこと。そして二月十日と十一日の両日、追う京方と逃げる足利方は最後の戦いを交えた。

場所は摂津の打出西宮浜と豊島《てしま》河原とで。しかしそれは、もはや雌雄を決めるほどのいくさではなかった。この合戦では正成の率いる楠木勢の活躍が目覚ましく、また両軍は初めて、中国、四国地方の水軍の援軍を得て浜辺で戦った。そしてその終わりの日、尊氏は気力も尽きはてたのか、海路を西に向かって落ちて行った。

都と、最後は摂津の浜での、ちょうど一か月の激しい戦いの終わりだった。それは、めまぐるしいほどの毎日だった。しかもあれほどに圧倒的な勢いだった足利勢が、こんなにも早く都から落ちて行ったことは、敵にも味方にも、ある呆気なさを感じさせるものがあった。京方が善く戦ったというべきだろう。

北畠顕家や新田義貞を始めとして、主だった武将たちが、つぎつぎと都に凱旋した。彼らはたしかに疲れてはいたが、半面勝ち誇ってもいた。義貞には、それ以上に安堵の気持ちがあった。

（ともかくも、尊氏を追い落とした）

見えないところへその姿が消えていったことに、徒らに気持ちを煩わすことを疎ましくも思ったのだ。

都に還幸になった後醍醐天皇は、戦乱の時の武士の力というものを、つくづく思い知らされた。鎌倉から西上して来たときの足利勢と、それを西国に追い落とした京方の武士たちの勢いは、公家たちのその場かぎりの策謀ではとても抗しきれるものでないことを、改めて感じさせられたのである。

二月二十九日、年号が建武から延元へと改元された。建武の中興を志した後醍醐天皇の意志とは裏腹に、その政は大乱を呼び起こすことになったのだ。中国でこそ輝きに充ちたこの年号も、わが国ではあまりにも猛くあり過ぎたのかも知れない。

三月二日に叙位のことがあって、多くの公家や武士たちが、その功によって新たな官位を授けられた。北畠顕家が権中納言に、四条隆資と洞院実世が正二位に叙せられた。そして武士では、新田義貞が左近中将正四位下に、弟の脇屋義助が右衛門佐従四位下に、楠木正成と名和長年が正五位下に叙任された。功臣に対する適切な賞賜といえる。

ある日御所で、公家や昇殿を許されている武士たちが集まって、そのあとは雑談になった。話は、昨年の暮から尊氏の西国落ちにいたるまでにとはずんだ。

坊門清忠が口を開いた。

「楠木どの。楠木どのはどうして平等院を焼き払われたのか」

正成の眼《まなこ》が一瞬鋭く光った。

「もちろん、いくさのためにです」

彼は冷たく言い放った。

正成が宇治の平等院を焼き払ったのは、この年の一月の初めに、足利方の畠山高国の率いる軍勢がそこに到着する直前のことだった。正成はその時、宇治川の都寄りの川原に陣をしいた。畠山勢の大軍が、近江から続々と到着して、平等院の建物に拠ることは目に見えていた。川原に晒される楠木勢よりも、遮蔽物としての寺院に立て籠もる畠山勢の方が有利になると正成は考えた。そこで彼は、畠山勢が到着するまえに平等院を焼き払ったのだった。ただ、鳳凰堂だけが残った。

「そういう言い方はできるかも知れぬ。しかしあの平等院は、そのあたりの建物とはわけが違う。由緒のある立派な建物だ。一時しのぎにそれを焼き払ったということは、余りにも惜しいことであり、またいささか軽率ではなかったのかな」

「わたくしは、自分のやったことを軽率だとは思っていません。ただいくさのことを考えるならば、あそこを焼き払うより仕方がなかったのです」

「いや、そうではない。楠木どのには、何かほかの考えがあったのだ。さきほどから、ただいくさのためにと言っておられるが、それだけではなく、何か別の考えであの平等院を焼き払われたのだ」

「それは少し、言い過ぎではありませんか。わたくしには、いくさのこと以外に他意はありません」

二人の言葉には、明らかに棘があった。

「わしにはそうは思えぬ。これは何も楠木どの一人だけに言っているのではない。とかく武士というのは、合戦になるとやたらと火をかけたがる。焼かなくてもよい建物にまで火をかけ、そして面白がっている。しかもそれも、たいていは大きな建物ばかりだ。同じ軍勢を率いておられても、北畠卿ならそうはなさらないだろう」

正成は答えなかった。誰もがおし黙って、重苦しい雰囲気にたえているようだった。義貞も黙っていた。彼もまた正成と同じところに立たされていたのだ。しかも彼は、坊門清忠の言っていることが、本当だと思っている。火をかけて、それを面白がっているというのも当たっていた。

(正成もそれを承知しているだろう。しかしこの、公家の中でももっと公家面をした清忠の言うことには、何事も反発したくなるというものだ)

座は白けたままだった。名和長年などは髭面を横に向けていた。

「いや、これは武士を責めて言っているのではない。今の世の中は、公家だけで、あるいは武士だけでは政ができない世の中だ。帝の許にあって、われらは互いに輔け合ってやっていかなければならない。それを言いたかっただけだ」

清忠の弁解ともつかぬ言葉は、そこに集まった人びとの気持ちを少しも和らげるものではなく、むしろ、重苦しいしこりだけが残った。

　館へ帰ってからも、義貞の気持ちは晴れなかった。彼は正成の平等院焼き打ちを、自分なりに考えた。

（平等院は、関白藤原道長の別荘を、その子の頼通が寺としてそう名づけたものである。それだけに華麗に造られたのだ。あそこを焼いたのは何も正成だけではない。平家討伐を叫ぶ以仁王《もちひと》に応じて兵を挙げた源三位《げんざんみ》頼政によっても火をかけられたのだ。しかし清忠めは、それを正成だけの罪とした。そして正成もまた、故意にあそこを焼いたのだろう。彼は武士といっても土豪の類だ。公家や、公家が造ったものには反感をもっていたのだろう。それが贅をつくしたものであればあるほど、そこに火をかけたかったのだろう。わしでもそうしたかもしれない。清忠は面白がって言ったが、雑兵たちは面白がってそうするものなのだ。自ら火を放ったことにより、彼らはさらに猛くなるのだ。武士なら誰でも感じることなのだ。正成はあの時、言葉に窮したように黙っていた。清忠が言ったことが本当だったからだ。だがそれは、言うべきことではなかったのだ）

　気が晴れぬというよりも、この時になって義貞は、言い知れぬ不安をもった。それは妄想のように彼の心の中で拡がっていった。

（正成は、謀叛を起こすのではないだろうか）

　考えられないことではない。むしろその怖れは十分にあった。

（尊氏はいま九州に落ちて行った。しかしいつの日か、ふたたび都を目差すかも知れない。その時、正成が都で謀叛を起こして足利方についたなら、それは一大事になる。正成は戦上手《いくさ》だ。竹下で、大友や塩冶が裏切ったのとはわけが違う）

もしそうなったら、後醍醐天皇はまたもや比叡山に難を避けなければならない。それどころか、京方は今度こそ都を失うことになるかも知れない。万が一もの正成の離反は、それほど重大なことだったのだ。

(正成はあの時、わざと黙して口を閉ざしていた。それは清忠に、あからさまに戦いを挑んだと同じことなのだ。鎌倉幕府の中にあっては、評定の場でも雑訴決断所の場でも、御家人は黙して口を開かないことは許されなかったのだ。もしそのようなことをして、その武士が自分の館に帰れば、彼はただちに、謀叛を企んでいると見なされるのだ。黙っているだけで、その武士は謀叛人として討手を差し向けられることになるのだ。正成は本当に謀叛を起こすのだろうか)

同じ武士とはいいながら、義貞はかねてから、正成にはある特別な感じ方をもっていた。そして正成が有能な人間であればあるほど、それは怖れにも似た気持ちだった。

坊門内清忠の正成に対する言葉は、後醍醐天皇の許にある公家の、同じ後醍醐天皇の許に伺候する武士に対する詰問だった。それは建武の中興の名のもとに、その功臣である義貞や正成を厚く遇する後醍醐天皇に対する、公家である清忠の不満の捌け口のようなものでもあったのだ。

義貞も正成と同じ武士である。坊門清忠の暴言を許すわけにはいかなかったが、もちろん正成の謀叛を望むものではなかった。

このとき、勾当内侍《こうとうのないし》を知った。

御所に出入りするうちに、義貞はその女人の姿を遠くから眺めたことはあったが、その日は間近にその顔を見た。初めてのことである。夕暮れ近い御所の庭。彼はあっと声をあげた。

息が止まりそうなぐらいに驚いた。御室の尼どのであるはずがないが、その生き写しといってよかった。

（御室の尼どのが――）

義貞は啞然として見とれた。声をかけることはできない。御所の中で、相手は御殿の庇の下に出ていたが、彼は庭に立っていた。間近といっても四、五間の間はある。

紅袴《くれないのはかま》が鮮やかに映った。そして紫色の表着がそれに和した。髪は黒く長くすべらかし、そのためか面が際立って白く見えた。眉は細く長くそれほどには垂れず、目は朧げなものを見るように彼方を見つめていた。

（それにしてもよく似ている。こんなことがあるだろうか。御室の尼どのの娘かも――）

義貞は信じられなかった。

二人は思わず会釈をした。そのことすら思いがけないことだった。そのあと女人は部屋の中に入って行った。呆然としていたが、義貞はそこにいつまでも立っているわけにはいかなかった。しかし去りがたい気持ちだった。

その夜も翌日の朝も、義貞は女人の姿を追っていた。帝の傍に仕えていることは判っていたが、名は知らない。近ごろになく悶々とした日々が続いた。彼は耐えられなかった。

（誰なのか、誰の娘なのか）

女人への想いは募るばかりだった。

そんな時、公家の一条行房が突然訪ねて来た。義貞は何事かと訝しく思いながらも、立ち上がった。

行房は軽い服装《なり》で、供の物を一人連れていた。館の外には、ようやく春の気配があった。

部屋に入り座につくと、行房はすぐに膝を崩した。公家とはいえ、後醍醐天皇が隠岐に流された時には、千種忠顕とともにそこに下って辛苦をともにした人物である。それだけに気骨があった。だがそれを面に出すこともなく、柔和にかまえた。

ひととおりの挨拶があったあと、行房が言った。

「妹がお逢いしたそうで」

意味あり気な笑みを浮かべていたが、それは卑しいものではなかった。義貞は怪訝な顔を向けただけで、返事もできなかった。

「つい先日、御所の中で――」

「えっ？」

義貞は自分でも恥ずかしくなるほどに剽軽な声をあげた。

「では、あの――」

「そうです。あれはわたしの妹の経子《けいし》です」

義貞は思わず顔を赤くした。あのわずかなひとときのことを、経子とやらという女人が、この兄の行房にどのように話したかを想うと、身の置き場もないくらいに恥ずかしかった。

（しかし、それにしても御室の尼どのによく似ている。どういうことだろう。もしかすると御室の尼どのは、この行房どののご一族かも知れない）

行房と経子、それに御室の尼どのが同じ血を引くと考えても不思議ではない。公家というものは、それほどに多くの血を分け、そしてまた、その血をより濃くするために契り合うものだと義貞は思った。

「いかがですか、妹に逢っていただけますか」

思いもかけぬ言葉だった。

「妹は今、勾当内侍として帝のお傍近くに仕えております。しかしそれも、いつまでもというわけにもいきません。できればしかるべきお方にというのが、兄としてのわたしの気持ちです」

義貞は胸にときめきが走り、もう気もそぞろだった。この世においてもっとも得がたい、玉のようなものが、いま自分の懐に飛び込んでくるような思いだった。

勾当内侍とは、御所の中にあって天皇への取り次ぎを行なう職名で、勅旨を蔵人に伝える役目でもあった。女官としては天皇により近いだけ重要な地位にある。

（その経子を、自分の妻として迎えることができたならば――）

義貞にはこの時、経子を一途に想うのと同時に、朝廷の中における自分の勢力の手掛かりというものを、咄嗟ではあるが密かに想った。

藤原氏の力は絶大だった。公家のすべてが藤原氏であるというのは言い過ぎだろう。しかし朝廷の中で、そのほとんどの要職を占めるのは、いつの時代でも藤原一族だった。行房の父は、藤原氏世尊流一条家経尹《つねただ》である。藤原氏としては傍流である。しかし義貞にとっては、それでも得がたいものだった。

「では、逢っていただけますか」

話がそのように進んでいても、義貞は上の空だった。しばらくして、行房は帰って行った。

行房は簡単に、妹の経子を義貞に逢わせると言ったが、それはすぐに出来ることではなかった。御所に上がっている身である。天皇の傍近くに仕えているということは、その寵を受けているということでもある。経子の身柄は、ひとえに天皇の気持ちのままにあった。

だが行房には、彼なりの思惑もあったのだ。後醍醐天皇には、中宮に藤原禧子や珣子内親王があった。しかしこの頃、天皇がもっとも寵愛していたのは阿野廉子だった。天皇は彼女との間に、恒良ら三人の皇子をもうけた。

経子の美しさは、御所のうちでも評判だった。後醍醐天皇の傍近くに仕えている彼女の姿を、廉子が穏やかな気持ちで見ていられただろうか。少なくとも行房は、妹の身をそんなふうに見ていた。事の成り行きによっては、経子ばかりではなく、自分自身にも廉子による災いが降りかかってくるという怖れは、十分にあると感じていた。なにしろこの頃では、天皇が行なう政にもなにかと口を挟む彼女のことであるから。

そういう行房の思惑は、その後は彼自身が驚くほどに都合よく事が運んだ。行房の申し出が叶えられたのだ。彼は妹を、自分の館につれ帰ることができることになった。ただ経子を、どのようにするかということを問いつめられた。彼は白状した。新田どのに、と。

それを聞いた後醍醐天皇は、手を打ち声をあげて面白がった。勾当内侍一条経子は、天皇手ずから義貞に与えられることになったのだ。

行房は嬉しさを隠しきれずにやって来た。

「これでいよいよ、新田どのとわたしとは義兄弟だ」

よほど嬉しかったのだろう。もてなしの盃を何杯も干し、それをまた義貞の手にとらせた。

嬉しさは義貞も同じだった。あの、名さえ知らなかった経子が自分のものになるという満足感は、言葉には言い表わすことも、また何にも譬えることのできないものだった。あれから数日後、このようなことになるとは、まさに夢のようなことだったのだ。

それに行房が言うように、彼と兄弟の契りを結ぶということは、行房にどんな思惑があるにしろ、義貞自身にとっても願ってもないことだった。傍流とはいえ、一条家は藤原氏である。その重みは、義貞にあってこそ感じることのできるものだったかも知れない。

数日後、義貞は行房の館で経子に逢った。勾当内侍の肩書きがとれたのか、あの時と比べると眉のあたりが晴れやかだった。夕暮れ近いときに、少し憂いをこめて彼方を見上げていた姿とは、たしかに別人のように見えた。経子はそのあと、深々と頭を垂れて義貞に挨拶した。

義貞は初めて、まじまじとその顔を見つめた。経子はかすかに頬笑んだ。

(それにしても、御室の尼どのに似ている)

彼はまたもや心のうちに呟いた。しかし今さら、それを行房に訊ねるつもりはなかった。仮に経子と御室の尼どのが、叔母と姪の間柄にあったとしても、彼はそれを知りたくはなかった。この目の前にある経子は、ひとえに経子であるだけでよかったのだ。

その夜、義貞は行房の館に泊まった。そして経子と契りを結んだ。春の夜は夢のように過ぎた。

正成の企み

摂津の浜で京方に敗れ、遠く九州にまで落ちて行った足利尊氏の一行は、必ずしも勢いを失ったわけではない。彼は密かに、固く捲土重来を期していた。

尊氏は九州への途中、すでにいろいろの手を打っていた。まず、二月十一日の豊島河原での合戦の頃、赤松則村の進言に耳を傾けそれを実行した。則村は言った。足利勢がたびたびのいくさに勝ってもそのあとを持ちこたえられないのは、朝敵という汚名を負っているからだと。だからこの際、大覚寺統の後醍醐天皇に対する、持明院統の上皇のどなたかから、新田義貞討伐の院宣をいただいては、と。

この妙案を、今まで思いつかなかったことこそ迂闊だった。尊氏はさっそく使いの者を都にやり、醍醐寺三宝院の僧賢俊《けんしゅん》にその旨を依頼した。賢俊とは、元弘の乱の初めに鎌倉幕府の手によって佐渡に流され、そこで斬られたあの日野資朝の弟である。日野家は、後醍醐天皇の側近として鎌倉幕府討伐に活躍した資朝を別にすれば、元来が持明院統寄りの家柄だった。

権力欲の強い賢俊は、この申し出を承知した。そして光厳上皇の院宣が尊氏の手に渡ったのである。大覚寺統と持明院統による両統迭立の約束からすれば、今となって光厳上皇にも、院宣を下す資格は十分あるわけである。そしてこのことが尊氏には幸いした。

尊氏は、ふたたび義貞討伐を声高に叫ぶことができた。しかも今度は、光厳上皇の院宣によってである。彼にとってこれは、百万もの味方を得た思いだった。そしてこれからさきは、中国、四国、九州の武士たちに対して自分の九州下着を報らせ、そこへ馳せ参じるようにとの命令を下したり、地方での新田方勢力への抗戦を指示している。

三月二日、足利勢は九州の多々良《たたら》浜で、菊池武敏の率いる軍勢と対戦した。武敏とは、さきに九州探題を襲って討ち死した武時の子、箱根竹下の合戦で活躍した武重の弟である。この戦いでは、思いがけなくも小勢の足利方が大勝した。武敏は山を越えて本拠地の肥前に逃げ帰った。このことは、すでに九州においても、尊氏を迎えるだけの下地があったということである。この頃、大友、少弐、島津などの有力武将が、足利方としての旗色をより鮮明にしたのである。

都にいる義貞は、この程度までのことを知ることが出来た。心のうちは穏やかではなかった。尊氏を逃がしたことが、いつまでも災いとなって彼の気持ちを暗くした。

(尊氏はまた、都を目差してやってくるだろう。それに今度は、西国の武士たちを集めて、もっと大きな軍勢を率いてくるのだろう)

義貞は覚悟をした。中国路のどこかでか。あるいはもっと近くの播磨か摂津あたりでか。ことによると都の中でのいくさとなるのか。彼は足利勢を迎え討つ場所を、漠然と想い浮かべた。しかしそのどこにも、新田勢が圧倒的に足利勢を打ち破っている場面を描きだすことはできなかった。彼は険しく眉を寄せた。

ある日、一条行房が訪ねて来た。行房はこの日も陽気だった。義貞は、笑いながら彼を招じ入れた。

「尊氏が何やら動いているようだが、新田どのもご存じでしょう」

「はい。その報らせは聞いております」

「いずれ新田どのに、尊氏討伐の綸旨が下されることも」

「はい、それもうすうすは」

「準備は怠りなしということですか」

「もちろんです。とくに糧食についてはまえもって十分な準備をしなければ――」

「そうでしょう」

行房は次第に真顔になっていた。

「北畠卿が、間もなく陸奥にお下りになるそうです」

「北畠卿が？」

「そうです。すでにこの十日に、義良親王におかせられては元服のうえ三品に叙せられ、ふたたび陸奥太守としてそこにお下りになるわけです。そしてこの度も、やはり北畠卿が陸奥大介としてそれをお輔けになるとのことです」

「して、出立はいつです」

「間もなく。この二十日過ぎにも」

「そんなに早くにですか」

義貞は訝った。

（尊氏が九州で勢いを得て、ふたたび都を目差して攻め上って来るというこの時に、なぜ帝は北畠卿を遠い陸奥にお下しになるのか。帝は今でも、尊氏の力を小さく見ておられる。いや尊氏ばかりでは

なく、帝は武士というものの力を見くびっておられるのだ）

それは義貞の、後醍醐天皇に対する不満だった。彼は天皇が、建武の中興を志しながらも、結局は武士である尊氏らによって挫折されかかっていることに目をつむり、なおもその理想を追い、いままた国司として北畠顕家を遠く陸奥に下そうとすることを、到底理解することができなかった。互いにその隙を突きながら、つねに戦いを交え合う武士というものを、所詮は見くびっていると思ったのだ。

「それをお止めすることはできませんか。いえ、いま少し尊氏の動きを見守ってから、そのあとにでも」

「それは、楠木どのが先日すでに申し上げたそうです」

「楠木どのが？」

「はい。しかし帝のお考えに変わりはないとのことでした」

義貞は、正成の抜かりのなさがいまいましかった。それは正成に対してと同時に、また自分自身への腹立たしさでもあったのだ。

（わしはいつもこうなのだ。それに帝にしても正成にしても、なぜかわしを疎んじているのだ）

行房をまえにして、彼はいたたまれない気持ちだった。

「それよりも先日の夜、楠木どのが密かに北畠卿の館をお訪ねになったのをご存じですか」

「いや、知りません」

「何やら、大事なお話があったようです」

「大事とは？」

「誰が言ったのか、あるいは誰が故意に言いふらしているのかわかりませんが、楠木どのは尊氏との和睦を企んでいるとの様子とか」

「尊氏との和睦を？」

義貞は思わず声を上げた。

「そのことは、帝もご存じだということですか」

「わかりません。しかし楠木どのが、北畠卿とお話になったということは、どうやら本当のようです」

「帝と尊氏が和を結ぶということは、どういうことなのだ。今さらそんなことが出来るわけがないではないか」

行房にではなく、義貞は自らに言い聞かせるように声を荒らげた。

（正成が、北畠卿にそういう話をしたということは、考えられないことではない。あの男は何を考えているのか判らない。油断のならない男だ。しかも考えることもそのやり方も、他人《ひと》の意表をつくようなことばかりだ。帝にしてもそうだ。わが子をその敵であるはずの直義の許に閉じ込め、そしておいたわしいことに宮は殺されたのだ。なんという惨い仕打ちをなさるのだろう。それが人の子の親のやることなのか。わしにはとても考えられない）

怒りにまかせてそう呟いてみたものの、この時になって、彼は言い知れぬ不安に襲われていた。

（帝と尊氏が和を結んだなら、わしはどうなるのだ。帝は新田一族をどうしようとされるのか。直義は鎌倉で帝に対して謀叛の兵を挙げた時、わしを討つためとほざいた。今また尊氏は、光厳上皇の宣旨を手に入れてわしを討つと言っている。帝に謀叛するための口実であることは判っている。しかしその虚言が繰り返されるたびごとに、帝はそれをまことと信じるようになり、尊氏と和を結んで、このわしを討つことを考えられるのではないだろうか。そうなったらわれらは、一朝にして朝敵になってしまうではないか。そんなたわけたことがあるものか）
妄想かも知れない。しかし義貞は、正成が密かに何かを企んでいると聞いた今、そう思わざるをえなかった。
行房が帰ったあと、彼は北畠顕家か正成の館を訪ねようと思った。だがすぐに、その愚かさに気がついた。足元を見られたうえ、かえってあらぬ疑いをかけられる怖れは十分にあった。ここはむしろ、動かない方が賢明だと思ったのだ。

後醍醐天皇から、足利尊氏討伐の宣旨が義貞に下ったのが、三月十日頃。彼は同時に、山陽道と山陰道十六か国の管領になることも命じられた。

義貞は義助に、用意万端を指示した。出陣は一両日のあとになる。館のうちそとは、慌ただしい気配となった。そしてその前夜、義貞の部屋には義助を始めとする新田一族の領袖が集まった。義貞に代って、義助からはこまごまとした手筈が言い渡されて、そのあと酒が酌み交わされた。終わりになって義貞が言った。

「義助っ。明日の出陣は江田行義と大館氏明を先鋒として、お前が指揮をとれ。わしはあとしばらく都に留まることになる」

「それは、どういうことだ」

義助を始めとして、一同が意外なという顔付きを見せる。

「わしはまだ都に留まって、帝をお守りしなければならぬ。今都には、軍勢と呼べるものはわが新田一族のほかには、北畠卿が率いている陸奥の軍勢しかない。あとはたかだか、千にも満たないようなものばかりだ。これでは心もとない。しかも北畠卿は、間もなく陸奥にお下りになるという。だからわしの出陣は、その後の様子を見たうえでということになるのだ。判ったか」

「うん、判った」

だがそう返事をした義助や家来たちの顔色には、どこか勢いのないものがあった。

一同を帰したあと、義貞自身も浮かぬ顔をしていた。帝を守るために都に留まると言ったのは、もちろん嘘だった。しかし彼は、そのことで家来を欺いたとは思わなかった。

新田一族が、尊氏討伐のために中国路へ向かったあとの、都での動きこそ気になるところだった。今となっては、楠木正成をもっとも怖れた。わずか千か二千の軍勢を率いるだけの正成だったが、合戦の場での縦横な働きは、平時においても十分に相手を怖れさせるものがあった。自分の心が疑心暗鬼になっているとはいえ、義貞は、後醍醐天皇と尊氏の和睦のことを、正成が企んでいるということをまったく打ち消すことができなかった。

大軍ともいうべき新田勢が出て行ったあと、都の中はそれだけ静かになった。それは淋しさにも似ていた。

初め、義貞がまだ都に留まっていることを人びとは知らなかった。やがてそのことが知れると、口さがない京童たちが囃したてた。やれ尊氏と対戦するのに怖気づいて病気になっただの、やれ勾当内侍に別れるのが辛くて、日一日と延ばしているのだなどと。だが義貞は、そういうたわいのない噂を、むしろ冷笑して聞いた。

（なんとでも言うがよい。わしの心のうちを、帝や北畠卿や正成に知られなければそれでよいのだ）
四、五日の間、義貞は家来を使って、御所や顕家や正成の館を見張らせた。半ば予想していた通りというか、そこに動きはなかった。彼はやっと安心した。
都に春が盛りの頃、義貞は最後の新田勢を率いて西に向かった。尊氏はまだ九州にいる。しかし彼を棟梁と仰ぐ西国の武士団の動きが活発になっていた。その勢力が大きくなってからでは遅い。新田勢の進発はそれを防ぐことにあった。

江田行義らの先発隊の前に立ちはだかったのは、播磨の赤松円心《えんしん》（則村）が率いる一族だった。赤松氏は、六十二代村上《むらかみ》天皇の第七皇子貝平親王を祖としている。姓は源氏。いわゆる村上源氏である。貝平親王から源師房、顕房と続いて、顕房の十何人かの子のなかに秀房がある。丹波守、加賀守などをへて、天永《てんえい》二年（一一一一）に罪あって播磨に流された。その子孫が赤松氏である。秀房はのちに赦されて都に帰っているので、子孫といってもこれは庶子の流れである。秀房が流された場所は、播磨国の西の端、佐用荘。そこは広く、その中に赤松村もある。ともかくも、赤松氏は昔からこの地方の豪族だったのだ。

元弘の乱の際、円心が幕府に叛して兵を挙げたのは、彼の三男則祐と護良親王の繋りによる。乱のまえ、二人はともに比叡山延暦寺で修行していた仲だったのだ。もちろんそうするまでには、円心に、すでに挙兵についての思惑があってのことだと思われる。

元弘の乱における円心の功績は大だった。彼が護良親王の令旨を奉じて兵を挙げたのは、正成が千早城に立て籠もってから間もなくのことである。やがて、上洛した足利尊氏が幕府に叛して六波羅を攻めることになるのだが、それは円心が率いる赤松勢と六波羅勢との、度重なる合戦があったうえでのことである。

乱が終わったあと、赤松円心に対する後醍醐天皇の恩賞と処遇は冷たかった。尊氏や義貞ほどにではなくても、正成や名和長年らと同じくらいのものが与えられてもよかった。彼が得たのは、播磨の守護職《しき》だけだった。播磨介である義貞の下に立たされたのだ。円心には憤懣やる方ないものがあった。彼が後醍醐天皇を見限ったのは、その時だった。

円心は積極的に尊氏に近づいた。尊氏が摂津から九州に落ちていく前夜、光厳上皇の宣旨を貰い受けるようにと進言したのも彼だった。そしてそのあとは、尊氏の再度の上洛の際の拠点になるべき砦を築いて、万全の準備をしていたのである。砦の名を白旗城という。

山陽道から少し北に外れたところに、白旗城はある。瀬戸内海に流れる千種川の上流。佐用荘の南端赤松村の中心にあるひときわ高い山に砦は築かれた。江田行義ら、新田勢の先発隊として西に向かった彼らは、そこを素通りするわけにはいかなかった。そして赤松勢は、その大軍を誘い込もうとして挑発した。

あとからそこへ来た義貞は、千種川沿いに軍勢を押し進めた。街道から眺めることができた頂上が、近くの山陰によってすぐに見えなくなった。

(これは、まずい)

彼は咄嗟にそう思った。正成が立て籠もった千早城のことを想い浮かべていたのだ。そして、円心の心のうちを察することができた。

(円心はこの砦で、正成がしたと同じように、われらの軍勢を支えようとしているのだろう。そして、尊氏が九州から攻め上って来るのを待つつもりなのか)

それは誰にも想像できる円心の戦術だった。

（彼奴は、自分を、本当にそれほどの人間だと思っておるのか。ふん、小賢しいわ。円心はわしを怨んでおるのだ。この播磨の国で、わしの配下となったことを怨んでおるのだ。帝から、さしたる恩賞も受けられなかったことは確かだ。しかしそれは、わしがどうかしたということによるものでもない。わしには関わりのないことだ。だが彼奴は、そのことでわしに怨みをもっておるのだ。尊氏に対して策を進言したりしているようだが、彼奴には正成ほどの器量はない。それなのに、ここに砦を築いて、いかにもいくさ上手なふりをして、わしを迎え討とうとしている。ふざけるな。こんな山城、ひと揉みにしてくれるわ）

彼は目の前にある白旗城が、正成が立て籠もった千早城に比べて、すべての点でひ弱なものだと思った。いや、そう思いたかった。自分がそこを攻めるのに、幕府の大軍によってもついに落ちなかった千早城と比べて、それは容易に落とされるものでなければならなかったのだ。砦にしても、そこに立て籠もる兵士にしても、そしてもっと大きく違うところは、それを指揮する大将としての円心が、正成よりも比較にならないぐらいに劣った男でなければならなかったのだ。

（わけなく落としてみせる）

義貞はいきり立っていた。しかし彼には、どこか苛立ちの気持ちもあった。

だが白旗城は、すぐには落ちなかった。大軍に囲まれているため、そこから討って出ても何ほどのこともなかったが、それでも新田勢を釘づけにすることができた。攻める方が次第に焦ってきた。

ある夜、本陣としている寺での軍議のあとに、義助が言った。

「兄者、このままでは千早城の二の舞になる。兄者は大方の軍勢をつれて西に向かってくれ。あとはわしがここにいくらかの軍勢を置き、兄者は備前あたりにまで兵を出した方がよい」

「千早城の二の舞になどならぬ。それよりもおまえは、わしがいつまでもここにいることを案じておるようだが、わしにもわしの考えがある。おまえも聞いているだろうが。あのあとやはり北畠卿が都を発って陸奥に向かわれたのだ。いま都は手薄になっておる。だから、わしはそんなに遠くまで行くことはできないのだ」

「しかしそのために、楠木どのや名和どのがおるのでは」

「その正成も長年も、あてにはできないのだ」

「それはどういうことだ」

「あの二人は、もうあてに出来ないからだ」

「判らん、兄者がそのような言い方をするのが」

「これからは、ことに正成には心を許してはならぬ。そして、とにかくわしはここに留まる。円心めの首を刎ねてやらねばならぬのだ。だからおまえが行け。行って全軍の指揮をとってくれ」

「判った。それほど言うのなら、そうしよう」

と言いながらも、義助には不満が残った。それどころか、それ以上に味方の士気を案じた。総大将としての義貞が、白旗城を攻めているとはいえ後方に踏み留っていることは、いかにも不自然に見えたのである。

義助が帰って行ったあと、義貞は横になった。寺の外には、篝火が赤々と燃えていた。番卒がその火の周りを、時には影を大きくして歩いていた。彼はなかなか眠れなかった。義助に向かって言ったことを、想い返していた。

（いま都が手薄になっているから、わしがここに留まると言ったのは言いわけじみていたようだ）

それはたしかに言いわけだった。彼は怖れていたのだ。自分が播磨よりの西の、備前から備中、安芸、周防にまで行って足利方と戦いを交えることを。いや、戦いを交えることを怖れたのではなく、いくさに敗れることを怖れたのだった。

箱根竹下での合戦の模様が目に浮かぶ。箱根峠で、義貞の率いる天皇方は直義の率いる足利勢を圧倒していた。逃げる足利勢を追って峠を下れば、鎌倉は手のとどくところにあった。その時である。竹下方面での味方の敗報が彼の許にもたらされたのは。

彼は信じられなかった。しかしそれは、彼にとっては目も眩むような現実だった。そしてそのあとは、勝ち誇っていた軍勢さえもが後ろに引かざるをえない羽目に陥れられた。初め、矢作川の合戦でも、彼は足利勢に勝っていた。しかし箱根竹下の戦いで、尊氏が彼の前に登場したことにより、義貞はその足利勢に敗れたのである。彼はその時、無意識のうちにも、尊氏に対する自分の運命のようなものを感じてしまったのだ。大きな衝撃だった。

（尊氏はいま九州にいる。間もなく足利勢は、陸路と海路の二つの道をとって東上するだろう。ちょうどあの箱根峠と足柄峠に進んだと同じように、二手に分かれて）

義貞はまんじりともせず想っていた。もはや箱根竹下の合戦のことではなく、十日か二十日のうちに迫った足利勢との合戦のことを。

（今度も尊氏と直義と、どちらかが陸路を、どちらかが海路をとるのだろう。しかし彼奴が、どちらに主力をおくかは判らない。それを迎え討つわれらとしては、そのへんがむつかしい。しかも水路を来る足利勢を討つだけの水軍もない。とすれば、尊氏は自らは水軍を率いてやって来るのではないだろうか。そして問題は、それがどこで上陸して陸路の軍勢と一緒になるかだ。備前より西でということではないだろう。せいぜいこの播磨、それももっと東、でなければ摂津まで来てからだろうか）

義貞はやがて東上して来る足利勢を、避けようもなく見守っている想いだった。

ともあれ新田勢は西に向かった。四月十八日には、備前児島の豪族児島高徳《こじまたかのり》がふたたび兵を挙げ、脇屋義助の軍勢に呼応して船坂峠あたりの足利勢を討ち、さらにその西側に下った三石城を取り囲んだ。さすがの赤松円心も、これだけ周りを新田勢に攻められては、いつまで持ちこたえることが出来るかと、不安をつのらせた。彼は九州にいる尊氏に密使を送り、一日も早い彼の上洛を促した。

尊氏はようやく機が熟したのを悟った。九州には京方に与する菊池氏や阿蘇氏の動きもあったが、それもほとんど地元の足利方によって抑え込まれていた。背後の憂いはもうない。尊氏は円心に促されるまでもなく、挙兵の時をうかがっていた。そして密使の到来によってその日が決まった。

延元元年四月二十六日、尊氏はいよいよ太宰府《だざいふ》を発った。九州には一色、仁木、松浦らのわずかな軍勢を残し、大挙しての出陣となった。長門の府中、安芸の厳島をへて、五月五日には備後の鞆の浦に着いた。その頃には伊予、讃岐、安芸、周防、長門の武士たちの率いる軍船が、何百艘と集まった。また陸路には、備後、備中、出雲、石見、伯耆からの軍勢が続々と馳せ参じて来たのである。

五月十日、軍備を整えた足利勢は、尊氏が水路を、直義は陸路をとってさらに東に向かった。万全でしかも大挙しての進撃は、それを率いている武将たちの気持ちを、いやがうえにも昂ぶらせた。そこには、武士の棟梁である足利尊氏を擁しているという気概が十分に満ち満ちていたのである。

五月十五日に、直義勢は新田方の大江田氏経が立て籠もっている福山城を取り囲んだ。数万の大軍によって攻め立てられた氏経は、その翌日には門を開けて討って出た。敵中に太刀を振いながら、活路を見出そうとする戦いだった。半分は討たれ、氏経ら半分の兵士は東の三石城に逃れることができた。足利方と新田方の緒戦の勝敗は、そのあとの両軍の明暗を占うものとなった。

　義貞の許には、義助からの早馬が走り込んできた。早くも新田勢の劣勢が明らかとなった。そして陸路はともかくも、水路を進む足利勢を防ぐ手だては何もなかった。義貞は観念した。

（退くしかない）

　無念さよりも、焦りに似た気持ちだった。現実に足利勢が目の前に迫って来ているのに、打つべき手がないことに、彼は自分自身を見失いそうなぐらいに狼狽した。そして結局は、円心に敗れたことを知らされたのである。

（この砦一つを取り囲んでいたことが、わしの過ちだったのか）

　義貞にはもともと、都を出る時から、彼自身による確かないくさの仕方はなかった。というよりも、尊氏に対するそれを、彼自らが持つことが出来なかったのだ。京方の武士の誰もがそうであるように、後醍醐天皇とその許にある公家の指図によってしか動けなかったのだ。これに対して捲土重来を期した尊氏は、自らの手によって着々と計画を練った。その違いが新田勢と足利勢を大きく分けた。今度の義貞の出兵は、所詮、守りの出兵でしかなかったのだ。

　義貞には口惜しさがあった。彼は決して、武将としての自分の力量を卑下するものではない。なんといっても、鎌倉を陥れたという動かしがたい実績があった。しかし箱根竹下と今度の合戦でも、彼は結局は尊氏に敗れた。それも事実だった。だがそこには、いつも自分以外の何ものかが関わって、それが負けいくさになったのだという抑えがたい無念さがあったのだ。

（正成は公家を嫌っていた。しかもあの男は、平気でそれを顔に出すことができる。わしにはそれができない。わしにはそれができない立場にあることも事実だ。しかしわしは、あの正成の誰にも阿ることのない振舞いが、この時になって本当に羨ましく思う）

束の間の徒らな彼の想いだった。しかし事態は、一刻も逡巡している場合ではない。義貞は、ついに落としえなかった白旗城の囲みを解いて、足利勢からの守りの態勢をとらなければならなかった。

（一挙に都まで退くか。それとも、播磨、摂津の海沿いに戦いながら退くか）

義貞にとって、都まで一気に逃げ帰ることなど到底できなかった。同じ源氏の血を分けた尊氏との戦いで、もはやそのようなことは出来ることではなかった。それは、彼が守らなければならない最後の衿持でもあったのだ。

その日からの新田勢の合戦は、いかにも苦渋に満ちたものだった。彼らは海からと陸からの足利勢の攻撃をかわしながら、いかにして勢力の温存を計るかと腐心した。義貞はただそれだけを考えた。

彼は矢継ぎ早に、都に向けて早馬を出した。朝廷に対して戦況を報らせると同時に、もし摂津の海辺あたりで足利勢と雌雄を決するとなれば、どうしても援軍が必要だった。都に退くにしても、尊氏とはもう一度対等の立場で戦いたかった。彼の心のうちにあるその悲愴さを、この時義貞は、自ら感じる余裕もなかった。

新田方が白旗城の囲みを解くと、赤松勢がすぐに砦から繰り出して来た。追う者と追われる者の勢いは、止めどもなかった。山陽道を東にひた走り、書写山の南を抜け加古川を渡り、さらに伊川荘から須磨に辿り着いた時には、新田勢もさすがにほっとして大きく息をついた。そして五月二十四日の昼ごろ、義貞の本隊は摂津の兵庫の浜に着いた。そこは、海路を来る足利勢が上陸するには、もっとも適した地点のように思えた。

海辺から摩耶山の麓まではわずか。その海寄りに新田勢は陣をしいた。須磨あたりから東にかけては、急に浜辺が拡がる。決戦は明日か明後日にか。義貞と義助は、側近の武将に命じて怠りなく陣を構えさせた。

その日の午後になって、都から楠木正成が率いる軍勢が到着した。東から、砂煙を上げてやってくるのを見たとき、義貞は思わず床几から立ち上がった。

(正成が来てくれた)

彼は、正成に対して持っていた偏見を忘れた。苦境に立った時に、援軍としての楠木勢の到来は、義貞にとってもそれほどに心強いものだった。

だが、しばらくして、彼は訝しげにそれを眺めた。楠木氏の紋所である菊水《きくすい》の流旗の多さに比べて、その軍勢がいかにも少なく見えたのだ。おそらく千にも満たない数だろう。

(いつものとおり、正成は外にも軍勢を伏せているのかも知れない)

義貞はそう思った。そう思うのが当然だった。正成の戦法はいつも奇抜であり、奇策を用いることが多かった。相手が大軍であればあるほど、そうするのが彼の戦法だったから。

楠木勢が新田勢の陣中に割り込むようにして入ってくると、正成は馬を下り義貞の幔幕のまえに進み出た、義貞はそれを幕の外で迎えた。彼は正成の姿を見た途端に、自分の顔が紅潮したのを覚えた。わけもなく嬉しかったのだ。

挨拶もそこそこに、正成が言った。

「とりあえず、陣立てだけでも決めたいと思います」

楯を二枚並べた上に、図面が拡げられた。義貞の家来が大雑把に描いたものである。正成はそれを一瞥した。そこに描かれている程度のことは、すでに彼の頭の中にあった。このあたりの地理には詳しかった。

「わたくしは、会下山《えげやま》に陣をとらさせていただきます」

あらかじめ考えていたのだろう、正成は迷いもなく言った。会下山は浜からはいちばん遠い山手にある、丘とも言えるところだった。

「我らは小勢ゆえ、会下山を楯として戦うのがよいかと思います」

「それがよい。楠木どのの戦法は、その方が合っている。しかし軍勢はほかにも――」

「いえ、これだけです。そのことはあとからお話しします」

打ち合せを終えると、正成はそそくさと出て行った。義貞は呆気にとられて、その後ろ姿を見送った。軍勢の少なさに比べてその流旗の多さが、正成の心の中の何かを物語っているようにもみえた。

楠木勢の侍たちは、この日も質素な具足をつけていた。

夕刻も遅く、やや暮れかかった頃に正成が訪ねて来た。しかも彼は、家来の一人に酒を持たせていた。顔の表情もどこか和んで見える。

「先ほどは失礼をしました。やっと陣をしいてきました」

義貞はその気配を察して、床几を片づけさせ楯を何枚もしいた。そのほうが寛ぐことができる。

弟の義助と大館氏明を呼びにやったあと、義貞は正成にもその家来の同席を勧めた。そう言われて、正成は橋本正員《まさかず》を呼んだ。正員の母は正成の乳母、二人は乳兄弟だった。やがて義助と氏明も顔を出した。義貞は酒の席で、正成の真意を聞きたかった。

「中国路での数々の合戦、さぞお疲れになったことでしょう」

　正成が先に口を開いた。その頃には酒も出た。

「いや、疲れたというよりも、すでにお聞きおよびの通りの負けいくさばかりで、わたしはもう恥じ入るばかりだ」

「そんなことはありません。ここまでは誰がやっても同じこと。それよりも、むしろこれからのいくさこそが大切です」

「都では帝や公家どもが、さぞわたしのことを嘲って言っていることだろうが、そんなことを思うと、明日の合戦にはこの義貞、真っ先に斬り死をしたいと思っているところです」

「何を言われます。都で誰がなんと言おうとも、帝がいちばん頼りとされているのは、やはり新田どのです。新田どのだけなのです。それはご自分でもよくお判りのはずです」

「そう言ってくれるのは、楠木どのだけだ」

「いいえ。帝がそうお思いになっておられるということです。それよりも、明日のいくさのことをお考え下さい」

「楠木どのには、何かお考えがあるのか」

「いいえ、わたくしには今となって何もありません」

「今となっては、と?」

「はい」

「それはどういうことです」

　しばらくして、正成は重そうに口を開いた。そして彼が、ここへ千人足らずの手兵を率いて来たいきさつを話した。

尊氏の大挙しての東上を知ったとき、正成としてもそれをどこで迎え討つかということを考えた。しかし捲土重来を期しての勢いがある足利勢を迎え討ち、しかもそれを討ち破るには、味方に相当な軍勢とそれに士気がなければ出来ないことだった。まず京方に言えることは、足利勢と比べてその士気が欠けていることだった。それはどうにも致し方のない面があった。野心に燃えて立ち上がったものの方に、より旺盛さがあるのは世の常だった。そして足利方に比べて、軍勢の数でも京方は劣っていた。

正成は、御所に上がると進言した。ここはもう一度、足利勢を京の街なかに誘い込み、それを周りから包み込むようにして討つべしと。京方のとるいつもの戦法だった。しかしそれには、天皇は山門に難を避けていただかなければならない、と。この正成の建策に対して、言葉を荒げて叱責したのが坊門宰相清忠だった。尊氏討伐に向かった新田勢が、ろくな戦いもしないのに、帝が一年に二度も山門に臨幸するのは、帝位を軽んずるものだと激怒したのである。

正成はさらに抗弁した。しかし最後には結局受け入れられなかった。そのあと、彼は兵庫への出兵を命じられたのである。

「わたくしは今でも、自分の建策を正しいものと思っています。あの方法しか勝味はないと思っているのです」

義貞はあの日、清忠が正成に向かって、宇治の平等院を焼き打ちしたのを詰っていたのを想い出した。清忠にはその時から、正成に対しては憎悪の気持ちがあったのだ。いや正成だけにではなく、清忠を始めとする公家たちには、正成や名和長年、それに自分に対しても口には出さない憎悪の念が、たえず働いていたのだと。義貞はこの場になっての、正成の落胆の言葉を聞きながらそう思った。

「新田どの、明日の合戦にはなるべく軍勢を失うことなく都へお帰り下さい。そして帝とともに山門に立て籠もり、何日でも何か月でも、足利勢が都から没落するまでいくさを続けて下さい。小勢ではありますが、わたくしの軍勢も半分は河内に残してきました。およばずながら、外から都を攻めるようにと言いつけてあります」

「そこまで考えておられるのか」

「明日、わたくしは陸路の足利勢を防ぎましょう。そのために討ち死にも覚悟しております。新田どのはその間に、なるべく早く都にお帰り下さい」

義貞は、正成の言うこととその少ない軍勢の意味がやっと判った。そして彼の顔を正視することができない、後ろめたさのようなものを感じたのである。

いつの間にか、正成の顔が穏やかになっていた。幕の外には夜の気配がしのび寄っている。義貞もそれぞれの家来も、いまは寛いで酒を飲んだ。だがどことなく、しみじみとした雰囲気に包まれていた。

翌延元元年五月二十五日の朝は、はやばやと明けた。梅雨明けのようにか、雲は薄く陽ざしは強い。義貞は自分の陣中から、右手会下山の方を見た。風もないのに菊水の旗が揺れているように見えた。彼はあらためて、山寄りを正成に任せることを心に決めた。

この時義貞自身は、浜辺と会下山のちょうど真ん中あたりに陣をしいた。そしてその左に義助の軍勢を、さらに左手和田岬のあたりには大館氏明を配した。和田岬から会下山まで、足利勢を迎え討つ京方は、湊川を背にして横に一直線に陣をしいたことになる。

これに対して足利方は、依然として水軍は尊氏が、陸路は直義が率いていた。尊氏に従うのは細川定禅。他はほとんど陸に回った。直義はそれを三つに分けた。まず、北側の山沿いを進むのが斯波高経が率いる軍勢。そして南の海岸沿いを行くのが少弐頼尚。直義自身は中央に、高師泰を副将として、赤松、大友、細川、島津らの軍勢を率いた。

巳の刻（午前十時）、海に浮かぶ尊氏の軍船で、太鼓が打ち鳴らされた。それが合戦の始まりの合図だった。

（くそっ！　尊氏めが思い上がっておる）

義貞は舌打ちした。しかし太鼓の音に呼応した足利方の鬨の声が、海から陸へ、それも山沿いにまで響きわたると、彼も全軍に下知した。両軍あわせて十万余騎による、世に言う湊川の戦いの始まりだった。

いきなり、会下山の楠木勢が猛然と直義の軍勢に突っ込んで行った。するとたちまちのうちに、乾いた大地にもうもうと砂煙が上がった。早くも両軍は入り乱れての戦いを繰り拡げた。互いの旗竿が倒れたかと思うと起き上がり、それがまだ激しく打ち倒されて地に這った。

その頃には、海上を進む足利方の軍船が船脚を早めて海岸に近づいてきた。和田岬にいた大館氏明の軍勢が浮き足立った。尊氏がどの地点に上陸するのかをまったく判じかねていたところへの急な接近だったから。しかも前方からは、少弐頼尚の軍勢が押し寄せてくる。

足利方の水軍を直接指揮するのは細川定禅。彼はいくさに長けている。一度は和田岬あたりに上陸するかと見せかけておきながら、船団を東に、和田岬を迂回してからは浜沿いに北上させた。今度は義貞、義助勢の背後に出ると見せたのである。新田勢全体が、この方面から崩れかけた。

大館勢がまず後退した。新田本隊との間への足利水軍の上陸を怖れたためだ。事実その直後には、足利方の一部は浜辺に船を寄せると、水しぶきをあげながら陸に上がり、走り出して来た。正面と側面からの敵に、大館勢は一気に後退して、義貞らの本隊に合流しようとした。鬨の声はほとんど足利勢があげている。

楠木勢は正面の直義勢のほかに、右側面からは斯波高経の軍勢に攻められていた。しかし正成や弟の正季《まさすえ》には、はじめから会下山を死守するつもりは毛頭なかった。戦いはたちまち乱戦となった。その中で時として、五、六騎の楠木方の武士が足利方の陣中深く突入した。それを見て、大鎧を着て黒い馬に跨った武将が、味方の兵士たちの間をかき分けて一目散に逃げた。追うのは正成、逃げるのは足利直義。二人の顔は、ともに鬼の顔のように引きつっていた。

いくさは午後になっても続いた。京方の陣立ては大きく乱れていた。浜辺に広く陣をしいていた新田勢が、ほとんど一団となって東方に後退するのに比べて、楠木勢は会下山の周りから一歩も引こうとしなかった。その時には、足利方は赤松、細川、島津の軍勢がその背後に回り、浜辺から走って来た少弐勢までもが右側面から攻めたてた。楠木勢はまったく包囲され、しかも正成はそこから退こうとしなかった。

義貞の目には、もう楠木勢の流旗は見えなかった。すでに大半を討ち取られているのだろう、そこに渦巻く砂煙の輪だけが小さく見えた。

（正成は死ぬ気でいる。きのう言ったことは本当だったのだ）

新田勢は追いたてられていた。足利方の最後の水軍が、和田岬を過ぎてからは、生田の森のあたりにかけていたるところに上陸してきた。義貞は退きながらも陣形を立てなおした。足利勢は正面に、上杉、仁木、高の一族が大軍となって押し寄せてくる。その勢いは、圧倒的だった。

「兄者、いまが潮時では――」

義助が馬を飛ばして来て言った。義貞は唸ったまま声が出なかった。

「尊氏めを斬るまでは――」

しかしそれは無謀であり、もはや不可能なことだった。それに、一方的に攻めたてられている新田勢は、予想外に多くを討たれていた。

そこへ一人の家来が走り寄った。

「楠木どのが、ご自害なされました」

「正成が自害と？」

義貞は馬の手綱を引き締めながら驚きの声をあげ、そのあとは一瞬、呆然として立ちすくんでしまった。だがすぐに、今にもふたたび駈け出して行こうとする義助に向かって怒鳴った。

「義助っ、今はこれまでだっ、引けっ！」

そう言いながらも、彼は正成の自害が信じられなかった。どんな負けいくさにも、巧妙に姿を隠しては落ちのびていた正成である。会下山から後ろの山づたいには、いくらでも逃げ道があるはずである。それなのに正成はなぜ自害をしたのだろう。すぐには信じられなかった。

（ただ、今までと違うのは、それを昨夜わしに打ち明けたことだ。やはりあの男は、自ら死ぬ気だったのだ）

新田勢は慌ただしく逃れて行くための隊形をとった。殿《しんがり》となる軍勢を、義助が手際よく指名した。逃げ足は早く、一行は山崎街道に向かった。合戦は終わったのだ。足利勢もそこまでは深追いしない。

義貞の姿が、落ちて行くその軍勢の中に、埋もれるようにしてあった。

（正成、許してくれ）

彼は、今は敗残の兵をまとめていく自分の惨めな姿も、気にならなかった。正成の死が、敵を欺くものでないことがやっと判ったのだ。

（しかし、あのようにしぶとい男が、どうして自ら死ぬ気になったのだ）

謎、というよりも、何か目に見えない得体の知れないものが、正成や楠木一族を固く縛っているようにも感じられた。正成は、生きる根気を失ったのだとも思えた。このまま生き続けるよりも、彼には死んだ方が楽だったのかも知れない、とも思った。

正成は義貞に向かって言った。軍勢を失うことなく都へお帰りください、と。そのために、わたくしは陸路の足利勢を防ぎましょうとも。もちろんそれがすべてではなかった。正成と楠木一族の死は、彼らが自ら択んだことである。だが新田勢は、そのために、多くを失いながらもなお落ちのびることが出来たのである。

湊川の戦いを、長い中国路での戦いの終わりとするには、京方にとっては余りにも大きな痛手だった。軍勢を率いる武将たちの誰もが憔悴しきっている。そのうえ義貞自身には、死ぬこともできない辛さがあった。正成のように、自ら死を択ぶこともできなかった。彼に強いられたただ一つの道は、都に帰って敗残の軍勢をたて直すことしかなかったのだ。

馬上にありながら、義貞はなぜか船田義昌のことを想っていた。執事としては、彼以上の者はなかった。その義昌が洛中での合戦で討ち死にしたとき、いかにも義昌らしい無造作な死に方だと思ったものだ。何の予告もなく、何の遺言もなく、と。だがそれは、義昌の執事として主人を想うに十分な死に方だったのだ。

それに比べて、正成は自分の死をあらかじめ知っていた。彼は義貞に向かって、それを前もって知らせもした。それだけの心がまえがあれば、自分の死は自分のためにこそあればよかったはずである。たしかに正成は、そのようにして自害したのだろう。だがやはり、それだけではなかった。それだけだったら、昨夜義貞の陣中に来て、酒を酌み交わしながら義貞のためにあれこれと心をつかう必要は、少しもなかったのだ。

義貞は二人の死が、どこか似ていると思った。しかもそのことが、自分が今生き長らえていることに、深くかかわっているように彼には考えられた。義昌の死と正成の自害は、義貞にとっては同じ意味を持ったものだったのだ。少なくとも彼は、自らにそう思い込ませたかった。

義貞もまた、憔悴しきって馬をやった。

（許せ、正成）

落日の章

白鹿《はくろく》元年

都の中は騒然としていた。

義貞は十人ばかりの家来をつれて、御所に向かった。綸旨を受けて中国に下った復命は、気の重いものだった。御所は門のあたりから、そこに出入りする大臣や公家たちの輦車や輿などでごった返し、その供の者たちが揉み合っていた。義貞らを取り次ぐ者など誰もいない。

義貞は中庭に入った。それを見て、洞院実世が廊下づたいに出てきた。

「おう、新田どの、お帰りになったか。お疲れであった」

「はい、この有様です」

「よい、よい」

義貞の目は、すぐにも後醍醐天皇に拝謁を願うものだった。

「見られた通りだ。今日はお帰りになった方がよい。帝は明日には山門に向かわれる。それをお守りするのは新田どののだけだ。そのつもりで今日はお帰りなさい」

若いのに、実世の言葉には情《なさけ》が籠もっていた。いくさに敗れた恥辱の身を、多くの公家たちの目に晒されることを覚悟していたが、実世の言葉に義貞はほっと一息ついた。

湊川の合戦は激しいものだった。さすがの足利勢も、その翌日すぐに都に攻め込むだけの余力はなかった。しかしいずれにしても、その来攻はあと一両日のことと予想される。皮肉にも正成の建策どおりに、今、御所では、後醍醐天皇を始めとして公家たちが、大いにうろたえているところだった。打ち拉がれたとはいえこの時ばかりは、そういう彼らに対して、遠慮のない蔑みを感じる義貞だった。それは病んだ者の快感にも似ていた。

（ふん、正成があの世で嘲り笑っていることだろう）

彼はあらためて正成の死を想った。

翌日は朝早く、後醍醐天皇の東坂本への行幸の列が御所を出た。思いのほか、多くの公家と武士が従った。

吉田定房、万里小路宣房、竹林院公重、四条隆資、洞院実世、千種忠顕、それに坊門清忠や一条行房らの公家。武士では義貞、義助と、大館氏明、江田行義、岩松義正ら新田一族のほかに、宇都宮公綱、千葉介貞胤、河野通治、菊池武重、得能通益、名和長年ら、旧幕府の御家人や四国の有力氏族までがその列をつくった。

義貞は精気をとり戻した。天皇に従う武士たちの多さに、ふたたび奮いたったのだ。

（それを統べるのは、やはりわししかないのだ。正成もそう言ったし、きのうは洞院卿もそう言ってくれた）

彼はふたたび誇り高く思い、そしてそれが、尊氏に対する新たな敵愾心ともなった。

比叡山の南麓から東坂本に出ると、都の中の蒸し暑さと比べて、そこは木立の陰も濃く風も爽やかに吹いていた。公家の中には、これは都よりもよいと言って軽口をたたくのもいる。何万という軍勢に囲まれておれば、先への不安も薄れるのだろう。

一条行房は相変らず明るく振舞っていた。全軍が山の中に陣をしきおえると、彼は義貞のところへやってきた。

「経子が逢いたがっていました」

義貞は行房の顔を見てすぐに経子のことを想ったが、このような場でそれを言うのをはばかった。しかし行房の一言で、その想いが一度につのった。

「いずれ、その時がくるまで」

苦しそうな義貞の返事だった。

五月二十九日、足利尊氏は都の南の入口、東寺に入った。そして後日、そこへ光厳院と豊仁《とよひと》親王を迎えたのである。後醍醐天皇が東坂本に行幸したとき、持明院統の上皇や諸親王もそれに従った。しかし光厳院だけは病気と偽って途中で引き返し、日野資《すけ》名《な》を伴って都の中に帰ってしまった。そして十日ばかりのち、尊氏のいる東寺へ入った。さきに、九州に落ちて行く尊氏に対して宣旨を与えた光厳院であれば、おのずと想うところがあったのだろう。尊氏の喜びようがひと通りでなかったことは、言うまでもない。

長途の疲れを癒し、足利勢は態勢を整えた。六月四日、尊氏は山門の京方を攻めるのに、唐崎、園城寺、坂本方面の大手と、雲母坂から延暦寺東塔にいたる搦手とに分けて軍勢を差し向けた。坂本からは攻めやすく、雲母坂から攻めるのは容易でなかったが、彼はあえてそれをした。それだけに彼の意気ごみが感じられる。

義貞はあらためて総大将に任じられた。そしてその日から、足利方との激しいいくさが繰り拡げられた。戦いは、思わぬ方角であがった鬨の声によって始められた。尊氏が搦手にと軍勢を差し向けた雲母坂は、都からの登り口にあったが、そこは険しく、行く手を阻む道でもあった。京方がそこに多くの兵を置かなかったのは、無理もない。しかし尊氏の慧眼がそれを見逃さなかった。

足利勢は、急な坂に喘ぎながらも四明《しめい》が岳を目差した。やがて延暦寺の僧兵がこれに気づいて、上からと下からの戦いが始まった。しかし寄せ手は多勢である。山門に立て籠もった武将のうち、千種忠顕や坊門正忠らがそこへ駈けつけた。二人はもともと公家であるが、今ではすっかり武将面をしている。

寄せ手は、別の登り口からも押し寄せていた。それが忠顕らの後ろに回った。雲母坂の前面と背後を敵に囲まれ、忠顕らは必死に戦った。だが、力尽きた彼らは、あえなくも斬り死にした。公家とは言いながら、元弘の乱には武力でもって功をあげ、その後は奢りたかぶって悪名をほしいままにした忠顕らしく、呆気ないほどのその死に方だった。東坂本にいた義貞はそれを知り、軍勢を率いて四明が岳に向かった。そしてともかくも、足利勢を比叡山の西側に追い落とした。

四明が岳の頂上に立って、義貞は眼下に拡がる都の街並みを、あらためて見下ろした。鴨川が北から南に流れている。その水が光っている。川は左手に延び、遠く摂津の方にうねってそれから先は霞んで見えない。また都には、木々の緑が多い。間に黒々とした屋根がみえるのは、たいていは寺のもの。都には寺も多い。そしてその周りにあるのが民家。これはもう塵のように小さく、ところどころに、掃き寄せられたようにかたまっている。

義貞が見ているのは、鴨川の水の光でも、また塵のような民家の屋根でもなかった。尊氏は東寺に本陣を置いている。義貞の目からは、そこははるか左手にある。その東寺のあたりから続いているのだろう、目の前にある鴨川の西側にかけては、足利勢の流旗がまるで林を見るように押し立てられていた。都大路を動いているものもあれば、寺々の境内にかたまって立っているものもある。風がなくそよぐこともないが、それは確かに、夥しいほどの大軍の標だった。

（あの大軍を討ち破って、ふたたび都に帰ることが出来るだろうか。こんどは北畠卿の援軍もない。また正成の奇策も、もう見ることは出来ない）

目の前に拡がっている光景に、まったく絶望を感じることはないにしても、そこにはやはり、尋常でないものがあった。今年の一月に、尊氏が鎌倉から攻め上って来た時とは、たしかに違った雰囲気がそこに展開されているのを見たからである。

（ただ、この山を攻め落とされることはない。山は広い、それに険しい。支えるのに十分の軍勢もある。糧食もまだある。延暦寺の僧兵も力になってくれる。それにわれらが帝を奉じている限り、尊氏に敗れることなど決してありえないのだ）

漠然として、あてのない呟きだった。だが彼は、そう念ずるよりほかなかった。

足利勢は翌日もその翌日もと、激しく山門を攻めたてた。東坂本に構える義助の砦には、琵琶湖に船を浮かべた水軍と、陸地を行く二手の軍勢が襲いかかった。湖に兵を出したということは、そこを攻めるのにいちばん近い陸地に兵を上陸させるということもあったが、京方の、湖からの糧道を断つという狙いもあった。

比叡山を攻めるには、やはり東坂本の方からが容易だった。直義はこのために、尾張、美濃、伊賀、伊勢という近隣の氏族にそこへの出兵を命じた。彼は執拗だった。全国の武士たちに対しては、さらに都への上洛を促している。山門の京方を、逃げ場のないほどに取り囲もうとしたのである。

その頃、義助が放っていた忍びの者が帰って来た。彼は、今回に限って一向に寄せ手の中に姿を見せない尊氏の動きを探らさせていたのだ。

「尊氏はまだ東寺におるのか」

「はい、そこから動こうともしません」

「おかしいな」

「それどころか、今、東寺は、砦のように造られているのです」

「砦のようにとな？」

「はい。あの広い境内を囲っている塀の外に、新しく堀を掘っているのです。そして門や塀のところどころには櫓を建て、いかめしく見張らせています」

「堀を掘って櫓を建てるなどと、そんな砦を造っておるのか」

「はい、そのようです」

「わからん」

　義助は顔を横にして考えこんだ。

「なぜだ。なぜそのようなことをするのだ、尊氏は」

「はい。わたくしが察するところ、まずあの中には新院（光厳院）と豊仁親王がおられます。それゆえ、御所のようにと守りを固くしたということが考えられます」

「うむ、それはそうだ」

「つぎには、足利どのはわれらの不意打ちと忍びの者を怖れているということです。今までも足利どのは、合戦の場では自らそこへ身を晒すことがありました。しかし今度は、それを避けているようです」

「寺の外へは、出ようとしないということか」

「はい、そのようです」

「うむ」

義助は唸った。

何の企みがあるのか解せない尊氏の動きを、義助はさっそく義貞に報らせた。

「なんと思ったらよいのか」

義貞はせきこむような弟の問いに、すぐには答えられなかった。

「新院と豊仁親王がおられるのか」

義貞はぽつりと呟いた。確かに、尊氏による企みめいたものがそこには感じられた。

（帝を廃し、豊仁親王を新しい帝にするのでは――）

東寺の周りに堀を掘り櫓を建てているのは、尊氏が自分の身を守るのではなく、豊仁親王を新しい帝にし、そこを御所とするのではないかと思うのは、考えてみればそれほど見当外れなことでもなかった。

（さきに、光厳院から宣旨を受けとっている尊氏のことだ。やりかねない）

尊氏のやっていることが、一刻の猶予もならないことのように思えた。彼は急に苛立った。

（いつまでもこの山で、籠城の真似ごとなどしている場合ではない）

そう思うと、山から下りて戦うことを決心した。だがそうするためには、東坂本でもまた西坂本でも、足利方とはまだまだ幾つかの戦いを交じえなければならなかった。

六月二十日に、足利勢はまたもや東坂本を攻めた。この時京方は、義助の率いる軍勢が大いに奮って、敵将高師重を捕らえてこれを斬首している。足利勢は洛中にまで逃げ帰った。

七月十三日、この日京方はいっせいに山を駈け下った。義貞と義助は、西坂本から糺の森へ出て、そこからさらに西に走り、大宮大路からは南に向けて東寺を目差した。一方名和長年の率いる軍勢は、義貞勢の西側、猪熊あたりから南下。また洞院実世の軍勢は、鴨川沿いにこれも東寺を目差した。さらに四条隆資は八幡に陣をとり、南から北上して足利勢を包み囲む態勢をとった。

迎え討つ足利勢と攻める新田勢は、六条大宮のあたりで激突した。騎馬武者と徒歩の兵士とがたちまち入り乱れ、雄叫びをあげて戦った。真夏の空、燃えたぎるような陽を浴びて、太刀や薙刀の刃先が鋭い光を放つ。汗と砂埃にまみれて、兵士たちが気が狂ったように走り回る。騎馬武者は狙いを定めて敵方の武将に近づき、渾身の力をこめて太刀を振り下ろす。

（あの砦を攻め落とさねば）

義貞は、今では砦となっている東寺を目差して気が逸った。

南に下るにしたがって、足利方の仁木、細川、今川など、尊氏の股肱の臣ともいうべき武将たちの率いる軍勢が行く手を遮った。新田勢は一団となってそこを突ききった。そして東寺の北側に出た。

（尊氏を誘い出してやる。出てこい、尊氏め）

聞いた通り、厳重に構えている東寺の砦を前にして、義貞はいきり立った。彼は兵士たちに鬨の声をあげさせ、寺の塀越しに矢を射させた。雨のように降りそそぐ、猛烈な唸りをあげた矢の乱射だった。鬨の声が罵声に変り寺の中にとどいた。

だが尊氏は動かなかった。中には光厳院や豊仁親王もいるのだろう。尊氏はあたかも、その二人を声をひそめて庇っているようにもみえる。

誰かが怒鳴った
「お館っ、火矢を射かけては」

義貞はどきりとして振り返った。彼自身もそれを考えていたからだ。

一瞬の迷いに声も出なかった。考えてはいたが、それを決行するには、余りにも重大な結果を覚悟しなければならなかった。

（もしも、豊仁親王が新帝となられたら――）

彼の迷いはそこにあった。

その迷いの時が、にわかに彼我の勢いを変えた。足利方の土岐頼遠の軍勢が、京方を五条大宮あたりで打ち破って、新田勢のすぐ背後に迫っていたからである。それだけではなく、足利勢は東からも西からも新田勢を追いつめようとしていた。京方は諸所で敗れていたのである。

「引けっ！」

義貞は下知した。尊氏を誘い出すことが出来なければ、もはや火矢を射かけることも無駄なことだった。だがそのとき、義貞には、迷いから逃れた妙な安堵感があったのもまた事実である。

（もしも豊仁親王が新帝になられたら、そこに火矢を射かけたわれらは、決して赦されることのない逆賊となる）

いずれにしても言いわけじみていたが、持明院統の院や親王とはいえ、そこに火矢を射かけることは義貞にはできなかったのだ。それはいかにも大逆の徒の仕業のように思えたからである。

新田勢は退いた。東坂本に辿り着いた時、義貞は名和長年が討ち死にしたことを報らされた。長年は坂東武士と違って異色の武士だった。それは正成に似ていた。さきには千種忠顕も討ち死にした。

彼も公家としては、きわめて度外れた行動をした男だった。しかし後醍醐天皇による鎌倉幕府討伐に功があったのは、その度外れた公家や、坂東武士ではない異色の武士たちによってである。いま楠木正成も千種忠顕も名和長年もいない。その三人の死に方に、どことなく同じものがあった。自ら命を断った死に方だと義貞は思った。

（正成も長年も、死に急いでいたのだ。それはなぜか――）

彼には判っていた。判っているが、それに自分の気持ちを合せることは出来なかった。湊川の戦いで、正成の死を見捨てたときにもそう思った。今また長年の死を報らされても、彼はそこに自分の考えを同じにすることは出来なかった。

（尊氏を相手に戦えるのは、このわしと新田一族だけだ。帝が頼りとされているのも、このわしだけなのだ）

彼は徒らに、自分を高みに置くつもりは毛頭なかった。しかし後醍醐天皇を武力でもって守ることが出来るのは、自分しかないと心の底から思っていたのである。

その後大きないくさはなかった。京方には、ふたたび東寺を襲うほどの力もなかった。足利方によって、日一日と山門の諸所を固められていくような形勢になっていたのだ。わずかに四条隆資が八幡あたりに拠って戦っていたが、それは大勢の中では何ほどのこともなかった。

そんな時、洛中からの一つの報らせが、忍びやかに山門にもたらされた。光厳院の弟宮豊仁親王が践祚して、新しく帝の位につかれたというのである。光明《こうみょう》天皇である。それは八月十五日のこと。年号ももとの建武を用いた。

山中には驚きの囁きが走った。後醍醐天皇は、すでに帝ではなかった。公家たちの多くがまだそこに従っているとはいえ、狭い山中に閉じ込められていては、もはや朝廷の態を失っていた。しかも両統迭立の考え方からすれば、持明院統の光明天皇には、天皇の資格は十分にあったのだ。後醍醐天皇が、天皇としての権能をなんらなしえない今、都にある光明天皇にこそむしろその正当性があるのかも知れない。

義貞は愕然とした。そしてある後ろめたさを感じたのである。

（あの時わしは、何を考えてあんなことを思ったのだろう。家来が火矢を射かけろと言ったとき、わしは咄嗟に、もしも豊仁親王が新帝になられたら、そのことによって逆賊になると思って恐ろしくなってしまったのだ。信じられぬ。現に帝を戴き、その許で懸命に戦っているわしが、そんなことを思うわけがない）

彼はそれ以上、自分の心のうちを覗き、そして問いつめることを怖れた。

（しかし、たしかにわしはそれを予感したのだ。だがそれはわしのせいではない。わしだけではなく、心あるものは誰でもそれを予感し、ことによったら帝さえもそのことを覚悟されておられるのかも知れない。だがそれは、われらにとっては絶対に認めることの出来ないものだ。帝もそう思っておられるだろう。元弘の乱の初めに、鎌倉幕府によっていったんは隠岐に流されたお方だ。それでも都にお還りになったではないか。あの時も高時によって光厳院が帝になられたが、それも一年ばかりのことだった。今度も新帝が尊氏によって帝の位につかれたが、それも長くはない。帝の強いご意志とわれらの働きにより、きっとまた、もとの通りの帝におなりになるのだ。われらも、そのためにこそいくさを続けるのだ）

一瞬の迷いや後ろめたさがあったが、義貞は最後にはそう思った。また、そう思わずにはいられなかったのだ。

その後足利方は、山門に立て籠もった京方の糧道を断つためにしきりと動いた。またそれとは別に、延暦寺の僧兵の間には、後醍醐天皇を擁していくさを続けることに、何となく落ちつかないものが見られるようになった。彼らは明らかに動揺していた。後醍醐天皇が天皇ではなく、院となってしまった今、大きな拠りどころを失ったのである。

六月の、暑い盛りの頃に立て籠もってからすでに四か月、山門はよく持ちこたえた。しかし糧道を押えられてからは、行く先の不安はつのるばかりとなった。焦りも出てきた。そこで義助は、九月二十八日から二十九日にかけて、近江路に活路を開こうとして、東坂本から船で対岸の志那《しな》の浜あたりに上陸した。だがそこで、佐々木高氏（道誉）の軍勢に打ち破られて、ふたたび東坂本に退いたのである。この時には延暦寺の僧兵も戦ったが、多くを討たれた。

山には秋風が吹き、いよいよ心細さが漂った。四か月の籠城は、誰の躰にも長く感じられ、次第にたえがたいものになっていた。そして何よりも人びとを苛立たせたのは、誰もが感じているある不安な想いが、やがて不穏なものに変わっていったことだった。

延暦寺の僧兵はすでに戦うことに倦んでいた。そして、いつまで続くかわからない後醍醐天皇の滞在を、迷惑に思うようになった。天皇に仕える公家たちは、そのことに気づきはじめていた。それを思うと彼らは、義貞たち武士の戦いぶりを腑甲斐ないものと見た。これに対して武士たちは、合戦の場での公家たちの臆病さには、足手まといを感じる以上に侮蔑と憎しみをもった。勝ちいくさが、公家の率いる軍勢の崩れにより、往々にして負けいくさになってしまったのである。

この頃人びとは、互いに相手を疑い始めていた。

その日の昼前、洞院実世が訪れて来た。義貞は立ち上がって、幕の中に招き入れた。馬から下りた実世は息を荒くしていたが、入ってくるなり、いきなり叫ぶように言った。

「ご存じないのか、新田どのには」

「何をですか」

「やはり」

「何ごとですか」

「ただ今帝には、都にお還りになろうとされておられる」

「帝が都に?」

「そうです。尊氏からの和睦の申し入れをお受けになったのだ」

「まさか! いったいどういうことですか、これは」

「わからぬ。わたしがすべてを知っているわけではないが、どうやらその話は前からあったようだ。だが、今はそんなことを言っている場合ではない。帝のところへ、すぐに参じられるがよい」

そう言うと、実世はすぐに立ち去った。義貞は頭から血が引き、躰じゅうから力が抜けていくような衝撃を受けたが、それを感じているひまはなかった。彼は一声大きく叫ぶと、馬を引かせた。すると、傍らにいた堀口貞満が、いきなり義貞の手を押えて自分が手綱を取った。

「お館っ、わたくしに行かせてください。今お館が行かれたら、どんなことになるかも判りません。ですから、わたくしが」

貞満は言うより早く馬に乗って、鞭を当てた。彼の家来二人が、そのあとについて走り出した。

啞然としてそれを見送ったあと、義貞には逆上してくるものがあった。

（尊氏と和睦とは何ごとだ。それをわしには少しも知らせず、それどころかわしには少しも悟られまいとしての密談があったのか。帝とはそんなお方だったのか）

天皇に裏切られたという悔しさでもあり、情なさでもあった。

（わしは、ずっと騙されていたのか。それが口惜しい。今思えば、帝にはたしかに尊氏との間に和睦の話があったのだ。正成がそれを計っているとも聞いた。しかしわしは、そんなことには耳をかさなかった。そんなことがあるわけがなかったのだ。だからこそ、わしは一族をあげて帝のために戦ってきたのだ。それなのに今、帝は尊氏との和睦が成って山を下りようとなされる。正成が死んだあと、誰がそれを計ったかは判らない。しかし当の本人が、帝と尊氏であることには変わりないのだ。わしはそのことを何も知らない。わしは騙されていたのだ。尊氏と和睦した帝は、今後はわしと新田一族を朝敵として攻めようとなさるのか。なんという無慈悲なお方だ）

貞満は、山頂近くまでは一行の行列とは出逢わなかった。東坂本からではなく、西坂本を下りて行くのだと察した彼は、いっそうの不安に襲われた。しかし山頂から延暦寺の堂塔に近づくと、そこには大勢の人びとのざわめきが俄かに感じられた。貞満は一瞬の安堵のあまり、急に目が眩んで思わず落馬しそうになった。

見ると、御堂の庇の下には鳳輦が置かれているようだった。貞満は馬を下りると駈け出した。

「お待ちを！　お待ちを！　新田義貞の家来堀口貞満っ！」

鎧の袖がもどかしく揺れた。必死の声で叫んだその顔は、目が釣り上がって物凄い形相だった。人びとはそれを見て、怖れおののいた。

貞満は、今まさに発とうとする鳳輦の前に、身を投げ出すようにして跪いた。後醍醐天皇はすでにその中に座していた。御簾はもちろん下りている。

「何ゆえに山をお下りになるのでしょうか。足利どのとの和睦のことが成ったとのことですが、本当でしょうか。それならば、われらをなんとなさるおつもりでしょうか。われら新田一族は今まで、主《しゅ》上《じょう》に対して謀叛を起こした足利どのの討伐のために立ち働き、いくさをしてきました。それはただ、主上のみ心を安んぜんがためのもので、他に私心など毛頭ありません。しかしただ今、足利どのと和を結ばれて山をお下りになるということであれば、われら一族はこのあと、何をなせばよろしいのでしょうか。もはや用なきものということであれば、義貞を始め、新田一族のすべての首を刎ねてから山をお下りください！」

貞満は一気に言った。天皇の前という怖れもなかった。言い終えて、自分が何を言ったのかも覚えがないくらいだった。ただ自分が、主人の義貞と一族のことを思い、前にも後ろにもひけないところに立たされているのを感じていた。

周りでざわめきがおこった。公家や武士やその他の廷臣たちが、思いがけない光景に息をつまらせた挙句の囁きと、太い溜め息だった。

鳳輦の近くに寄った公家がいる。何か言っているようだったが、貞満には聞きとれなかった。両手をついて顔を伏せたままである。興奮は少しもおさまらない。それどころか場合によっては、天皇を弑逆し、尊氏と和睦を計った者の首を刎ね、自分も斬り死にをしようとさえ思うほどに昂ぶっていた。

やがて、一人の公家が近づいてきた。

「堀口どのとやら」

坊門清忠だった。貞満は咄嗟に、この男が尊氏との和睦を計っていたのかと思った。

「主上には、今日の還幸のことはお取りやめになるとのこと。よって沙汰があるまで控えられよ。新田どのには後刻使いを出す」

それだけだった。貞満は拍子抜けして、清忠の足元をぼんやりと見つめていた。自分が役目を果したのだという思いよりも、むしろ虚脱感に見舞われた。

鳳輦も公家たちも、ぞろぞろとした足どりで御堂の向こう側に消えていった。その砂埃が、貞満の目と鼻の周りに息苦しく伝わってきた。彼はやっと立ち上がると馬に乗った。馬は深い木立の中の坂道を、ころげるように走った。手綱を握る貞満の顔が、その頃になってやっと生気をとり戻していた。彼は笑っていた。なんとも言えぬ可笑しさがこみ上げてきて、その笑いをとめることができなかった。

天皇が還幸の儀をもって、今まさに鳳輦が動き出そうとした時の闖入者の出現だった。その身分の低い闖入者は、突然大声で叫んで怒鳴った。正装した公家たちは啞然としている。挙句はすべてが中止になったのだ。その余りの変わりようが可笑しかった。貞満はいつまでも笑いが止まらなかった。

（沙汰があるまで控えられよ、か）

だが彼は、この可笑しさを義貞には話すまいと思った。

義貞は、顔の表情の冴えないままに待っていた。貞満は生真面目な顔に戻って、その一部始終を話した。義貞は考えこんだ。そして義助を呼んだ。

翌日一人の公家が来て、義貞に、一族の主だった者をつれて御所へ赴くようにとの清忠の言葉を伝えた。軍勢をでなく、一族の主だった者をということは、義貞が天皇と行動をともにするということではなかった。

その日の昼過ぎ、義貞は義助や子の義顕ら一族の主だった者三十人ばかりを引きつれて山に登り、延暦寺の御堂の庭に跪いた。御堂の中の後醍醐天皇は、御簾を胸の高さにまで上げさせた。

「義貞を始め、新田一族の忠勤を嬉しく思う」

末座に跪いている者の耳には、かすかな声だった。一同は深々と頭を下げた。

そのあと坊門清忠が、おごそかに口を開いた。

「主上は都に還幸される。春宮《とうぐう》は一宮とともに、北国《ほっこく》に行啓になる。それを輔くは、洞院卿ほか。それを守るは新田義貞ほか。以上謹んでうけたまわれ」

それは、昨夜から今朝がたまでに開かれた、朝議の結果だった。

後醍醐天皇と足利尊氏との間には、かねてから和議についての使者の往復があったのだ。二人にはそれぞれの思惑があった。そしてその思惑を秘めたまま、ともかくも和議のことは成った。天皇は山を下りて都に還ることになった。尊氏が天下の成敗を公家に任せると言い、起請文まで提出して自分の誠心を表わしたことを、天皇がどこまで信じたかは判らないが。

皇太子の恒良親王と一宮の尊良親王を北国に下すことになったのは、一つには義貞の今までの忠勤に応えるのと、もう一つはやはり、天皇の将来への思惑からのものがあったのだ。義良親王を遠く陸奥に下向させたのと同じ意味をもつ、天皇の遠大な企みだった。

天皇が都に還り、皇太子である恒良親王と、新田勢を始めとする軍勢の大方が北国を指して下るということは、明らかに足利方に対する京方の敗北を物語るものだった。義貞は、無念のうちにもそのことを認めざるをえなかった。

（それにしても危ういところだった。洞院卿が報らせてくれなければ、尊氏の手に渡った帝により、今日からは賊徒と呼ばれるところだった）

安堵ではなく、むしろこれからの苦難を想うにしろ、彼にはやはり、賊徒という汚名ほど救いがたいものはなかった。

延元元年十月十日、この日後醍醐天皇は都に還幸し、恒良親王の一行は、比叡山を東に下りて北国に向かった。前日の九日、天皇と恒良親王との間で禅譲の儀が行なわれ、皇位は後醍醐から恒良へと移った。禅譲の儀のなかでは、当然三種の神器の授受もあったが、義貞がそれを知ることはない。ともかく、彼はここに新帝を擁して北国に下ることになった。

従う公家は、洞院実世、洞院定世、三条泰季、一条行房など。武士では義貞、義助の兄弟とその子義顕、義治。堀口貞満、一井義時、里見義益、山名忠家ら新田一族。それに千葉介貞胤、宇都宮泰藤らの地方の武士など、およそ七千ばかり。

一方後醍醐天皇には、吉田定房ら重臣とも言うべく残った公家たちのすべてが従ったが、武士としては大館氏明や江田行義、菊池武重ら七百余がその列をつくった。彼らは、尊氏のことばをそのまま信じたのだろうか。

比叡山を東側に下りると、すぐに陽が陰る。馬をやる義貞の横に、一条行房が寄ってきた。義貞は力ない笑顔を見せた。

「あなたが来ていただけるとは、嬉しい」

行房の顔を見て、何か妙にほっとしたものがあった。そして急に、経子の顔を想い浮かべた。行房はそれを察して目で応えたが、さすがに妹のことは口には出さなかった。

一行は琵琶湖を船で渡った。湖の西寄りを、堅田、今津、海津と。そこで陸に上がった。ところがその行く手には、斯波高経が構えていた。高経は、若狭からすでにそこへ先回りしていたのである。一行はやむなく、大きく東寄りの道をとった。土地の道案内人の勧めもあったが、それは余りにも遠く迂回する道だった。

その頃、湖北は急に冬を迎える。秋の終わりの雲は、たちまち厚く湖の上にたれこめる。そして先ほどまで陽の光を照らしていたかと思うと、またたく間にそのわずかな晴れ間さえも隠し、突如として白いものを降らせる。一行が木芽峠《きのめ》に差しかかった時にはたちまちの吹雪となり、一寸先も見えず、人びとは膝までをその雪の中に埋めた。

人も馬も踵を上げることもできず、雪の中に彷徨いはじめた。夜となっても足を止めることもできず、そのうちに白いものの中に幻を見る。風の音だけが耳をつんざき、いよいよ気も朧ろになった。その時、誰もがえも言われぬ夢見心地となり、その意識の中からは幻さえ遠くなっていく。

わずかの間、人びとは生死の間を彷徨った。そしてその次に彼らのうえに訪れたのは、冷たい死と、そこから蘇った者の高なる胸の鼓動だった。死んだ者は次第に雪のなかに沈んでいき、蘇った者はそれを助けることもできない。この時殿《しんがり》をつとめた土居通縄と得能通言らの軍勢は、後ろからの敵に追いつかれ、二人はそこで討ち死にした。この吹雪の中の行進で、新田勢は多くの兵士を失った。それはまるで、悪夢のような出来ごとだった。

一行がやっとの思いで山を下りかかったとき、雪は止み、雲間には青空さえのぞいた。そしてその雲の下には、黒みかがった海が見えていた。敦賀《つるが》の海だった。そして義貞らをそこに迎えたのは、気《け》比《ひ》社の宮司、気比氏治の率いる七百騎だった。京方はここで一息ついた。そのあと、氏治が築いた金が崎城に立て籠もることになる。

　金が崎城は、天筒山脈が敦賀湾にまで突きだし、三方を海に削られたその上にある。高さは三十丈（約九十メートル）ばかり。いかにも要害の地に見えた。

　義貞は初めて北国の海を見た。それだけに、都から遠く離れた地に来たことを想った。海は青くまた黒く、遠くの方からうねっているように見える。決して晴れた気持ちでなく、彼は呆然とその海を見つめた。

（わしはとうとうこんなところに来てしまった。帝は都にお還りになったが、尊氏とはどのようなことになるのか。わしが新帝を奉じているかぎり、このわしを賊徒として討とうとされることはあるまい。しかし帝は、果たして宮を本当に新帝としてお思いになっておられるのだろうか。帝の、あの護良親王へのお仕打ちを考えるとき、わしは今この場でも、何を信じてよいのか判らなくなってくる）

　肩のあたりに、疲れが覆いかぶさってくるようだった。

　しかし、そんなことで押し拉がれるわけにはいかなかった。今日よりは北国を統べて、新帝の一日も早い都への還幸を計らなければならない。そのためには金が崎城だけではなく、北国一帯の京方の勢力の拡大こそ、彼に課せられた急務だったのだ。

　いったんは全軍が金が崎とその周りに宿営したが、翌日義助と義顕は軍勢を分けて、越前の奥杣山《そまやま》に向かった。杣山には、瓜生保《うりゅうたもつ》が一族とともに砦を築いていた。そこは、越前の各地を通り、加賀、越中、越後へと行く道の始まりにある。そういう意味でも、京方がいち早く金が崎城と杣山の砦を手中にしようとしたことは、大きな意味があった。金が崎城から杣山城までは七、八里。義助の一行がそこに着いたのは、十月十四日のことである。

ところが義貞が頼みとしていた瓜生保は、尊氏の力を怖れて、むしろ京方に敵対する態度を見せた。しかし、保には弟たちがあって、そのうちの義鑑房《ぎがんぼう》が義助たちを庇った。義貞はそれを聞いて、北国における情勢が決して甘いものでないことをあらためて知った。何しろこの地方を押えているのが、足利方の斯波高経であってみれば、尊氏としても、都に近いこの若狭と越前を疎かには見ていなかったのである。

ある日、堀口貞満が義貞のところへ来て、声を落として言った。義貞の幔幕は、山の北寄りの、南北に馬の背のようにして連なる峯の中ほどにある。

「お聞きになりましたか、公家どもが言っていることを」

「公家たちが、何を言っていた」

「新帝が、前《さき》の帝からお受けになった三種神器が贋物だと言っておるのです」

「三種の神器が贋物だと？」

「はい、そのように言っております」

「そんなばかなことがあるか」

貞満はそこまで言って黙った。自分でも確かめたわけではない。あとは義貞に判断を任せるよりはかなかった。

「誰が言った、そんなことを」

「はっ、ただ公家どもの間では、なんとなくそんなことが囁かれているようです」

「たわけたことを」

しかしそういう義貞自身、急にそのことに不安を感じ始めていた。

(まさかと思うが、帝はああいうお方だ。ありうることかも知れない)

とにかく、後醍醐天皇の人柄をそう思った。

元弘の乱の初め天皇は隠岐に流されたが、都を発つ前に六波羅探題から落飾を勧められても、それを頑として断ったいきさつがある。天皇はその時すでに、ふたたび都に還って皇位につくことを思っていたのである。そして光厳天皇に三種の神器を渡す時でも、しぶしぶそうした。できればその時も、贋物を渡してやりたいと思ったのだろう。しかし囚われの身であれば、それは出来ることではなかった。だがこのことは、後醍醐天皇の皇位という権勢に対する執着心の、異常な強さを知ることのできる一つの逸話とも言えるものだった。

義貞は、あの比叡山での出来事を想い起こした。

(帝は、わしには黙って尊氏と和議のことをすすめられた。つぎには掌を返したようにして、恒良親王に皇位をお譲りになった。しかしそのあとは、ほとんどの公家たちをつれ、還幸の儀をもって都にお還りになった。あの神器が贋物だとすると、恒良親王に皇位を譲ったということも偽りとなる。帝はそんなことをお考えになって、われらをこの北国の地にお下しになったのか)

他人を疑うのに、一つのことを疑いはじめると止めどもなくなる。彼は、神器が真物であるか贋物であるかを確かめたかった。

義貞はその日一日じゅう考えていた。誰にも話せることではない。そして翌日になって、やっと洞院実世の幔幕を訪れた。

「率直にお訊ねします。前の帝には、本当に宮にみ位をお譲りになったのでしょうか」

実世は驚いた顔をして、しばらくは声も出なかった。

「新田どのは何を言われるか」

義貞の顔をまじまじと見つめながら、その言葉に出さないところを探り出そうとした。

「宮にみ位をお譲りになったのなら、なぜここに朝廷を開くことまでをお許しにならなかったのでしょう。新帝と言いながら、それに従う公家が余りにも少なくはありませんか。これでは大臣もなく、それどころか蔵人などの役人さえいないではありませんか」

神器のことを直接聞くわけにはいかない。しかもその言葉でさえ、無遠慮なものだった。実世は苦しそうに言葉につまった。

「たしかに、新田どのが言われる通りだ。しかしこのことは、前の帝の深いみ心によって行なわれたことなのだ。ここでは朝廷としての、何物もないかも知れない。しかし新帝はたしかに、三種の神器をお受けになっておられる。朝廷といっても、今はこれだけしかできないのが現状なのだ」

義貞は神器について、これ以上問いただすことはできなかった。実世がたとえそれを贋物だと知っていても、口に出して言えないことは義貞にも判っている。しかしそれだけでは、やはりもやとしたものが晴れなかった。公家たちの間で神器が贋物かも知れないと囁かれているとすれば、いずれ武士にもそのことは伝わってしまう。そうなった時、京方に与しようとする地方武士は何を想うか。それはもう明らかだった。義貞が憂えているのは、そのことだったのだ。

「わたくしども新田一族を始めとして、今日までここに従って来た者は、誰一人として新帝が前の帝からみ位を譲られたということを疑う者はありません。しかし瓜生一族など、この地方の武士たちには、まだそのことが判っていないように思えるのです。新帝は三種の神器をお受けになりましたが、それを彼らに見せることはもちろんできることではありません。しかしそれでも、彼らはその証《あかし》を見たがっていると思うのです」

「そんなことを、する必要があるのか」

実世はさすがにむっとした。

「是非ともそうお願いしたいのです」

「どんなことをすればよいのか」

「洞院卿には、何もお考えはありませんか」

「何も考えはない。そういう新田どのこそ、何かお考えがあるのか」

実世と話しているうちに、義貞にはさきほどから妙案が浮かんでいた。それは重大なことだった。義貞のような武士が、口を挟むことではなかった。

「一つだけ、わたくしに考えがあります」

彼はそのことを、思いつきのように言うのを不謹慎だと思っていた。

「どんな考えがおありか」

「これは、わたくしなどのような者が申し上げることではありませんが、わたくしなりに案じておりましたことにより、あえて申し上げさせていただきます」

「うん」

「新帝がみ位におつきになったことにより、新しく御代《みよ》が改まったことになります。そこで、それにふさわしく改元されてはいかがでしょうか」

「そうです。いま都では、持明院殿《どの》により建武の年号が復されています。また前の帝によっては、延元の年号がそのまま用いられております。前の帝が新帝にみ位をお譲りになった今、新帝にふさわしい年号に改めることは、大いに意義のあることと考えられます。そうすればこのあたりの武士にも、ここに新帝が御座しますことが、もっと身近に感じられることとなります。彼らにとっても、新帝の許に集うことの励みにもなることなのです」

「なるほど、そんなことを考えておられたのか」

実世は、呟くように言った。

「しかし、改元となると勘申者もいなければ」

それは、ほとんど独り言だった。

「是非とも、お願いいたします」

「──うん、考えてみる」

改元をするには、それなりの理由がいる。改元とは、天皇が位を譲った時のものが多いが、必ずしもすべてがそうではない。そのほかに、辛酉《しんゆう》と甲子の年の改元がある。これは中国の思想からきたものので、この年には、政を一新するために改元をしなければならないというしきたりにより、わが国では平安時代に三善清行が進言したことにより始まる。また、天変地異や兵革を嫌ったものなどがある。

いま新帝が、前の帝から譲位されたのであれば、改元の理由はそれだけで十分だった。改元の勘申者には、多くは文章博士などがなったが、今この場では、公家のうちの誰かであればよいと義貞は思った。

二、三日の間、公家たちが山中で動いているようだった。義貞はそれを察した。そしてそれからまた二、三日後、彼は実世に呼ばれた。
「改元することにした」

「はっ」

「年号を、今日よりは白鹿《はくろく》とする」

「白鹿と？」

「そうだ。目出度い年号を考えついたものだ」

「はい。慶ばしいかぎりです」

新帝恒良は、この時十二歳。まだ少年だった。それを補佐する尊良親王は二十六歳。後醍醐天皇の一宮でありながら、皇太子にも天皇にもなれなかったが、自分の身分をわきまえてよく父天皇に尽し、いままた弟宮を新帝と仰ぎながらよくこれを輔けた。

白鹿の年号は、新帝に贈るには吉兆を表わす目出度いものであったはずである。しかしそれは、なぜかすぐには用いられなかった。やはり、都にいる後醍醐天皇に遠慮したのだろうか。

北国《ほっこく》の日々

さきに比叡山から還幸になった後醍醐天皇は、尊氏によって花山院第に移された。天皇の思惑とはちがって、そこに幽閉されたのである。

天皇に従って山を下りた公家や武士たちは、尊氏の手によって官を解かれたり囚われの身となった。なかでも武士たちや延暦寺の僧の何人かが、六条河原に引き出されて首を刎ねられた。彼らにとっては、思いもかけぬ成り行きになったのである。菊池武重などは、危うく逃げて九州へ帰って行った。

尊氏が、起請文まで差し出して後醍醐天皇との間に成された和睦とは、じつはこのことだったのだ。天皇の側にも秘めた思惑があっただろうが、尊氏の策謀にまんまと騙されたのだ。尊氏には政を公家に任せるとか、後醍醐天皇をふたたび帝として仰ぐことなど、初めからその考えはなかったのである。それどころか彼は、恒良親王が新田義貞とともに北国に下ったことに、大いに機嫌を損ねた。当然、恒良、尊良の二人の親王も、天皇と行動を同じくすると思っていたのだ。義貞が、後醍醐天皇の親王の一人でも傍に置くということは、尊氏に対する反抗の芽がそこに残るということだったのだ。

しかしともかくも、尊氏は後醍醐天皇を花山院第に閉じこめることが出来た。天皇に与する武士たちの勢力も、今はごく小さなものになってしまった。残るのは陸奥にいる北畠顕家と、北国の新田義貞だけだった。その義貞は、やっと金が崎城に辿り着いたばかり。間もなく斯波高経らが大軍を率いて向かえば、その没落も先が見えている。

都には、尊氏を自分たちの棟梁と仰ぐ武士たちの軍勢が満ち満ちている。しかもそれは、斯波、細川、今川、畠山、吉良など、足利一族の武将たちが率いる軍勢が中核となっている。尊氏にとって、これほど心強い軍勢はなかった。そのうえ彼は、光明天皇を手中にしていた。

十一月二日に、三種の神器は後醍醐天皇から光明天皇へと授受された。この時も後醍醐天皇は、しぶしぶそれを行なったのだろう。しかも後日、その神器は贋物であるという噂がたった。またもや贋物である。どこまでもしたたかな、そのやり口だった。いったい、このうえまだどんな企みがあったのだろう。

光明天皇の朝廷は、その後醍醐天皇を表向きは鄭重に扱った。そして太上天皇の尊号を奉った。その反面、かつて後醍醐天皇が隠岐に流されている間の光厳天皇の存在も正当化しなければならなかった。このため、元弘三年の後醍醐天皇の復位を、重祚として扱った。これにより歴代天皇の代数も、九十五代後醍醐、九十六代光厳、九十七代後醍醐としたのである。

この扱いには先例がある。三十五代皇極《こうぎょく》天皇が三十七代斉明《さいめい》天皇に、四十六代孝謙《こうけん》天皇が四十八代称徳《しょうとく》天皇になった例である。この頃日本に女帝が多かった時代で、二人ともが女帝である。光明天皇側としては、光厳天皇の正当性をいうと同時に、自分自身の存在も確かとすることが出来たのである。

十一月七日、足利尊氏がついに幕府を開いた。とはいえ、この日は別に儀式めいたものがあったわけではない。尊氏が僧是円《ぜえん》らに指示して建武式目《けんむしきもく》を定めさせ、その大綱十七条がこの日提出されたのである。かねがね幕府開府を考えていた彼にとって、その日がいつであってもよいだけの心構えがあった。式目の提出があった今、尊氏はその日に幕府を開くことには、何の躊躇も感じなかったのかも知れない。用意はすべて整っていたのだろう。

十一月十四日には、光明天皇の皇太子として成良親王がなった。成良は、恒良の一つ年下の弟宮である。尊氏はここでも、後醍醐天皇の意志を尊重することを見せかけた。大覚寺統と持明院統による、両統迭立の考え方に変わりがないことを示したのである。しかし彼には、もはや後醍醐天皇の皇子を天皇にする気など毛頭なかった。形だけのものである。天皇の、権力への飽くことのない強い意志とその執拗さには、呆れながらも辟易していた。

この頃都は穏やかだった。比叡山から駈け下りてくる軍勢もなければ、八幡から、大渡を渡って都に乱入してくる軍勢もなかった。尊氏により幕府が開かれた今、そこへ出府するのに、武士たちの多くは鎧を脱ぎ直垂姿で馬をやった。

そんな頃、光明天皇が東寺の御所から一条経通の館、一条室町第に移った。東寺御所は、堀をめぐらして厳重に囲みを造っていたが、もうそこに居る必要もなくなった。身は安全に守られていたが、やはり堅苦しいところだった。都にいくさが止んでから二か月ばかり、光明天皇はゆったりとした気持ちで鳳輦の中にあった。それが十二月十日のことである。

やがて都は、冷え冷えとした冬の日を迎えていた。花山院第に閉じこめられている後醍醐天皇には、ゆったりとした気持ちなどまるでなかった。ただ何かを想う、物凄い情念だけがあった。そしてその情念が行動となった。

十二月二十一日の夜、後醍醐天皇は密かに花山院第を脱け出た。そして大和の賀名生《あのう》に向かった。しかし数日後にはそこを出て、吉野に遷幸した。かつて護良親王が砦を築いたところである。花山院第を脱出したとき、後醍醐天皇は三種の神器を携えていた。もちろん光明天皇に渡したものとは別物である。いったい、神器の真物は誰が持っているのだろう。

後醍醐天皇らの一行を、河内の楠木正行《まさつら》が率いる軍勢が守った。正行とは、湊川で討ち死にした正成の長子である。当面、その軍勢で吉野の行宮《あんぐう》は守られることになった。大和の奥地、しかも険阻な地にあるため、足利方の手の及ばないところにあると言える。

ここに日本は、初めて二つの朝廷を持つことになった。吉野にある後醍醐天皇の南朝と、都にある光明天皇の北朝と。未曾有のことである。しかもその山深い吉野の朝廷には、意外にも多くの公家たちが都から参じることになったのである。彼らの目には、後醍醐天皇の凄まじい相貌が、怖れとなって映っていたのかも知れない。

これらのことを、義貞はまだ知らなかった。金が崎城は、すでに守勢に立っていた。北国において何の足場も持っていない以上、彼は当面の籠城を覚悟しなければならなかった。

海に面している砦には、険しさと同時に風光の明媚さもまた目の前にあった。山に立て籠もった当初は、幼い新帝を慰めるために、海に下りて船遊びもした。また頂上附近の高みからは、冬の夜、東の海に映る満月の影を愛でたこともある。しかし、そんなことはいつまでも続くことではなかった。都にいる尊氏も、この頃ふたたび、義貞討伐の檄を諸将に飛ばしていたのである。

籠城した初めの頃、杣山の瓜生一族の去就が定かではなかったが、一族の当主保は、ようやく態度をはっきりさせた。地方武士にとって、大勢が足利方に傾いていくなかで、宮方《みやがた》として兵を挙げることは、確かに二の足を踏む思いだったのだろう。

十一月八日、瓜生保とその弟たちは、脇屋義助の子義治を大将として杣山城に兵を挙げた。その勢千騎ばかり、杣山城は、北国街道と日野川を西側の麓に見下ろす、交通の要衝にあった。日野川を下って、やがて越前平野に拡がっていこうとする地点にある杣山城での挙兵は、金が崎城との関係だけではなく、将来越前国を手中にしようとする義貞にとっても、大いに助けとなるところだった。

瓜生一族挙兵の報らせに、足利方の高師泰が、北の方角から軍勢を繰り出してきた。彼は、能登、加賀、越中の兵を率いて、次第に両側に山が迫ってくる杣山城を目差して、日野川沿いにやってきた。

数日前に降った雪は、山深くなればなるほど厚く積もっている。北国の合戦は、雪との戦いでもある。ところどころでの小競り合いののち、足利方は杣山城の麓、湯尾《ゆのお》の里に宿営した。その数六千騎。瓜生方はそれを砦から見届けた。

その夜、瓜生勢は山を下りた。城兵だけではなく、あたりには野伏もしのばせてある。合図とともに鬨の声をあげ、用意した松明に火をつけ、それを宿営している足利方の小屋などに投げ入れた。小屋はすぐに燃えあがった。冬の夜にすっかり寝入っていた足利勢は、寝ぼけまなこで飛びだし、弓をかまえることもできず、太刀を振るうこともできずに、寄せ手にさんざんに討たれてしまった。それが、十一月二十三日の出来事だった。

その数日後、杣山での敗報を聞いた斯波高経は、急いで兵をまとめると金が崎から船で北上し、近くの海岸から越前国の国府（武生）に入った。これ以上宮方の勢力を大きくするのを防ぐためにだったが、そこへ不意に杣山の瓜生勢が襲ってきて、高経が立て籠もった新善光寺を攻めたてた。たいした構えもなかった斯波勢は、たまらず城を捨てた。瓜生勢の一方的な勝ちいくさだった。

この二つの戦いの報らせは、間もなく金が崎城に届いた。それを聞いて誰もが喜んだ。だが義貞の顔はそれほど晴れやかなものではなかった。二千や三千の軍勢での合戦など、何ほどのこともなかった。越前の国をすべて収めたということでもなく、北国街道をまったく抑えたということでもなかった。彼にとって金が崎城を守るには、それだけでは心もとなかったのだ。

金が崎城へ着いてからしばらくたって、義貞は陸奥の北畠顕家と結城宗広に対して手紙を送った。恒良親王が、後醍醐天皇から皇位を譲られて新帝になられたこと。いま自分は、その新帝を奉じて北国金が崎城に立て籠もっていること。それゆえ二人とも、陸奥の軍勢を率いて新帝の許に来られたいと。

それは新帝に仕える義貞としては、当然の行ないだった。朝廷というほどのものはないにしても、新帝が御座しますところである。諸国の武士は、そこに集まらなければならなかった。義貞が彼らに呼びかけたのは、新帝に伺候する者としての役目であったからである。

後醍醐天皇の考えでは、国司は自らその任地に下って政を行なうことが理想とされた。しかし今、都が足利方によって抑えられてしまった以上、地方で少しばかりの勢力を誇っていたところで何の意味もなかった。北畠勢と軍勢を併せて都に攻め上ること。義貞の心のうちの目は、いつも都に向いていた。


年が改まって延元二年＝北朝建武四年（一三三七）の一月の初め、朝早く、金が崎城の麓に一人の男が辿りついた。男は身なりをみすぼらしくしていたが、城兵の一人をつかまえると、ゆるやかな京訛りで言った。

「都の帝のもとからまいりました。新田どのにお会わせください」

男はすぐに砦の中に入れられ、そこで待たされた。しばらくして山の上から、義貞の傍近くに仕える武士が一人下りてきた。彼はじろりとその男を一瞥したが、すぐに男を導いて歩きだした。二人は無言のまま、義貞の居る小屋の中に入った。

男の顔を見て、義貞はその顔に見覚えがあるようだったが、確かではない。男はすぐに名を名乗った。

「亘理《わたり》新左衛門忠景と申します」

「うむ、都から参られたとな？」

「いえ、都ではなく吉野からです」

「吉野？　吉野とは」

「はい。帝は昨年の暮、大和国吉野に遷幸になられました」

「吉野に遷幸？　では尊氏が立てた今の帝はどうなされたのだ」

「今の帝は、都の帝として御座します。しかし後醍醐院はふたたび帝となられ、吉野に朝廷を置かれたのです」

「それでは、朝廷が二つに分かれたということか」

「その通りです」

「うむ――」

義貞は思わず唸った。およそ考えられないことだった。一つの空に、二つの太陽を見るようなものである。

忠景は、後醍醐天皇が尊氏の申し出によって比叡山を下りて以来のことを、気持ちの昂ぶりもないままに話し出した。それを聞く義貞には、その一つひとつが大きな驚きだった。

帝が花山院第に押し込められたこと。帝に従っていた武士や僧たちが、六条河原に引き出されて首を刎ねられたこと。そして帝が、夜陰にまぎれて遠く吉野に遷幸になったことなど。わずか二か月余りの間に、都では想像もできないことが起こっていたのである。

「本日は、帝の綸旨をお届けにまいったのです」

「帝の綸旨とな？」

「はい。謹んでお受けいただきたく思います」

忠景が、やおら烏帽子の緒を解きにかかった。そしてそれを脱ぐと、自分の膝の横に置き、今度は後ろに立った髻《もとどり》に両手をやった。義貞は訝しげにそれに見とれた。やがて忠景は、髻の中から小さく折りたたんだ紙片をとり出した。そしてそれを拡げた。

「これが帝からの綸旨です」

義貞は慌てて座を蹴った。

「お待ちください」

彼は忠景の腕を摑み、上座に円座を勧めた。

「ここにお座りください。その綸旨、謹んでお受けいたします」

義貞は忠景の前に平伏した。それは縦三寸（約九センチ）、横四寸（約十二センチ）ばかりの小さな紙片だった。彼は頭を垂れ、両手でそれをおし戴いた。綸旨には七、八行にわたって細かい字が書き並べてある。吉野へ遷幸したことと、朝敵を討伐すべきことと。綸旨の大意はそれだけだった。だが、まぎれもなく義貞に与えられたものである。

そのあと、忠景は吉野での模様を義貞に語った。吉野は山深く険阻な地にあること。行宮は、金峰《きんぷ》山寺《せんじ》の蔵王堂の西に置かれたこと。そこには公家の二条師基、堀河光継、中院定平などが初めから伺候していること。また天皇は、義貞に対してと同じように、陸奥の北畠顕家に対しても綸旨を送って、その西上を促したこと。そして都では、皇太子の成良親王が廃されたことなどを。

その一つ一つを想い浮かべるのに、義貞の心のうちは、うろたえたように漠としていた。状況の余りの変わりように、自分がどうすればよいのかと摑みどころもなく迷った。

（吉野とは、また遠いところへ。しかしそれにしても帝のご意志の強さには、ただただ恐れ入るばかりだ）

彼は後醍醐天皇の顔に、今さらのように常人でないものを見た。それは敵対する人間に対しても、また味方とする人間に対しても、それこそ閻魔王のような恐ろしさを感じさせるものだと思った。

（だが吉野は余りにも遠い）

後醍醐天皇の強い意志があるにしても、足利方が、畿内でその勢力をより強く固めつつあることに、義貞は自分の覇気が萎えていくような思いだった。

忠景をねんごろに労わり、二、三日は山にいて、それから吉野に帰ることを勧めて引きとらせた。そのあと義貞は洞院実世のところに行き、すべてを話し、改めて主だった者が新帝の御座所に集まった。綸旨が届いたことで、さらに語気を強めて喜びを表に出す者もあったが、遠く都を離れてのその吉野遷幸に、拡大されていく足利方の勢力の強大さを感じて眉をひそめる者もあった。だがいずれにしても、それが今の状況だった。世はここに、南北朝時代になったことを人びとは知った。

その夜、義貞は眠れなかった。御所というには、おそらく粗末な建物の庇の下で、後醍醐天皇が都の空を睨んでいるのが想像された。怨みを込め、青白い顔に髭が異様に伸びている。それは天子の顔ではなく、争いに敗れて、遠い島に流された流人の顔だった。

義貞はその顔に、責められているような自分を感じた。しかもそれは、自分にはさしたる咎もないのに。それを言うなら、自分に対してはむしろ帝の方にこそ非があると彼は思った。あの比叡山での想い出は、とても忘れることのできない出来ごとだった。後醍醐天皇の、臣を臣とも思わない無慈悲なやり方には、自分が臣であることを拒むことさえできると彼は考えた。しかし、そのようなことが出来る彼ではなかった。屈辱と悔し涙に濡れながらも、結局は天皇に尽くすことを心のうちに誓っていたのである。

義貞はやはり責められていた。天皇を遠い吉野の地に置くことこそ、それは責められることだったのである。

（早く都にお還ししなければならぬ）

それを思うと気が焦った。足利勢を圧倒的に打ち破る方策は、まったくなかった。今の彼には、地方で南朝方に与する勢力が、どれほどあるかも判らなかった。第一そういう自分でさえ、この北国の小さな砦で、どうしようもなく構えているだけでしかない。彼はふと、自分の行く末の姿を見ていた。名も知らないどこかの山間《やまあい》の小さな砦で、大きな合戦ではなく、何かの拍子に流れ矢に当たって討死にする姿を――妄想のようなまどろみのなかに彼はあった。

そのまどろみの中で夢を見ていた。ところは都の中か、橋が架かっている。大橋だ。川は鴨川か大堰川か。すると橋は五条の大橋かそれとも渡月橋か。向こうには寺の屋根と五重塔が見える。

橋の上には人通りが多い。武士や町人や小児まで。女も控え目に歩いている。そしてうずくまっているのは乞食か。とそこへ、向こうから女房車がやってきた。もちろん御簾は下っている。こちら側に立っている義貞には、近づいてくる女房車の中の女人が想像できた。想像するというよりも、それが目の当たりに見えたのだ。彼の目には御簾も屋根も横板もなく、その中に座っている女人の顔や姿までが見えていたのだ。経子だった。

経子は、真っすぐ前を見つめて座っていた。色白で美しかった。義貞は思わずそこに近寄った。しかし経子は何も気がつかないのか、顔の表情一つ変えなかった。義貞は呆然としてそれを見送った。

彼は自分の懐か手のうちから、何かを捥《も》がれたような淋しさを味わってそこに立ちつくした。

するとその女房車の後ろから、もう一人の女人が近づいてきた。女人は満面に笑みをたたえ、しかも義貞の顔を見て、可笑しそうに声さえあげているようだった。見るとその女人こそ経子だった。義貞は夢中で駈け寄った。そして彼女の肩を抱こうとした。すると経子はするりと抜けて、義貞に言った。「お待ちください。清水寺にお参りをしてから」。彼は素直に従った。

二人は大橋を肩を並べて歩いた。見ると、さきほどの女房車はもうどこにも見えない。経子も義貞も何か喋っているが、自分では何を言っているのかその声も聞こえない。そして大橋を下りかかったところで夢から醒めた。

もう明け方近くだった。義貞は目を閉じたまま、いま見終わった夢を懐かしんだ。明るく温もりのある夢だった。

（逢いたい、経子に逢いたい）

一刻一刻と、朝が近づくのを惜しみながら、彼はなおも経子の姿を追っていた。

朝になると、義貞は後醍醐天皇からの綸旨を、一人開いて見た。そしてそれを元のように懐の中にしまうと、決然とした気持ちになった。

（吉野ではなく、都に攻め入って帝をお迎えしなければならぬ）

彼は自分に与えられた、容赦のない宿命を思った。それは、かつては足利一族に対してもっていた、新田一族の衿持さえ捨てた厳しいものだった。

籠城は続いた。足利方は斯波高経が越前の国府に移動してからは、高師泰の軍勢が金が崎城を囲んでいた。彼らにさほどの動きがないということは、砦を兵糧攻めにしようとしていることが明らかだった。義貞も城中の兵士も、その不安を感じ始めていた。

一月十一日、その金が崎城の危機を救おうと、杣山城から里見時成と瓜生保の率いる軍勢が雪道を分けて押し出してきた。足利方は、今川頼貞の率いる軍勢がこれを迎え討った。あらかじめ要害の地に、しかも多勢で迎え討つのであれば、初めから今川方には有利だった。両軍は敦賀の東の山の中、谷を挟んで対峙した。

山には冬の陽が差して、雪の上に眩しく映えた。里見、瓜生勢が戦いをしかけた。山を駈け上がって斬りこんでくる。今川勢は追いたてられて退くが、何ほども討たれない。そして退いたかと見せてはすぐに反撃に出る。山の上に構えている軍勢からは、さかんに矢が射かけられる。時とともに、里見、瓜生勢の多くが討たれた。だが金が崎城の囲みを打ち破るために攻めこんできた軍勢は、それぐらいでは怯まなかった。戦いは次第に激しさを加えた。

そのさなか、瓜生保が討たれた。そしてその弟義鑑房も。次には里見時成までもが。攻めていた陣立てが一気に崩れた。今川勢はそれを見逃さなかった。攻守立場が変わると、攻める方にはいちだんと勢いがついた。逃げる里見、瓜生勢を追って、さんざんに矢を射かけた。杣山からの軍勢は、兜や薙刀などを打ち捨てて、算を乱して逃げていった。脇屋義治らが策した金が崎城救援の戦は、こうして惨敗に終わった。

その後、足利勢は、いよいよ金が崎城の囲みを固くした。海には舟も出した。そして時には鬨の声をあげては、砦の木戸に襲いかかった。城兵はその声に嘖《さいな》まされた。足利勢が兵糧攻めでくることが判っていながらも、やはりその声には苛立った。城兵には次第に、空腹の時が多くなってきていたからである。

義貞は思った。

（この囲みを破って、都へ馳せ上ることなどとても出来ない。といって、徒らにこの砦に立て籠もっていることも出来ない。兵糧もあと何日あるか。このままでは、坐して死を待つだけだ。もう一度杣山城と繋ぎをもって、足利勢を破るしかない）

彼は杣山城との間に、太い道が欲しかった。だがそれは、どちらかの砦から討って出て開くよりほかなかった。さきに杣山からの軍勢は、金が崎城を見ることもなく山の向こう側で敗れた。今度はこちら側から出る番だった。

義貞の求めにより、洞院実世のところに主だった者が集まった。二人のほかには一条行房や義助なども。

義貞が口を開いた。

「もうこれ以上、ここを支えることは出来ません。今度はわたくしが軍勢を率い、囲みを打ち破って杣山に行きます。そしてその城兵や、われらに与するあのあたりの氏族を集めて、ただちにここに引き返します。いかがですか、この方策は」

実世は目を薄く開いていた。誰も答える者はいない。

「それは、難しいことだ」

行房が言った。

「いま新田どのが軍勢を率いて砦から討って出たところで、杣山まで行きつくことはとても難しいことだ。それどころか、新田どのがいかに勇猛であろうとも、砦を出た途端に足利勢に包みこまれてしまう。それだけ、敵は大軍でもってここを囲んでいるのだ。城兵には、もう戦う気力はない。いや気力はあっても、躰がもう動かない」

知っていながら、誰もが口に出さないことを行房は言った。集まった者たちは、力なく目を落とした。兵士は、今はもうろくなものを食べていなかった。それどころかこの二、三日、谷間で密かに馬が屠殺されたことを知っている。事態はそこまで進んでいた。

「新田どのが杣山へ行かれることは、一つの方策です。いや、今はそれしかないと思う。行って杣山の城兵だけではなく、あたりの、集められるだけの軍勢でもって、この足利勢の囲みを破ってもらいたい。そのためには、軍勢を率いて討って出るということではなく、小人数で、夜の闇にでもまぎれてここを出られてはどうかと思うのです」

義貞の言った方策よりも、行房の言葉の方にこそ説得力があった。ほかの者は黙したままだった。

翌日、義貞らが砦を出て杣山に向かうことが決まった。一行に加わる顔ぶれを、義貞ではなくむしろ行房が選んだ。義貞と義助のほかには洞院実世が入り、行房はそこには加わらないことになった。実世と行房の話し合いと、最終的には尊良親王の意志を尊重して、新帝と尊良親王は砦に残ることになった。そこでは各人の思惑が交錯した。というよりも、人びとはすでに死を覚悟していた。話し合いのなかでは、自分を死にいちばん近いところに置いたのである。

行房は実世に、砦からの脱出を勧めた。脱出の時の危険はあるにしても、砦に残った方がより死に近いと思ったからである。同じ意味で、尊良親王が新帝にそれを勧めたが、十三歳になった新帝は、幼いながらも自分の処すべきことを知っていた。二人はともに砦に残ることになった。

その日、行房が義貞のところへ来た。彼は自分が言いだした方策の成功を、ほとんど期待していないようだった。敵味方の軍勢の差は、余りにも大きかったからだ。だから義貞に対しては、別れの挨拶だけをしに来たのだろう。

山は静かだった。ただ時々、鳥の啼き声だけが木々の間に谺した。

「いよいよ、今夜ですね」

「はい」

「ご無事をお祈りします」

義貞は黙って頷いた。杣山行きに、成功する見込みがあるかどうかは判らなかった。だがこの砦には、今や死の影が覆っていた。山を出るということは、生きることへのわずかな望みでもあったのだ。

この場になっても、行房はまだ頬笑んでいた。

「もう一度、都に帰りたかった」

彼は天を仰ぐと、遠い空を見つめてそう呟いた。

「しかし、いたし方ない」

その表情には明らかに落胆の色が見え、すでに諦めきっているようだった。

「しかし、新田どのにはぜひとも都に帰ってもらいたい」

二人はともに、経子の姿を想い浮かべていた。義貞は男として、行房は兄として。

「都に帰りたいのはわたくしもです。しかしその前に、必ずこの砦の囲みを打ち破って――」

「そう願いたいものだ。はっはっはっ」

行房は、あとを笑いに紛らした。

そのあと、義貞は子の義顕を呼んだ。彼はその義顕を、久し振りに見る思いだった。四年前の鎌倉攻め以来、彼は義顕を自分の陣中に置いたが、必ずしも同じ幕の中に入れていたわけではなかった。久しく顔を合わせない時もあった。しかしこの日は、何か別人のように感じるくらいに顔が変わっていた。義顕はやっと二十を越したばかりだった。

「義顕、わしは今夜この砦を出る。洞院卿をおつれして行く。義助もいっしょに行くので、あとはそちが全軍の采配をとることになる。覚悟はよいな」

「はい。十分覚悟しております」

「杣山へ着いたら、向こうの軍勢を引きつれて、一刻も早く戻ってくるつもりだ。それまでの我慢だ」

「はい」

義貞は、いつになく義顕の顔をまじまじと見つめた。生品の森での、義顕の若武者振りを想い出していた。あの時は鎧に比べて、躰がいかにもひ弱に思われた。四年の間に、その躰も心も大人になった。その急な大人ぶりが、義貞には何かいじらしく感じられた。

「ただ、それが成らなかった時のことも考えておかねばならない。そのこと、承知しておるな」

「はい」

「決して、うろたえるではないぞ」

「はい。沈着にやってみせます」

「しかしどんな場合でも、新帝と一宮だけは無事にお逃げいただかなければならない。その場合の道は、海しかない」

「はい。わたくしもそう思っております。そのための舟の手配なども、あらためて見ておきます」

「うん」

「父上、どうぞこの砦のことはご心配なく、心おきなく行って来てください」

「うん。よく言った」

そのあと、義貞は言葉につまった。急にこみあげてくるものがあったのだ。戦乱の世といえ、父であり子であった時が、いかにも短く思われたからである。

「あとは天命を待つだけだ」

「はい」

「言い残すことはもうない、行け」

「はい。父上のご無事をお祈りします」

義顕にとっても、それがせいいっぱいの言葉だった。

行房と義顕に逢うことができて、義貞は肩が軽くなったような気がした。あとは出発の前に、新帝と尊良親王に挨拶をするだけだった。

その夜、彼は砦をあとにした。洞院実世と弟の脇屋義助や堀口貞満ら。それに平泉寺衆徒の河嶋維頼らなど七人ばかり。砦から南にわずかに連なる山の背を行き、そしてすぐに東側に下りた。兜もかぶらず鎧も着ず、一行は太刀だけを佩き身を軽くして山の中を歩いた。そのためか、余計に寒さが身にしみた。杣山から来ていた男が道案内をしたので、敵に悟られることはなかった。それだけに、杣山へは一刻も早くと気が逸った。

山を下りかかり、日野川の川筋を見下ろす頃には、夜はとうに明け昼近くになった。一行はその日の夕刻までには、杣山城に入ることができた。城中では瓜生一族が喜んでこれを出迎えた。洞院実世もさすがにほっとして、躰を休めた。

翌日は、義貞が城内の主だった者を集めた。そしてこのあたりの、敵味方の軍勢の動向を聞いた。

その結果は、義貞の気持ちを暗くするものだった。義貞らが、新帝を奉じて金が崎城に立て籠もった当初こそ、この地方の武士たちが瓜生一族に力を貸しもした。しかし戦いが足利方が優勢であることを見れば、彼らはやがてそこから手を引いた。それどころか、この頃では、斯波高経の呼びかけにより越前の国府に顔を出す者さえあった。

義貞の目論みは脆くも崩れた。彼の呆然としたその想いのなかに、金が崎城に残された人びとの顔が浮かんでいた。新帝恒良親王、尊良親王、それにわが子義顕や一条行房と。その顔は、義貞に向かって恨めしそうだった。ものは言わぬが、裏切られたと言いたげに自分を見つめている、と義貞は思った。

（こんなはずではなかった。杣山のこの砦にしても、もっと大軍が立て籠もっていると思った。周りの豪族たちにしても、わしや洞院卿が来たのであれば、すぐにでも集まってくると思ったのに）

彼には、策の立てようもなかった。

翌日もその翌日も、義貞は杣山城の中にあった。いくら瓜生一族を促しても、彼らも動きがとれなかったのだ。日野川の下流に越前国府があり、そこに斯波高経が構えている以上、どうすることも出来なかった。下手をすると金が崎城と同じように、杣山城も孤塁となる怖れさえあった。徒らに、五日、六日と日が過ぎていった。

三月六日、外から金が崎城をうかがっていた足利勢は、いっせいに攻撃をしかけた。砦の中で嘶いていた馬の、最後の声が聞こえなくなってからすでに二日がたつ。城兵にあとの食い物はなかった。あるのは人間の屍だけだった。高師泰はその時を待っていた。そして最後の下知をした。

木戸の二つ三つを蹴り破ると、寄せ手はそのあたりにいた城兵を苦もなく薙ぎ倒した。彼らは足を踏み入れると、その静けさに一瞬たじろいだ。立ち向かって来る兵士の何人かの声は聞こえても、それは合戦の場というのに、余りにも異様な静けさだった。山全体が、無気味な何ものかに覆われているようだったのだ。

寄せ手はなおも駈け上がった。木の陰から、二人、三人と城兵がよろめいて出てきた。しかしそれは、寄せ手の兵と一太刀を交えることもなく、その場に倒れてしまった。

その頃砦の奥では、義顕が懸命に新帝と尊良親王を説き伏せていた。一刻も早く、ここから逃れるようにと。それに対して、尊良親王は頑として応じなかった。いつまでも争っている場合ではない。尊良親王を諦めると、今度は新帝を説得した。そばから尊良親王が口を添えた。そこでやっと、新帝だけが舟で逃げることが決まった。供には、気比氏治の子斉晴がなった。あとには死出の旅を同じくする者だけが残った。

杣山城からの援軍は、ついに来なかった。半ばは予想されたことだった。しかし誰もが、最後まで一縷の望みをもった。だがその望みは空しいものに終わった。その時、彼らは自らの人生の終わりを想った。穏やかな者もあれば、なお怨みを残した者もある。来世に夢を見る者もあれば、なお憤怒の形相で天を睨む者もある。

最後の時がきた。麓での合戦の雄叫びもほとんど聞こえない。そのかわりに、念仏を唱える声があがった。男たちは思い思いの場所に坐して、それに唱和した。尊良親王を前にして、義顕が最初に腹を斬った。それを真似て尊良親王も。続いて里見時義も一条行房も気比氏治もと。苦痛と怨みに満ちた呻き声が、あちこちであがる。血が流れ出て、黒い土の上に滲みわたる。その時、百に近い男たちの命が、つぎつぎと果てていったのである。

黒い雲の下で、北国の海が鳴っている。男たちの呻き声が、そこに吸いこまれていく。もう念仏を唱える声もない。春にはまだの、冷たい北風がその上を吹き渡る。風が音となって、松の枝と葉を鳴らす。烏が騒がしく啼きはじめた。中腹から麓にかけては、斬り裂かれた馬と人の屍が、まだ肉を残しているはずである。

やがて寄せ手が、山の上にまで辿り着いた時には、城兵のほとんどが息絶えていた。荒くれた寄せ手の男たちも、その凄惨さにはさすがに足をすくませた。だが彼らは、この場でも決して自分たちの功名を忘れることはなかった。次には、横たわったり俯せになったりした屍を抱き起こしてはその首を掻き斬った。すると、今は流れることもないべっとりとした血が、男たちの草摺のあたりを濡らした。

延元二年三月六日、ついに金が崎城は落ちた。比叡山で、父後醍醐天皇から皇位を譲られた恒良親王は、舟で逃れて杣山城に行こうとしたが、金が崎城の北、蕪木《かぶらき》の海岸で島津忠治の手の者に捕らえられた。身には三種の神器もなく、自らは白鹿の年号も用いないままに。

嗚呼燈明寺畷

金が崎城落つの報らせは、各地に飛んだ。杣山城の義貞のところへも、吉野の後醍醐天皇の許にもと。そして都の足利尊氏のところへは、尊良親王や新田義顕の首を添えての戦勝の報となった。義顕の首は都大路の獄門に懸けられ、尊良親王の首は夢窓国師が手厚く葬った。

義貞は窮地に立たされた。金が崎城を落とされたということでなく、それを救うことが出来なかったことで、彼は自分を責めた。と同時に、ここ杣山城近在の豪族に対して、自分の旗色を冴えないものに見せることにもなった。彼はそれによって変わるものを怖れた。

洞院実世がその気持ちを察した。

「新田どの、金が崎城は落ちたが、われらはすべてを失ったのではない。いま当面この砦にいるにしても、いずれ都へ攻め上るか、あるいは吉野の帝の許に馳せ参じるかすればよい。それゆえ、ここは我慢の時だと思えばよいではないか」

「はい。そのように思います」

義貞は虚ろに答えた。

砦から目をやれば、麓を北国街道が通り、日野川が流れているのが見える。その向こう側には、まだ雪を被った山々が連なっている。比叡山ほどの高さもないが、それでも山々は、その後ろに波打つ北国の海を見せることはない。義貞の気持ちと同じように、杣山はそんな閉ざされた中にあった。

（都へ攻め上るなどと、洞院卿はたやすく言われるが、それを誰がやるというのだろう。公家の考え方というのは、いつもこうなのだ）

彼には、実世ほどのしたたかさもなかった。まったく打ち拉がれてしまったのだ。口には出さぬが、わが子義顕を失ったことは、やはり大きな悲しみだった。親として、まだ二十を越したばかりの子を殺され、しかもその首が都で晒されているのを知っては、この世で地獄の業火にあぶられているような思いだった。そのうえ現世の苦しみは、少しも彼を容赦するものではなかった。

（それに、恒良親王を失ったわしを、帝は何とお思いになるだろう。吉野に遷幸になったのであれば、ふたたび尊氏と和睦するということもないだろうが、それでもわしは、あの帝のお心のうちが判らないのだ）

義貞の想いはいつもそこにあった。


後醍醐天皇のしたたかさは、洞院実世の比ではなかった。初めはたかをくくっていた尊氏も、その吉野に公家たちがぞろぞろと伺候するのを見せつけられて、思わず舌打ちをした。天皇を支える力が、意外とあったからである。

金が崎城を落とされたとはいえ、吉野から見たとき、それはたとえようもなく大きな損失というものでもなかった。もちろん、尊良親王を失い恒良親王が捕らえられたということは、後醍醐天皇個人にとっては痛恨のきわみであった。だが天皇は、それくらいのことでは怯まなかった。天皇は尊氏を棟梁とする武家政権に対しては、飽くことなく策をめぐらしていたのである。

遠く陸奥には、義良親王と北畠顕家が依然として大きな勢力を保っていた。また越後から北関東にかけても、足利方は必ずしもそこを掌握していなかった。伊勢には北畠親房の子顕信《あきのぶ》が、後醍醐天皇の皇子宗良《むねよし》親王を奉じて勢力を固めつつある。南河内には楠木正行らが、和泉には大塚、岸和田一族らが新たに兵を挙げた。四国の伊予には河野一族が、そして九州の薩摩でも、三条泰季らがそのあたりの豪族を誘って兵を挙げている。

その九州の中央部肥後では、菊池一族と、阿蘇神社の大宮司阿蘇惟澄が率いる一族が、意気盛んに動いていた。なかでも菊池武重の戦いぶりには、目を瞠るものがあった。彼は早い時期に都に上り、箱根竹下や比叡山での戦いに加わったあと菊池に帰った。この頃後醍醐天皇は、皇子懐良《かねよし》親王を征西将軍に任じて九州に向かわしめた。親王は途中讃岐において、この地方の宮方の武士を励まし、やがて九州の地に着くはずである。武重はそれを心待ちにしていた。そのためにも彼の足利方に対する態度は、いつも攻撃的で頑としたものがあった。南朝にとって九州での菊池一族の活躍は、大きな意味があったといえる。

このようにして、後醍醐天皇の南朝は必ずしも逼塞したものではなかった。公家の洞院実世には、それが判っていたのかも知れない。義貞のような武士と違うところは、確かに広い目で世の中を見ることが出来ることだった。実世は生まれながらの公家である。

義貞はいつまでも杣山城に逼塞しているわけにはいかなかった。実世がそれを励まし、むしろ弟の義助の方が上洛のことを兄に説いた。だが義貞には、いますぐ上洛するだけの自信がなかった。上洛するには敦賀を通り、山を越えて琵琶湖に出て、そこからは舟で東坂本を目差すことになる。木芽峠の雪の中で、多くの部下を失ったことを彼は忘れることが出来なかった。それに金が崎城の落城のことは、まだつい先日の出来ごとだった。義貞はこの時における上洛を、断念せざるをえなかった。

　しかし、雪解け水が山裾を奔流となって走る頃、義貞はふたたび情熱を燃やし始めた。彼の領国である越後国には、守護代として新たに佐々木忠枝を置き、そこでの勢力の拡張を促した。彼としては、越後から越中、加賀、越前までの海沿いの国々を、なんとかして南朝方の勢力として結びつけたかったのだ。そして自らは、改めて杣山城に挙兵した。

　弟の義助には、河嶋維頼とともに杣山城の東北、三峯城に兵を挙げさせた。三峯城は越前国府から遙か東の山の中にあったが、そこは杣山と平泉寺《へいせんじ》を結ぶちょうど中間点にあった。この頃まで平泉寺衆徒は足利方だったが、これからは気比社とともに、この地方では南朝方が少なからず頼りとする勢力となっていくのである。


　都や吉野を始めとして、地方での動きが少しずつ杣山に届いていた。後醍醐天皇は、陸奥の北畠顕家に対して、さかんにその西上を促しているようだった。義貞はこの頃になって、天皇がいちばん頼りとしているのは、顕家ではないかと思うようになった。延元元年一月に、顕家が奥州の大軍を率いて比叡山に来援した様が、今でも鮮やかに義貞の脳裏に映った。

（わしはあの時、密かに嫉妬していたのかも知れない）

　彼は自らを恥じた。しかしそれでもなお、彼にはいまいましさとわだかまりが残った。武士たちがいくら尽くしても、天皇の許には届かないものがあった。しかし公家である顕家なら、その考えも行ないも、ただちに天皇の目にとまるのだと感じられたからである。

（帝はやはり、北畠卿をいちばんの頼りとされておられるのだ）

それは彼の、拭いようもない後醍醐天皇への不信の念だった。

その顕家が、義良親王を奉じて、いよいよ陸奥の国衙《こくが》を発ったという報らせが義貞のところに届いた。八月の終り頃だった。彼はそのことに、自分でも抑えきれぬ関心を持った。やがて北畠勢が、次第に南下して北関東の足利勢を討ち破って、鎌倉を目差していることも聞いた。またそこには、楠木正家や小田治久などの武将が途中から加わり、いまや大軍となって動いていることが報らされた。

一方では、伊勢にいる北畠親房がさかんに動き始め、その策の一つとして宗良親王が遠江の井伊城に入ったことも伝えられた。吉野から伊勢、そして東海道から関東にかけては今、何ごとかが起きる前触れのような騒がしさのなかにあった。北国の片隅にいながら、義貞の躰にもひしひしとそのことが伝わってきたのである。

義貞は舌打ちした。

（わしが手紙を出した時には、ついに一度も返事をよこさなかったのに。それが北畠卿の魂胆だったのか）

彼は顕家に対して悪意を感じた。顕家が、吉野の後醍醐天皇の綸旨によって陸奥を発ち、そして吉野か京の都を目差しているのは明らかだった。南朝に与する武士としては、後醍醐天皇の綸旨によって軍勢をもよおすということは、大きな晴れがましさだった。と同時にそれは、彼らにとっては心強い支えともなったのだ。

今の義貞にはそれがなかった。吉野からは綸旨どころか、何の沙汰もなかった。自分が好んでこんなところに息をつめているのではないがと思いながらも、彼はそれが悔しかった。自分が忘れられつつあるのではないかという想いは、悔しさと同時に、彼の心を苛むものでもあった。

その時、義助が山を越えて三峯城からやってきた。その姿が義貞の目から見ると、いかにも闊達そうに見えた。

「北畠卿が陸奥を発ち、すでに利根川を渡ったということを聞いたが、兄者は知っておるのか」

義助がせきこんで言った。

「知っておる」

「吉野からは何か言ってきたのか」

「何も言ってこない」

「噂によると、徳寿丸が鎌倉へ向かっているというが本当か」

義貞は顔をしかめた。徳寿丸とは彼の第二子、義顕の弟のことである。自分の子でありながら、彼はなぜかその徳寿丸を嫌っていた。妾腹の子というだけではなく、幼い徳寿丸の方でも妙に義貞に馴染まないところがあったのかも知れない。義顕とはだいぶ年が離れていて、まだ元服もしていない。

義貞には徳寿丸の下にもう一人子がいたが、それは幼児である。彼は子との縁の薄さを感じていた。

その徳寿丸が、上野国のどこかに匿われていて、周囲の武士たちに担がれて北畠勢に加わろうとしていることは、義貞もつい二、三日前に聞いたばかりだった。いったいどんな顔をして、どんな出立ちでそこにいるのかと彼は想像していた。

「本当かどうか、わしが確かめたわけではない」

「そんな冷たいことを言うな」

「冷たくはない。わしのところへは、何の連絡もないからそう言っておるのだ」

「しかしよいではないか。徳寿丸が軍勢を率いて、北畠卿といっしょになって鎌倉を攻めることになったのだから。徳寿丸も成長したものだ」

「別に嬉しくもない」

「何を言っておる。兄者はどうしてそんなに徳寿丸のことを悪く言うのだ」

「徳寿丸を悪く言っているのではない。北畠卿のやり方が気に入らぬのだ」

「兄者からの手紙に返事をよこさなかったことを、まだ怒っておるのか」

「それだけではない」

　彼はあの中国路への出兵の前に、顕家が楠木正成となにごとかを話し合ったことを、今となっても決して忘れていなかった。

「しかし北畠卿が鎌倉を落とし、その軍勢が尾張か美濃あたりまでにくれば、われらとしてもそこに軍勢を差し向けなければならないだろう」

　そう言われて義貞は黙った。顕家に対する自分の想いだけで、軍勢を進めたり退かせたりすることなど出来るわけがない。それほど大人気なくはなかった。だがいざ北畠勢が美濃あたりまで来たとしても、義貞が近江あたりでそれを迎えることなど、今の情勢ではとても出来ることではないと思った。

「まだ間がある。それまでに考える」

　そうは言いながらも、彼にはやはり、顕家と徳寿丸に対する言いようのないわだかまりが残ったのである。

　杣山にあって、斯波高経の軍勢と膠着した睨み合いが続きながらも、その年は暮れていった。

明けて延元三年＝北朝暦応《りやくおう》元年（一三三八）一月二日、前年の暮れに鎌倉を落とした北畠顕家は、この日そこを発ってさらに西上を続けた。徳寿丸のほかに、北条高時の子時行の率いる軍勢もそこに加わっていた。時行が加わったことにより、関東一円からは旧幕府の遺臣たちが多く馳せ参じ、北畠勢はいよいよ大軍となった。

一月の十日過ぎには遠江に、二十日過ぎには尾張にと進んだ頃、ふたたびその報らせが義貞のところに届いた。義助は三峯城に帰っていた。洞院実世がいたが、いくさのことを相談する気にはなれなかった。彼は迷った。しかし、もう今ごろは美濃にまで来ているのだろうと思うと、その時を失しかけていた。

義貞は黙殺することにした。相変わらず杣山城に立て籠もって、斯波勢と対峙しているのがやっとだった。万が一、城兵のことごとくを率いて行ったとしても、それでは義助のいる三峯城が危うくなる。彼としてはやはり動けなかった。

日はとうに過ぎて二月の初め、北国では杣山城から北の越前国府、それに加賀までの広範な地域にかけて急にいくさが始められた。この頃になって、平泉寺の衆徒が大挙して三峯城に立て籠もり、近隣の足利方に攻撃をしかけたのである。

平泉寺は、越前平野の真ん中を流れる九頭竜《くずりゅう》川の川上にあった。養老《ようろう》元年（七一七）に泰澄によって創建されたといわれ、古くから広大な寺領をもち、鬱蒼とした杉林の中に数十の堂塔が建っている。そこに修行する僧数千というから、その大きさを察することが出来る。

広大な寺領をもつ平泉寺には、それへの思惑がつねにあった。ここ一年ばかり前からの、足利方から宮方への急な接近には、そういう彼らの強い思惑があった。しかしともかくも、宮方はその勢力を味方につけて、一挙に斯波勢を攻めることが出来た。

そんな時、杣山城にいる義貞のところに一人の武士が辿り着いた。傷つき疲れはてたその武士は、義貞の傍までくるとそこに崩れ落ちた。堀口貞満だった。

義貞は急いで抱き起こした。見ると肩口に布が巻かれ、そこが大きな傷口だった。

「どうした貞満っ！　どこへ行っていたのだっ」

顔は土色に、死人のようだった。

「美濃、美濃から帰ってきました」

「美濃？　うん、そちはずっと美濃にいたのではなかったのか」

貞満は義貞とともに金が崎城に入り、そこを脱出して杣山城に入るまでの行動を同じくしていた。しかし彼はすぐに山を越えて美濃に行き、根尾《ねお》や高尾に砦を築いていた。根尾川を下れば洲俣《すのまた》に出られる。そこからは尾張も伊勢も目の前にある。さきの乱の功により美濃守に任じられていたので、彼はそこへ行っていたのだ。

「いま、美濃から来たのか」

「はい」

「それでこの有様は――いくさでもあったのか」

「――はい」

貞満は喘いでいた。

「北畠卿の軍勢と、都からやってきた足利勢とが青野原でぶつかったのです。北畠勢の中には、徳寿丸どのもおられたと聞いております。しかしいくさは敗れました。わたくしもそこに参りましたが、こんな目に遭って――」

大きな息をつきながら、貞満は報告した。義貞はおおよそのことを知ることが出来た。

「それで北畠卿はどうされた」

「ほとんどの軍勢をおつれになって、伊勢へ向かわれたようです」

「伊勢へ？」

貞満の答えは、義貞にとっては意外なものだった。

（伊勢か、なるほど。伊勢には北畠卿の父君親房卿がおられる。だからそこへ行ったのか。伊勢からは吉野も近い。北畠卿が初めから目差していたのは吉野だったのだ。それではわれらに何の連絡もなかったのは当たり前だったのだ）

義貞にはむらむらとしてくるものがあった。そして目の前に伏せている貞満を、まだ死んではいなかったにしろ、それを犬死にのように思った。

「貞満っ、よく帰ってきてくれた。この義貞嬉しく思うぞ。ゆっくりと休むがよい」

「――はい。死に際に、お館の顔がもう一度見たくて――」

美濃からは揖斐《いび》川を遡り、高倉峠を越えて帰ってきたのだろう。距離はそれほどでもないが、傷ついた身での冬の山越えである。それは、死を覚悟した者の道のりだった。

鎌倉を発って西上を続けていた北畠勢は、途中足利方との小さな戦いはあったが、その勢いを止められるものはなかった。都にいた尊氏、直義の兄弟は、早くからこの動きに注意を払っていた。そしていよいよその前衛が三河あたりに差しかかった頃、尊氏は近江より東でこれを防ぐことを決心した。近江を過ぎれば、一気に都まで突入されると思ったのだ。

足利勢は、都からの軍勢と近在の武士たちの軍勢を併せて、近江から美濃へと押し出すつもりでいた。そして一方では、鎌倉でいったんは敗れた関東の軍勢が西上する北畠勢を追尾していたので、それとで西と東から挟撃する態勢をとろうとした。

伊吹山の東、青野原で、鎌倉からの足利勢が意外の早さで追いついた。そこで北畠勢といくさが始まった。堀口貞満が奥美濃から出撃して、北畠勢に加わったのはこの時だった。貞満はそこで負傷したが、北畠勢は追いすがる足利勢を蹴散らした。それが一月二十八日のことである。

都からの足利勢が到着したのは、そのあとだった。北畠勢の行く手、美濃と近江の境、黒地川を前に陣をしいたのである。青野原が隘路となって終わる地点である。破竹の勢いで来た北畠勢がここで止まった。どんな大軍でも、細い道を一度に通ることはできない。顕家はそこで迷った。迷いのあとの行動は、とかく消極的になりがちだった。

両軍の前衛で小競り合いが始まった。ところが間もなく、顕家がその軍勢を引き揚げた。そして素早く、全軍を南の方角に向けたのである。その足の速さは、見る者には逃げ足のように映った。

傷ついて身を潜めていた貞満は、その時北畠勢の敗北を知った。彼は徳寿丸に会うこともなく、落胆して根尾に帰った。傷は悪化した。貞満は自分の余命を悟った。青野原の戦いと徳寿丸のことを義貞に報らせなければならないと思ったのは、その時だった。彼は最後の気力を振り絞って雪の高倉峠を越えて来た。

貞満はその翌日死んだ。四十二歳の男盛りだった。義貞はその死を哀れと思うと同時に、北畠顕家に対しては何か怨み心のようなものを感じた。二十そこそこの年若い顕家の小賢しさが、無性に許しがたいものに思われたのである。

平泉寺衆徒の大挙しての来援により、新田勢は思いがけなく勢いを得た。そのうえ加賀国では、敷《しき》地《じ》、山岸、上木《うえき》、畑ら藤原一門の諸族が同時に兵を挙げ、津葉氏が構える大聖寺《だいしょうじ》城を攻め落として宮方に与することになった。

そんな時、脇屋義助がわずか数百騎の軍勢で鯖江の細川勢に打ちかかった。脇屋勢が大軍に囲まれて苦戦しているのを見ると、杣山城からは一条行房の子行実の軍勢が押し出した。そのあと義貞も、一千騎ばかりの兵を率いて斯波高経の軍勢を目がけて走り出した。義貞にとっては、馬を駆っての久し振りのいくさだった。しかも斯波勢を追いたてての勝ちいくさだったのだ。

斯波高経は大きく退いて、越前平野のただなか、九頭竜川と日野川の合流するあたりに砦を築いた。黒丸城である。この頃から、越前において今まで優勢だった足利方の勢力が、新田勢を主力とする宮方に比べて、次第に劣勢になりつつあった。今まで、杣山城と三峯城だけに立て籠もっていた新田勢も、ようやく山を下りることが出来た。それを見て、あたりの豪族たちは競ってそこに集まってきた。世の常である。

それはまた、金が崎城落城以来の長い籠城の終わりだった。しかし反面、義貞には、越前国一国だけの戦いにかかずらってきたことが、いかにも無意味なもののように思われた。自分がこれだけのことしか出来なかったと思うと、言いようのない空しさを覚えもした。

（しかし、帝のあの恐るべき執念に比べれば、わしのここでの苦労など、とるに足りないものかも知れない）

彼は力なくも自らを励ました。

冬が過ぎ、北国の野にようやく春の花が咲き始める頃、義貞の砦に一人の怪しげな男が訪ねてきた。髷むじゃらで、頭に侍烏帽子をかぶっているものの、姿は武士か坊主か見分けがつかないぐらいに乱れてよごれていた。

「備後三郎児島高徳と申す」

男は義貞の前に引き出されると、深々と頭を下げた。だがそのあとは、肩を怒らせて義貞を睨みつけ、いかにも不遜に見える。

義貞はその名を聞いたことがあった。備後ではなく備前の住人で、元弘三年の六波羅攻めの時には千種忠顕の配下となって活躍した。その後は備前に帰っていたがそこでの勢力は大きくなく、また一族の者の多くを討たれていた。そのうえ彼は肩に傷を負っていた。しばらく播磨で養生していたが、やっと癒えた。そしてその持ち前の気性が、彼をそこに置かなかった。彼はあるものを求めて国々を渡り歩いた。

「新田どの、あなたはなぜ都に攻め上ろうとなさらないのか。もうその気はないのか」

ひどく不躾な言葉だった。義貞は呆気にとられながらも、高徳を睨み返した。

「今は、吉野の帝にお味方ができる大将としては、あなたの右に出る者はないのだ。北畠顕家などという小倅では駄目なのだ。みすみす勝てるいくさを負けいくさにして。所詮公家は公家で、いくさのやり方も知らん」

「北畠卿が、どうかされたのか」

「どうもこうもあるもんか。鎌倉から攻め上って、青野原でいざ足利方と合戦となった途端、尻尾を巻いて一目散に伊勢に逃げて行きおったわ。挙句の果てには、奈良あたりで散々な負け方をしおって」

「しかし北畠卿は、都の南か摂津あたりで戦っていると聞いたが」

義貞が聞いていたのは、顕家のことよりもその後の徳寿丸の動きだった。北畠勢は確かに、青野原からは退くようにして南へ、伊勢に下って行った。そして徳寿丸の一行もその中にいた。奈良での戦いがあって、そこで北畠勢が敗れたことをいま高徳から聞いたが、義貞が聞いていたのは、むしろその後の北畠勢の善戦だった。河内から摂津へ出て、そこから八幡まで出撃していることを、つい先日聞いたばかりだった。そしてそこには、いつも徳寿丸がつき従っていることも。

「新田どの、そんなことはどうでもよい。肝心なことはあなたが都へ攻め上るということだ」

義貞は高徳の顔を見ながら、これは武士ではなく、どこか狂気じみた坊主のようだと思った。いやそういう言い方が悪ければ、何か異常なものを秘めている、あの日蓮のような怪僧かもしれないとも思った。

「新田どの、早く都に攻め上られよ。だが今すぐにではない」

高徳はその短い言葉のうちにも、激しく抑揚をつけて言った。義貞は心のうちで呟いた。

（いよいよ、あの鎌倉での辻説法だ）

むかし日蓮が、鎌倉の大路で民衆に向かって、立正安国論を説いた様を彼は想い浮かべた。高徳の振る舞いにも、そんな狂気が感じられたのである。

「今すぐにではない。あなたには今それだけの準備がない。稚拙さは許されない。尊氏は三か月足らずで九州から都に上った。だがあなたにはそれだけの力はない。いや、気を悪くされるな。九州、四国、中国の武士たちを集結させることができた尊氏と、今、新田どのがこの北国の片田舎にいるのとはわけが違うということだ」

「では、どうしたらよいと言うのか」

義貞は、高徳の喋り口の冗漫さについ腹が立った。

「なあに、準備といっても大したことではない。まず第一に、山門に使いをやってもう一度延暦寺の衆徒を味方に引き入れること。第二に、加賀、越中、越後の武士たちと誼みを結ぶこと。第三には山門に兵糧米を入れ、それを蓄えること。第四には、越前の足利勢、すなわち斯波高経を攻め滅ぼしたあと、大挙して山門に駈け上り都の足利勢を討つこと」

高徳は言い終わって、義貞の顔を覗きこんだ。他人《ひと》を小馬鹿にしたような、と思いながらも、義貞は高徳が最初にあげた、山門へ使いを送るということには今までの自分の迂闊さを感じた。そこでは、策をめぐらすことのひどく不得手な自分を思い知らされて、一瞬顔を赤らめて恥じたのである。

「なるほど、よく判った。考えてみるとしよう」

彼は妙に感じ入った顔で頷いた。そして面白いというだけではなく、得難い男だと思いながら高徳を傍に置くことにした。

夜、床についたあと、義貞は暗闇の中で高徳の言葉を想い返していた。尊氏が九州へ落ちていったあと、わずが三か月足らずで都へ攻め上ってきたことは、確かに驚くべきことだった。それに比べ、自分はもう一年半もこの狭い北国の越前に閉じこめられている。なんとも腑甲斐ないことだった。それを思うと、知らず知らずのうちに悔し涙があふれ、それが目尻から耳朶に流れ落ちた。

（わしはいつも尊氏と比べられる。いや、誰もそれを言ったことはない。それを他人《ひと》から聞いたこともないが、わしにはそれが聞こえるのだ。悔しい――）

それを他人が言うのではなく、自分自身がつねに言い続けているのだということを、彼はどうしようもなく思っていた。

広い川原で、子供たちが石合戦をしている。利根川か渡良瀬川のどちらかだろう。甲高い喊声が響きわたる。石合戦をしているのは、幼い時の義貞だった。相手は、やはり幼い時の尊氏である。義貞は自分の顔を見ることは出来ないが、子供の尊氏が、大人の今の尊氏の顔に見えた。尊氏の周りには数人の腕白どもがついている。よく見るとそれは、足利直義であり高師直であり、そして佐々木道誉である。しかも尊氏と同じように、その腕白どもはいまの彼らの顔をしていた。まるで大人の顔をした子供が、石合戦をしているようだった。

尊氏を真ん中にした師直や道誉らが、憎々しげに顔をしかめ、そして大声をあげて石を投げてくる。義貞はそれに対して一生懸命に石を投げ返していた。気がつくと、彼の周りには誰もいない。さっきから、一人で尊氏たちに立ち向かっていたのである。

師直か道誉の投げた小石が、義貞の額に当たった。言いようのない痛みが、目のあたりから頭のてっぺんにかけて突っ走った。彼はよろめきながらも相手を見返した。相手の腕白どもは、両手を上げ足を踏み鳴らして囃したてた。そしてなおも、石を投げつけ投げつけ義貞の方に走り寄ってきた。

義貞は苦しそうな声をあげた。そして夢中で逃げた。足がもつれた。その間にも、横に拡がった尊氏とその手下の腕白どもが、ぐんぐんと義貞に迫ってきた。彼は何度も転びながら、声にもならぬ声をあげていた。とそのとき、女の声が彼の後ろで聞えた。

「小太郎、小太郎――」

母の声だった。義貞は幼い時に聞いたその声を想い出した。声のする方へ走り出すと、また転んだ。転んで自分の躰がごつごつとした堅い石の上に打ちつけられると思った瞬間、彼は軟らかく生暖かいものの中に包みこまれるのを感じた。それは大きな掌か、女の着物かなにかのようだった。見ると自分を追って来た腕白どもが、手を拱いたように向こうで立ちつくしていた。その呆然とした姿が、腕白小僧のくせに大人の顔をした、なんとも珍奇な薄気味悪さを見せていた。義貞は思わずぞっとして顔を伏せた。

尊氏たちはもう追って来なかった。やがてその姿も、明るい陽の下でかげろうのように消えていくと、義貞は頭を上げ女の顔を見た。

（御室の尼どの――）

女は母ではなく、御室の尼どのだったのだ。彼女はかすかに頰笑んでいた。じっと義貞の顔を見ながら――

夢だった。夢から醒めると義貞は、あの大人びた顔をした尊氏に対する忌まわしさと、母の声と御室の尼どのの不思議なとり合わせの女人を懐かしんだ。あれは確かに母の声だと思い、上野国の山野を想い浮かべた。そして夢の不思議さに、その日はしみじみとした朝を迎えたのである。

児島高徳がけしかけたように言った四つのことは、容易にできることではなかった。山門に対する働きかけ以外は、別に目新しい考えでもなく、義貞が日夜苦しい戦いを強いられている、じつはそのことだったのだ。高徳に、ほかに何の思惑があるか知らないが、彼が言うように山門への使いは出すつもりで、義貞はやっとの思いで気の進まない重い筆をとった。

長々としたその手紙が、比叡山の延暦寺に着くか着かぬかと思っている頃、吉野からの密使が来た。義貞はその使いの者を、今は本陣を置いている石盛城に迎えた。斯波高経が立て籠もっている黒丸城は、石盛城の横を流れる九頭竜川の下、その川向こうにある。指呼の間といってもよい。その頃新田勢は、斯波勢との間に小競り合いを繰り返していた。

密使は僧に姿を変えた公家だった。彼は自分は後醍醐天皇からの勅使で、宸筆の勅書を携えていると言った。義貞はその僧を上座に置いて平伏した。そして僧から受けとったのは、まさに天皇の宸筆による勅書だった。

勅書の大意は、いま北畠顕信と徳寿丸が八幡山で足利方と戦っているが、苦戦をしている。義貞が上洛するということを聞いているが、この際一刻も早く都での合戦を行なうべし、というものである。顕信とは顕家の弟のこと。彼は畏ってそれをおし戴いた。僧はすぐに帰って行った。

黒丸城攻めの準備のために立ち働く家来たちを見つめながら、義貞は考えこんだ。いま後醍醐天皇の宸筆の勅書を受けとったのに、それほどの感動がないことを不思議に思いもした。あの金が崎城で、亘理とやらという侍から、髻の綸旨を受けとった時の方が遙かに感動が大きかったのにとも。

（それに、先日高徳が言っていたことと、どこか話が合うのもおかしい）

彼の気持ちは釈然としなかった。しかも今すぐ都へ攻め上ることなど、それこそその準備もなく、またそういう情勢でもなかった。

（きまぐれのような、帝のみ心のうち――）

義貞はふと、不敬にもそう思った。

その日の夕刻になって、もう一人の男が都あたりからやって来た。忍びの男だった。男は、今朝がたの僧よりも鋭い眼光を放って義貞に言った。

「北畠顕家卿が討ち死になされました」

「――」

義貞は声も出なかった。男が何かほかのことを言ったのではないかと思ったのだ。

「北畠卿が何と？」

「はっ、北畠卿が討ち死にをなされたのです」

「いつ、どこでかっ」

義貞は怒鳴った。信じられないことを、苛立たしく確かめようとする叫びだった。

「この五月二十二日、石津の合戦においてです」

「石津の合戦と？」

「はい。摂津と和泉の国ざかい、石津において高師直の配下、細川顕氏の兵によって討たれました」

（あの北畠卿が討たれたと？）

とてもにわかに信じることが出来なかった。

「それだけか」

「いえ。徳寿丸さま、いまだ八幡あたりでご健勝です」

「うむ、もうよい。下ってよい」

徳寿丸のことを聞くと、義貞は途端に機嫌を悪くした。

（それにしても、帝の勅書とは何であったのか）

この時になって、義貞にははたと思い当たるものがあった。勅書をもたらした帝の密使といい、北畠顕家の討ち死にの報らせを届けた忍びの者の言葉といい、どこか繋がっているものがあると。

（帝は北畠卿が討ち取られたことにより、慌ててわしを呼び寄せようとなさるのか）

義貞の想いの中には、またもや後醍醐天皇に対する不信の念が頭をもたげ始めていた。それは、忌まわしくももの悲しい想いだった。

（人は、信じていた人間に裏切られることほど悲しいことはない。それはいかにも愚かなことだ。帝は、いままた何をお考えなのか。それを考えめぐらすことに、わしはもう疲れてしまった）

義貞は静かに床几から立ち上がった。陽はいま落ちようとしている。そして片方の空には暗雲がたれこめている。それが北国の梅雨空だった。

彼は、越前の海の上にまで拡がっているであろうその雲を仰ぎ見ながら、過ぎ去っていった男たちの面影を想い浮かべていた。船田義昌――

（あの男は、いかにも男らしい男だった。人間としては、わしよりも数等勝っていた。何もかも知っているくせに、わしのまえではとぼけて、それでいてわしをもり立ててくれた。本当は、義昌こそが新田勢を率いるべきだったのかも知れない。あの男は余りにも早く死んでいった。義昌が生きておれば、わしも今どき、こんなところにいなくてもよかったのかも知れない）

義貞にとって、船田義昌はかけがえのない男だった。それを早く失ったことが、自分の行く道を誤ったものにしたのだとさえ思った。

岩松経家には、また別の想いがあった。坂東武士らしく、その古風な面持ちに義貞は惹かれた。鎌倉攻めの時にもし経家の与力がなかったら、その成功はおぼつかなかったと彼は思った。

（経家は義に堅い男だった。それが鎌倉武士の姿なのだろう。しかもあの男は控え目だった。最後に鎌倉の街外れで別れた時にも、あの男は、ただわしに会釈をしただけだった。わしはもう一度、あの男とゆっくり話がしたかった。あの男との間に、少しのわだかまりを残したことが何としても悔やまれる）

次はあの男だった。鎌倉攻めの時に義貞の本陣近くで捕らえられ、最後は命乞いまでして都における六波羅没落の報らせを幕府に届けようとした、あの早馬の男。

（あれほどに一途な男を、わしは見たことがなかった。捕らえられて、なり振りかまわずに命乞いをして、そのあとは一目散に鎌倉を目差して走って行ったあの男の後ろ姿を、わしはしばらく忘れることができなかった。あの後ろ姿がいかにも剽軽に見えただけに、何ともいえぬ哀れさを思ったものだ。あの時、あの男が六波羅の没落を幕府に報らせたところで、それはもうさほど意味のないことだった。幕府こそ、明日にも滅びようとしていた時だったのだ。しかしあの男には、あくまでも都のことをそこへ報らせる務めがあったのだ。男はそれが無駄なことであると、自分の心のうちでは判っていただろう。しかし自分の務めを果たさずにはおれなかったのだ、無駄で無意味なことであっても。今あの男のことを想い出すと、わしは何か自分のことをそこへ重ね合わせてしまう。あの男の背中のあたりが、妙にいとおしく物悲しく見えるのだ）

それにしても、義貞にはあの鎌倉攻めのことが、遙か遠い日のことのように思われて懐かしかった。義貞は、懐かしい男たちに想いを馳せていた。男たちは無骨であったり誠実であったり、一途であったりした。それが今の自分の心を安らかにしてくれる、と彼は思った。

ここ越前での戦いは、必ずしもはかばかしいものではなかった。斯波勢は、足羽城《あすわ》や黒丸城などと、いくつもの砦を築いて容易に屈しない。しかし新田勢には、ようやくのこと、遠く越後からの援軍もそこまで来ている。合戦の場に、久し振りに活気が漲っていた。

（帝に呼ばれて、今すぐ都に上るつもりはない。わしはここで、思う存分のいくさをしたいのだ）

後ろには、遠く白山《はくさん》までの山々が、梅雨空の下で色濃く見えた。そして越前平野には、緑が多く目に映えた。それがどこか上野国の山野に似て、いくさのさ中というのに義貞の心を和ませた。


越前平野の真ん中で、新田勢と斯波勢は睨み合っていた。軍勢の多寡では新田勢が優勢だったが、斯波勢の執拗な抗戦が目立った。そのうえ新田勢についている平泉寺衆徒の動きが、ここにきて不穏になってきた。裏切りがあるかも知れないという飛語が、味方の陣中で囁かれていたのである。

一方、さきに児島高徳の勧めにより山門に手紙を出したことにより、その返事が義貞の許に届けられた。延暦寺では元弘の乱以来のたびたびの合戦にもかかわらず、義貞の申し入れを受け入れ、ふたたび新田勢とともに足利方を攻めることを承知してきたのである。

義貞にとって、これは意外な返事だった。高徳を呼んでその手紙を見せると、彼は大声をあげて頷いた。

「これでよい、これでよい。どうだ旨くいっただろう」

喜んでよいことに違いなかったが、義貞はこの怪物のような男が腹立たしかった。

そこへ今度は、吉野から手紙が届けられた。勅使ではなく、ただの忍びの者が持ってきた。書いてあることは、先の後醍醐天皇の勅書の繰り返しだった。吉野からの手紙ということで、義貞はそれを義助と高徳に見せた。

「帝は何をそんなにせいておられる。あの小倅が死んだことが、それほどに痛手だったのか」

高徳の顕家に対する憎悪は、義貞のそれよりも激しかった。

「まあよい。考えてみれば、帝はそれだけ新田どのを頼りとされているということだ」

一人で合点している。

「それにしても、都から吉野にかけては余程の合戦が行なわれているとみえる。どうやら面白くなってきたぞ、のう脇屋どの」

「うん、確かにその兆しがあるようだ」

高徳は、義貞よりも義助に同意を求めた。

「わしの考えも変わってきた。新田どの、ここは帝のお言いつけどおり、一つ都に攻め上ってはどうだろう」

「うむ」

義貞は考えこんだ。後醍醐天皇から二度までも上洛を促されては、それに応じないわけにはいかなかった。

「しかし、今この越前でのいくさもはかばかしくない」

「うん。しかしそうなったら、この越前は捨てて全軍でもって都に攻め上るのだ」

「それは、出来ぬ」

義貞は語気を荒げた。

「第一それでは糧道を断たれることになる。児島どのがそう言われたではないか。それに、上洛してたとえ一度の合戦に勝ったとしても、のちのことを思えばやはり北国を抑えておくことは、帝にとっても重要なことなのだ」

「なるほど」

高徳は簡単に頷いたが、義貞には越前への想いが、今となっては別のものになっていた。都や帝のことを思わないではないが、彼にはこのまま越前を去ることは出来なかった。

「しかし帝からのたびたびのお呼び出し、いつまでもこのままでいるわけにはいかないだろう」

義助が口を挟んだ。

「うん」

義貞の口は重かった。

「どうだ新田どの。ここは脇屋どのにお任せして、新田どのにはまとめられるだけの軍勢を集めて、都へ攻め上られてはどうだろう」

「わしもそう思うぞ、兄者」

義貞は、二人に責められるようにしてせき立てられた。

「たしかにこのままではすむまい。だがわしは行かぬ。義助、お前が行け」

「わしが？　どうして兄者が行かぬのだ」

「そうだ。新田どのが行ってこそ山門も動くだろうし、それよりも帝がいちばんそれを望んでおられるのだ」

「いや、わしは行かぬ」

きっぱりとした義貞の口調だった。

「どういうわけだ」

義助が詰め寄った。

「わしにも考えがある。行かぬとは言わぬ。お前が行ったあと、機を見てわしも行く。その時には、帝を都へお還しするつもりで行かなければならない」

義助も高徳も急には返事もできず、ただ義貞の顔を見つめた。

「それも一つの方法かも知れぬ。ならば脇屋どのが、まずは行かれるのがよいだろう」

義貞の頑なな表情を見れば、その意志の堅さを知って高徳が言った。

結局、吉野からの出兵の催促に対しては、義助が軍勢を率いて行くことになった。義貞は自分の意志を押し通したことに、多少の後ろめたさはあったが、反面ではあるものに対する快感も味わっていた。だがそれは、いかにも小児じみたものでもあった。

慌ただしい準備ののちに、脇屋義助が率いる一万に余る軍勢が越前平野から日野川を遡り、一路敦賀に向かって行った。北畠顕信と徳寿丸が、北河内から八幡あたりに出撃して戦っていることはまえにも報らされたが、その後の動きを義貞も義助も余り知らなかった。ただ、一万余の軍勢で比叡山まで行けば、という漠然とした気持ちがあった。後醍醐天皇に再度にわたって促されたことは、やはりそれだけでも怖れだったのだ。

その軍勢を、義貞は弟の義助に任せた。義助や高徳に、自分は行かぬと言いきった時、二人は義貞に確たる考えがあるのだろうと思って、それ以上の説得を諦めた。いったい義貞に、どんな考えがあったのだろう。

（義助や高徳に向かって、わしにも考えがあると言った。もちろん、都あたりでの戦いの様子が判らないために、まず義助を差し向けておいて、あとからわしが出て行くというのも確かに一つの考えだった。また帝が、北畠卿が討ち死にされた途端に、わしを呼び寄せようとされたことに対する不満も

あった。しかし本当のわけは、ほかにあったのだ）

　義貞は肩を落とした。顔色もどこか生気がない。額のあたりには苦悩の色が浮かんでいる。

（本当のところ、わしは怖れていたのだ。比叡山に登ることができても、そこから駈け下りて確かに足利勢を打ち破ることが出来るのかと。しかも、もしそこで足利勢を打ち破ることが出来なければ、わしの身の上にはもっとも恐ろしい何かが降りかかってくるような気がしたのだ。それが何であるかは判らないが）

　義助が率いる軍勢を見送ったあと、義貞はたとえようのない淋しさに襲われた。

（わしだって一日も早く都へ上りたい。いま帝がいちばん頼りとされているのは、このわしなのだ。わしにはそれが判っている。だがそれには、やはりこの越前国を平定してからでなければならないのだ）

　言いわけにもならない、しどろもどろさだった。彼は、苛立ちともどかしさに苛まれていたのだ。

（帝からの綸旨はほかの誰にでもなく、このわしに下されたものなのだ）

　彼が持つその矜持も、今となっては色褪せて見えた。


　越前平野に軍兵の影が少なくなった頃、平泉寺の衆徒の不穏さが顕わになり、それがついに足利方への寝返りとなった。その間義貞は、彼らの陰湿な行動に翻弄された。

　都に北朝があり、吉野に南朝があるといっても、平泉寺の衆徒にとってはたいした意味もなかった。また地方武士にとっても、この頃では必ずしも足利尊氏を武士の棟梁として仰ぐこともなかった。その地方の実力者に結びついて、自分の領土を保つことこそが彼らの生きる道だったのだ。平泉寺衆徒の離反は、義貞にとっては痛手だった。しかもそれは、義助が軍勢を率いて越前を出て行ったことにより、斯波勢との力の均衡が崩れつつあることを知らされたことでもあったのだ。

石盛城や黒丸城の近くに、藤島荘がある。九頭竜川河畔の平地で水田の多いところ。その藤島荘の所有をめぐっては、多年にわたって平泉寺と比叡山の延暦寺とが争ってきた。そしていま、義貞が延暦寺と誼みをもつことによって、平泉寺側はその不利を知った。

今、新田勢は、大半が都に向かっている。この機会を逃すことはなかった。平泉寺は黒丸城の斯波高経に使いを送った。藤島荘をくれるなら、味方になってもよいがと。高経は二つ返事でそれを承知した。形勢は一転するほどになった。

その日は朝からいくさが始まった。新田勢は石盛城を、斯波勢が黒丸城を本城として、九頭竜川を南北に挟んで陣がしかれた。そしてその周りの幾つもの砦と砦の間では、絶え間なく戦いが繰り拡げられていた。平泉寺の衆徒が斯波勢に加わったのを見て、新田勢が一挙に攻撃をしかけたのである。そのため久し振りに、両軍の総力をあげての合戦となった。

義貞はこのいくさが、都へ攻め上るための重大な機会だと思った。そして背水の陣をしいたのだ。大館、里見、鳥山、一井という新田一族に加え、宇都宮、瓜生などの諸族を配して、今日こそ斯波高経の首を刎ねるという意気ごみだった。

この日も北国の空は曇っていた。朝、義貞の気持ちは、合戦の前というのになぜか晴れなかった。何かが起きるという特別な予感はなかったが、躰の動きにしてもけだるかった。だがいくさが始まれば、そんなことはすぐに忘れた。

いくさは午後まで続いた。新田勢は初めから川を渡って、斯波勢の砦の一つ一つを攻めていたが、思いのほかの抵抗に遭った。ことに藤島城に立て籠もった平泉寺の衆徒は、頑強にそこを支えた。午後になって晴れてきた空にも、陽がすでに傾きかけていた。

「藤島砦、いまだに落ちません」

一人の侍が駈けこんできて叫んだ。義貞は苛立ちを通りこして、思わずいきり立った。そして立ち上がった。

「馬をっ！」

自分を裏切った平泉寺衆徒への憎悪が、ここ数日来彼の気持ちの中で高じていた。義貞は、自らその指揮をとることを決心した。そして坊主の首の一つや二つを、自分で刎ねてやろうとさえ思った。

義貞が馬に跨がると、取り巻きの武士たちも慌てて馬に飛び乗った。その数四、五十騎ばかり。

とその時、あの義昌の声を聞いた。

「行ってはなりません」

義貞にはそう聞こえた。一瞬の出来ごとで、あとにはもう何も聞こえなかったが、たしかに義昌の声だった。それは東福寺が焼けた夜、義貞が出て行こうとするのを義昌が厳しく制した時の言葉だった。

不吉な予感が義貞の心のうちを走った。しかしどうすることも出来ない。義貞はそのまま馬をやった。燈明寺畷あたりに差しかかった時、右手を同じように藤島城の方角に向かう軍勢に出遇った。せいぜい十騎ばかりの騎馬武者が率いていたが、それに従う徒歩の軍勢が三百ばかり。

（味方か）

両者がそう思って歩をゆるめた。しかしつぎには、その軍勢が急に立ち止まり、田の畦道や土盛りの陰にと横に拡がった。そして膝をつき楯を構えた。

「敵方だぞっ」

義貞の後ろで誰かが叫んだ。がそれより早く、向こう側に構えた軍勢の間から、いっせいに矢が射かけられた。その矢音が鋭く唸って耳をかすめた。楯もなく、弓もほとんど持たない義貞とその側近の武将たちは、まるで晒し物のようにそこに突っ立った。

(不覚をとったか)

義貞の脳裏に、けさがたの重くたれこめた黒い雲が映った。また、けだるかった躰のことも。そして死んだ義昌が叫んだあの声もが聞こえた。

彼は太刀を抜いた。抜きながら、それが無駄なことだと思った。だがその太刀を振りかざすと、馬を駆って敵陣に突っこもうとした。それを引き止めようとする従者が、手綱を取って何か大声で叫んだ。

矢が間断なく放たれる中で、義貞の横にいた武将が二、三人馬から落ちた。敵との間は近くても、その間にある泥田には馬を進めることもできない。

義貞は足元を探って馬を進めた。と次の瞬間、馬が悲鳴のような嘶きをあげて後ろ足で棒立ちとなった。そして続けざまに矢が当たると、たまらずに横に倒れた。義貞は振り落とされた。泥田の中に手と腕を突いたとき、倒れた彼の馬が、大きく揺らいでその上にのしかかってきた。耳元で、矢の唸る音がいっそう激しく聞こえた。

彼はもがきながらも立ち上がろうとした。そして顔を上げて、恨めしそうに敵陣を睨んだ。その途端、彼は頭に激しく叩きつけられたような衝撃を感じて気を失った。意識はすぐに戻ったが、痛みが額から後頭部にかけて走った。眉間を矢で射抜かれたのだ。

気が遠くなっていくのが自分でも判った。そのうちにも、その死の訪れの思いがけない早さに、戸惑いと焦りを感じた。心に何の準備もなかったのだ。

（ああ、わしは死にかけている。何を想い出し、何を念じればよいのか）

彼は夢中になって、何ものかを手でまさぐった。

死にかかった義貞の躰は、なおも動いた。太刀はまだ握っている。その太刀を自分の首に持っていこうとする。武士として自らの首を掻き斬ろうとする最後の身だしなみのために、必死になって――

意識が次第に薄れていく。その時、消えかかろうとする蠟燭の火のように、義貞の朦朧とした意識の中で、最後の明かりがぱっと揺らいだ。そしてその火に照らし出されて、紙灯籠のような絵が映し出された。利根川の川原、長楽寺の境内、鎌倉攻めの軍勢の姿、都の街並み、母の顔、義顕の顔と義昌の顔。そして御室の尼どのと経子の顔。

紙灯籠の絵は次第に消えかかった。そして、すでに眼の奥さえ暗くなりかけた彼のかすかな意識の中に、ぼんやりとどこかの寺の屋根のようなものが映り、まもなくそれも消えていった。

延元三年閏七月二日、義貞を始めとする数十騎は、燈明寺畷において思いがけなくも細川孝基らの率いる軍勢と遭遇して、そのほとんどが討ち取られた。この時義貞三十八歳。なお若い生涯の終わりだった。

それから十日ばかりののち、義貞の首は斯波高経の手から都に送られて、都大路に晒された。

この頃東福寺は、二度も火災に遭った。しかしその都度堂塔は元に復された。焼けたもののすべてを数年で建て直すことはできなかったが、昼間は一年じゅう槌音が森の中に谺した。幾つかある庵も、焼けたものもあったが、運よくその難を免れたものもあった。

夏も終りかけていたが、森には蟬の声がまだ残っていた。しかし夕刻近くともなれば、木々の間はさすがに涼しくなる。今、焼け残った庵の一つに、一人の尼僧が入って行った。あたりは静まりかえっている。やがてその庵の庭から、もう一人の尼僧が出てきた。五十を過ぎた、あの嗄れた声の庵主だった。あれから五年の歳月が過ぎていた。

庵主が去って行ったあと、薄暗い庵の中から読経の声が流れてきた。か細く、透きとおって清らかな声だった。声からして、あの御室の尼どのではない。さきほどの後ろ姿からすると、若くて、顔さえ美しく想われるほどの声だった。

読経はゆっくりと、時により消え入るぐらいの小さな声になったりして続いた。とその声がやんだ。静かな、あるいは何か張りつめたような雰囲気がしばらくは漂った。そしてそのあとに聞こえてきたのは、女の啜り泣きの声だった。

どれだけの時が流れたか、その、声を押し殺した啜り泣きがやんだあと、静けさのなかにもはや張りつめたものはなかった。そして、やがてもとのように読経の声が流れてきた。か細く、透き通って清らかな声の。

耳を澄ますと、その声といっしょに何かが聞こえてくる。それはどうやら、男たちの雄叫びのようである。矢の音や、太刀がかち合う音や、馬の嘶きや、炎の音やと。都の空を男たちが駈けめぐって、大きないくさをしているようなもの音だった。だがそれは、やはり空耳のようでもあった。

深閑とした静けさのなかに、ふたたび尼僧の読経の声だけがいつやむともなく聞こえてきた。

—完—

あとがき

楠木正成や北畠親房、それに護良親王を小説としてきて新田義貞にいたった。

義貞については、以前から気になっていた。『太平記』や『梅松論』などによって、どこか不当に扱われてきたような気がする。損な役回りをやらされていたようでもある。その要因はたしかに彼自身のうちにもあったが、ことごとに足利尊氏と比べられたことが、悲劇的な生涯となった。そしてその死さえも、正成や名和長年のように華々しくはなく、義貞自身にとってはひどく不本意なものだった。

しかし、義貞は誠実な人間だった。後醍醐天皇が画策する覇業には、ほとんど異を唱えることもなく従った。そこでは自らの野心といえるもののかけらもなかった。それだけに気持は抑えられていたのだろう。作者としては、その無念さを描くことがつとめとなった。

今となって、義貞にどれだけ自分の意志があっただろうと想う。それは小さな一族を率いただけの、正成にも及ばないほどのものでさえある。結局は、尊氏に抗しきれなかった彼の立場がそこにあった。後醍醐天皇の存在が、義貞にとっては余りにも大きすぎたのである。

新田荘があった群馬県太田市や新田町を訪れたとき、関東平野の北辺に、なお広々と拡がるその土地に立って意外な感じがした。そしていかにものびやかな風景に、義貞の面影を想い浮かべた。十五年ばかり前、大阪の富田林から千早川沿いを遡って赤坂城址や千早城址に登り、山間にある観心寺の境内に立ったときに、厳しく抜け目のない正成の面影を想ったのとは、余りにもかけ離れた印象だった。

箱根竹下の合戦があった静岡県小山町は、今でも交通の要衝にある。足柄峠の麓、二条為冬の墓標がひっそりと立つ白旗神社の下を、東名高速道路がうなりを上げて走っていた。また福井県敦賀の金が崎城址に登ったとき、山頂近くの林の中で、けたたましく羽音をあげて羽ばたく烏に出遭った。目の当たりに見たその黒く大きな姿が、異様に映ったのを覚えている。

燈明寺畷は、福井市の郊外に近い県道沿いにある。義貞の死を想うには、ここでも現代の騒音は容赦しない。だがその辺りからは、まだ越前平野の背後に連なる山々が望まれる。上には北国の空が拡がっていた。その空に義貞たちの姿を見たような気がした。

取材にあたっては、太田市役所の諏訪和雄氏、静岡県小山町の榑林一美氏には大変お世話になった。また新人物往来社の鎗田清太郎企画室長には、いつもながら多大のご迷惑をおかけし、かつ出版にさいしてご助言をいただいたことを、併せて厚く御礼申し上げたい。

一九九一年四月

著　者

〔著者紹介〕
永峯清成（ナガミネ　キヨナリ）
名古屋市在住。歴史作家。
著書　『上杉謙信』（ＰＨＰ研究所）、『楠木一族』『北畠親房』『ヒットラー 我が生涯』『ヒットラーの通った道』（以上、新人物往来社）『スペイン奥の細道紀行』『カルメン紀行』『スペイン ホセ・マリア伝説』『「講談社の絵本」の時代』『これからの日本』『人生斯くの如くか——東西お墓巡り』『ヒットラーの遺言——ナチズムは復活するか』（以上、彩流社）、『信長は西へ行く』（アルファベータブックス）、『ハポンさんになった侍』（栄光出版社）ほか。

新田義貞物語

2023年5月25日　初版第一刷発行　　定価は、カバーに表示してあります。

著　者　永峯清成
発行者　河野和憲

発行所　株式会社　彩　流　社
〒101-0051　東京都千代田区神田神保町3-10　大行ビル6F
TEL 03-3234-5931 FAX 03-3234-5932
ウェブサイト　http://www.sairyusha.co.jp
E-mail　sairyusha@sairyusha.co.jp

印刷・製本　㈱丸井工文舎
装幀　小林厚子

　ISBN 978-4-7791-2904-9 C0093